Brev & Hemlängtan

BREV &
HEMLÄNGTAN

i tider av krig

MATILDA APPELQVIST

Till mormor Ulla och morfar Sten

FÖRORD

Oktober 2023, Nyköping.

Allt började när jag, min mor och mina två mostrar rensade på vinden i mormor och morfars hus efter deras bortgång. Vi kom över något helt fantastiskt. Där i en hattask låg inbjudningskort till vigslar och bröllopsfotografier från deras vänner och bekanta. Inte nog med det så fanns där fotografier av mormor och morfar som ingen av oss sett förut och det finaste av allt, deras kärleksbrev!

Det var här idéen till boken föddes. I och med en bunt med brev, bevarade med ett vitt sidenband knutet runt dem. En enda stor bunt av kärlek.

Jag satte mig i deras kök och läste ett av de många brev som min morfar skrivit till min mormor och jag blev uppfylld av den kärlek brevet fortfarande innehöll efter 60 år i en hattask. Även om brevet inte var till mig kunde jag känna kärleken ända ut i fingerspetsarna. Den kärlek som jag redan som barn kände dem emellan.

Vid deras köksbord vaknade den hopplösa romantikern i mig och hon skrek efter kärleksbrev och en sån längtan som deras. Men eftersom vi lever i en tid av digitala fotografier och sociala medier är det svårt att få ett kärleksbrev med texterna liknande de som morfar skrev.

"Jag ser på fotot som jag fick, dvs jag ser på min Ulla …"

Det där med att ha ett enda fotografi av den man älskar tog tag i mig. Tänk att inte kunna ringa varandra varje dag. Det kostar för mycket. Det enda sättet att kommunicera med din älskade är att skriva brev och vänta i dagar eller kanske veckor på ett svar. Du kan inte kolla igenom alla de tusentals bilderna du har av honom i din mobiltelefon. Varför?

För att du inte har någon. Det enda du kan göra är att stirra dig blind på det enda fotot, hans handstil och läsa breven om och om igen medan hans röst fyller ditt inre.

Så jag tänkte, vad passar då bättre än att skriva en egen kärlekshistoria innehållande de kärleksbrev som jag själv aldrig hittills fått uppleva? Då kan jag utforma en egen historia inspirerad av dessa brev och den tidsepok som jag själv finner mest intressant.

Det här är en kärlekshistoria som är inspirerad av mina morföräldrars brev, min egen fascination för det tidiga 1900-talet och den hopplösa romantikern som är jag. Jag hoppas att ni ska känna kärlek i min historia om Sigrid och hennes älskade Erik.

Författaren, Matilda Appelqvist.

Kapitel i

Sommaren 1937, Holmön.

På midsommarafton följde jag med min syster Sofia till dansbanan. Jag var inte alls intresserad av att gå på dansen i Byviken men mot min vilja lyckades Sofia få mig att följa med till hamnen. Trots att jag aldrig skulle kunna se mig själv som en av de unga kvinnor som står där vid staket, trånande och längtande efter att bli uppbjuden av en man. Jag tyckte att det var barnsligt och nästan förödmjukande att stå där.

Redan på tidiga eftermiddagen började vi göra oss iordning för dansen, långt innan dagens sysslor var klara i hemmet. Jag blev glatt överraskad av hur roligt det var att få klä upp mig i en fin klänning och en vacker frisyr med en blomsterkrans runt huvudet. Det hörde inte till vanligheterna att jag klädde upp mig. Mor hade för första gången gett oss tillåtelse att gå på dansen och därmed slippa de sysslor som hon i vanliga fall skulle lagt på oss.

"Jag är så glad över att du vill följa med mig Sigrid."

Sofia lyser av glädje när hon borstar sitt långa blonda hår och sätter upp det i en vacker frisyr med snabba rörelser som liknar en inlärd danskoreografi. Hennes vita klänning med blått och grönt blommönster passar hennes gråa ögon väl.

Vant trycker hon in hårnålar på precis rätt ställen för att få den vackra frisyren att hålla och speglar sig i den stora spegeln vid mitt skrivbord.

Jag svarar inte, utan tar fram min ljusgula klänning, mina svarta lackskor med ett guldfärgat spänne längs remmen och en enkel vit kofta ur garderoben. Koftan blir nödvändig eftersom jag vet att det kommer att bli svalt innan vi ska cykla hem i den sena juninatten. När jag klätt mig hjälper Sofia mig med min blomsterkrans. Min har, till skillnad från hennes blåklockor, vita prästkragar instuckna bland björkkvistarna som formar kransen. Hon funderar en stund, drar sina fingrar genom mitt bruna, lockiga hårsvall och säger med eftertänksamhet att det ser ut som änglahår. Hon försöker komma på hur hon på bästa sätt ska få den till synes enkla frisyren att hålla och jag möter hennes blick i spegeln. Säger att jag gärna skulle byta mot hennes blonda. Sofia ler svagt mot mig och när hon är klar målar jag mina läppar med det röda läppstiftet. Tillsammans går vi ner för trappan och ut i matsalen för att hitta mor och tala om för henne att vi ska cykla ner mot Byviken och dansen.

I matsalen är mor som vanligt i full färd med att skälla ut vår piga Alma som enligt mor dukar bordet på helt fel sätt.

"Har mor din inte lärt dig någonting om vett och etikett? Gå ut och se till hönsen istället. För det har hon väl ändå lärt sig att hantera?"

Mor vet att Alma kan hantera både dukning och matning av hönsen, men just idag verkar det vara något annat som gör mor upprörd.

Vår mor, Ulrika, är egentligen en väldigt snäll och rättvis kvinna. Men sedan far försvann och hans bror tog över salteriet har hon blivit än mer noggrann med allt. Hennes tillvaro verkar vara allt annat än bekväm och hon går ständigt runt i tron om att något ska gå galet. Sorgen efter far har gjort henne hård och avvisande, även mot oss döttrar.

Det enda som är som vanligt och som nog aldrig kommer förändras är hennes gudstro. Den tummar mor inte på vad som än händer.

Alma är en väldigt duktig piga som mor alltid varit nöjd med. Hon är ganska liten till växten med blont, kort, lockigt hår. Ansiktet är vänligt, hon har lika blå ögon som jag och vi skulle lätt kunna misstas för systrar.

Det är bara det att mor alltid har haft den bestämda uppfattningen att mannen ska arbeta och kvinnan ska hållas i hemmet med mat och barnpassning. Hon kan därför inte förstå varför man låter sin hustru göra andras sysslor, även om det tryter med pengar. Det är mannens uppgift att försörja familjen, inte kvinnans. Därför gör mor de sysslor som hon anser att Alma inte har erfarenheten att utföra på rätt sätt.

Alma smiter förbi oss i dörröppningen till den stora matsalen. Mor följer henne med blicken och får syn på oss. Hon kommer genast fram. Rösten är bedjande när hon talar till oss.

"Se nu för Guds skull till att inte dansa med första bästa. Ni är flickor av en högre klass och kan inte ses dansande med vilken bondpojk som helst. Förstår ni det?"

Hon stryker Sofias kind sådär som hon alltid gjort ända sedan vi var små. Plötsligt kan jag dra mig till minnes den mor som tröstat och kramat mig som liten i barndomen. Hon klappar mig lätt på kinden och försvinner ut ur matsalen när jag och Sofia nickat jakande till svar. Mor är väl medveten om att vi har det gott ställt i jämförelse med de flesta andra på ön. Något som hon gärna talar om och visar upp för alla som kommer hennes väg. Även om det egentligen var far som kom från en välbärgad familj och mor som gifte in sig i familjen Eriksson som redan då ägde salteriet med alla dess tillgångar.

Den tidiga midsommarkvällen är sval när vi lämnar gården bakom oss och cyklar ner mot havet och Byviken där midsommardansen alltid äger rum. Fartvinden smeker svalt mot kinden och koftan jag packade ner inför hemresan i natten börjar kännas som ett klokt beslut redan nu. Blommorna har slagit ut på ängen och häggträden står i sin vackraste blom. Gräset på ängarna böjer sig vant för den svaga vinden och vid vägkanten har tussilagon blommat ut sedan länge och byts ut mot de vita hundkex blommorna. Det doftar ljuvligt av hägg och syrén när vi cyklar förbi den gamla skolan där vi som barn lärde oss om det viktigaste som finns att veta här i världen.

Förbi den lilla lanthandeln, eller Affär'n som den heter, där Emma Kristersson som vanligt står och sopar av trappen efter stängning. Hon lyfter blicken, drar undan en rödlätt hårslinga från ansiktet och ler mot oss.

"Hej flickor. Ni är på väg till dansen förstår jag."

Hon ropar efter oss. Vi svarar snabbt ja och fortsätter sedan ner mot dansbanan som bara ligger ett stenkast från Affär'n.

I Kristerssons hem är det Emma som styr och ställer, det är tydligt och ses närmast som en självklarhet för var och en som möter henne. Hon är hård men rättvis, mild till sättet, varm och kärleksfull. Den enda hjälp hon har kvar när det gäller Affär'n är den yngste sonen, Sven.

Till skillnad från mor är Emma mjuk och omhändertagande på ett sätt som mor aldrig riktigt kunde vara. Emmas dotter, Eva, är min närmaste barndomsvän.

Vi lekte mycket tillsammans i deras kök när vi var små. Men nu har hon flyttat in till Umeå för att utbilda sig till sjuksyster. Jag har alltid varit avundsjuk på Eva för att hon vågat flytta från ön. Själv har jag aldrig, under hela mitt 22 år långa liv, vågat. Nu är det snart ett halvår sedan Eva var på besök på ön senast och vi har inte kunnat träffas sedan dess. Eva har alltid varit mån om mig och mitt sjuka hjärta.

När de andra barnen retade mig för att jag inte orkade lika mycket som dem, väntade Eva in mig. Vi lekte mer stillsamt och både hon och jag var nöjda med det.

När jag och Sofia kommer fram är det fullt av cyklar vid den smala vägen och musiken hörs långt innan vi ser dansbanan och alla människor som samlats där. Vi ställer våra cyklar en bit ifrån de andras för att lätt kunna hitta dem när det är dags att cykla hem igen.

"En timme. Inte mer."

Ropar jag efter Sofia som försvinner in i vimlet av folk och blomsterkransar. Jag suckar och följer efter, men snart inser jag att det är hopplöst att försöka hitta henne. Hon har säkert hittat någon att dansa med och glömt tid och rum precis som vanligt när hon får komma hit.

Jag lutar mig mot det slitna, nu blomsterklädda trästaketet som markerar dansbanans slut, lägger armarna i kors och iakttar de dansande paren. Varför människor frivilligt väljer att snurra runt på ett dansgolv är för mig en gåta, man blir bara yrslig. När jag står där och tittar på medan de dansande paren virvlar runt på dansgolvet, ser jag i ögonvrån hur någon iakttar mig.

Så står han framför mig, en smal, muskulös man som jag aldrig tänkt på som något annat än Evas äldre bror Erik. Han är betydligt äldre än mig, och vi delade aldrig klassrum i skolan. Vi hade stött på varandra i Kristerssons kök många gånger. Men något vidare bra första intryck på mig hade han nog ändå inte gjort.

För ett år sedan hade deras far hastigt gått bort och i ett svagt ögonblick av självmedlidande hade han kysst mig i hallen hos Emma. Jag tänker tillbaka på det och inser att jag nog egentligen inte tyckt illa om kyssen, utan mer att han varit impulsiv och att det var väldigt olämpligt.

"Får jag lov?"

Med ett självsäkert leende sträcker han fram sin hand mot mig. Jag blir väldigt förvånad och får inte fram ett ord. Jag ser upp i hans bruna ögon som glänser i ljuset från lamporna som precis tänts runt dansbanan. Han är lång och väldigt stilig i sin kostym. Utan att säga något lägger jag min hand i hans stora och plötsligt är resten av världen omkring oss oviktig och ointressant. Han leder mig mot mitten av det välfyllda dansgolvet, tar ett fast tag om min smala midja och för mig, med van hand, tryggt runt golvets ojämna träplankor. Det känns som att jag tagit steget in i en oväntat behaglig dröm. Hans fasta hand runt min midja gör att jag känner mig fjäderlätt. Det går lätt att röra på fötterna i dansen när jag flyger fram över golvet.

Han ser på mig och min blick fastnar åter i hans bruna ögon. Då känner jag till min förvåning något som jag inte känt på väldigt länge. Trygghet, samma sorts trygghet som far givit mig i barndomen, innan försvinnandet. En trygghet som, när jag vilar blicken i Eriks ögon, bara blir djupare och djupare. Jag blir alldeles varm och känner hur mina kinder hettar. Han drar mig något närmare intill sig och jag känner mig fånig när jag inte kan låta bli att le.

Vi dansar länge, allt närmare varandra, ända in i småtimmarna. När den sista dansens toner klingat ut och han släpper taget om min midja, känner jag genast saknaden av den. Det är tomt och kallt. Vi har inte sagt många ord till varandra under kvällen men ändå känns det som att Erik känner mig bättre än någon annan människa i hela världen. När jag cyklar hem med Sofia är jag lika lätt som jag var i dansen och i hans armar.

Av alla människor på jorden har jag fallit för min bästa väns 8 år äldre bror. Hur skulle jag någonsin kunna tala om det för Eva? Och vad skulle deras mor tycka?
Vi har bestämt att vi ska ses om en vecka igen. På samma plats som ikväll, men det talar jag inte om för Sofia. Det är min och Eriks hemlighet.

När vi kommer hem den kvällen och jag går till mitt rum på övervåningen av vårt stora hus kan jag inte släppa tankarna på Erik. Jag lägger mig raklång på sängen utan att byta om till nattlinne. Tankarna flyger till hans hand runt min midja och hans varma famn som höll om mig efter den sista dansen. Han stod sådär nära mig, nästan lite oanständigt nära. Det fanns en spänning i luften och jag ville så gärna luta mig fram och låta hans läppar nudda vid mina.

Ett ljud avbryter mig i mina tankar. Någon kastar en sten mot fönsterrutan. Jag reser mig upp ur sängen, går fram till fönstret och öppnar det. Midsommarnatten är fortfarande ljus när jag öppnar fönstret och lutar mig ut genom det. Det står någon mellan äppelträden nedanför mitt fönster. Jag kisar men ser snart vem det är och rodnar.

"Sigrid? Sigrid."

Han viskar lågt. Jag ser att han håller några små stenar i handen. Jag ler ännu mer generat vid tanken på att han kommit till mitt fönster mitt i natten för att få träffa mig.

"Vänta, så kommer jag ner."

Jag känner hur jag fylls av en varm känsla när jag stänger fönstret. Sedan går jag snabbt över golvet i mitt sovrum mot dörren och ut i korridoren på övervåningen. Smyger tyst ner på tå, för att inte klackarna på mina skor ska höras i den ekande trappan.

Jag tar av mig skorna när jag ser att det fortfarande lyser i köket, tar dem i handen och smyger barfota förbi utan att mor eller Alma upptäcker mig. Försiktigt öppnar jag ytterdörren som verkar vara på min sida. Den knarrar inte som den i vanliga fall brukar göra. Jag går ut, lägger en hand på dörren och stänger den så tyst det går. När dörren är stängt bakom mig springer jag längs den vitmålade verandan på lätta fötter, tar på mig mina svarta lackskor igen och sedan fortsätter jag ner för den korta trappen till huset. Tar till vänster och möts av Erik vid husknuten. Han ler när han ser mig och jag kan inte rå för det leende som sprider sig över mitt ansikte.

"Kom."

Jag tar hans hand och drar med mig honom mot björkallén och vägen bort från gården. Snart inser jag att jag håller hans hand och släpper den. Jag drar fingrarna genom en hårlock som åkt ur den vackra frisyren och tittar generat ner i marken där vi går.

Vi tar vägen upp till den gamla väderkvarnen precis innan skolan. Där stannar vi, jag vet inte vad som fick oss att gå dit men det kändes rätt. Efter en liten stund av tystnad känner jag hur hans fingrar rör vid mina och han tar min hand i sin där vi står och bara ser på varandra. Jag ser ner på våra händer och drar försiktigt bort min från hans i rädslan av att göra något dumt. Då rör hans hand vid min kind och någonstans långt in i mitt inre föds en behaglig, men främmande känsla. En varm känsla av lust, som sätter alla andra känslor i ett markant underläge. Det pirrar i hela kroppen, jag känner hur kinderna hettar igen och blir generad över lustens styrka och intensitet. Hoppas vid Gud att han inte ska se hur jag känner mig. Vi fastnar i varandras blick där vi står på den lilla krokiga grusvägen mellan väderkvarnen och skolan i den ljumma midsommarnatten. Det är som att jag först nu upptäckt hur stilig han egentligen är.

Länge funderar jag på om jag ska ta det där steget framåt och våga kyssa honom. Men han kanske skulle tycka att jag är för framfusig och avvisa mig. Jag låter hans hand röra vid min kind när han drar bort en hårslinga från mitt ansikte.

"Det är 1 år och 3 månader sedan vi sågs sist."
Orden kom plötsligt ur tystnaden och jag vet inte vad jag ger mig in på när jag skrattande svarar honom.

"Har du hållit räkningen?"

"Ärligt talat, ja. Far dog i mars förra året och vi sågs senast på fars begravning. Nu är det juni. 15 månader sedan. Mona blev väldigt svartsjuk när det var du som fick mor att börja tala igen efter fars bortgång. Du anar inte hur mycket tid Mona lagt på att försöka få henne att tala innan du kom med blommorna."

Han skrattar till men blir sedan blek när han berättar om Mona. Han ser väldigt uppgiven ut när han tyst fortsätter.

"Men när hon gick bort för ett år sedan så … jag kunde helt enkelt inte stanna kvar i huset efter det. Så jag flyttade hem till mor och far en tid. Men det vet du."

Jag visste om att han förlorat sin hustru i barnsäng ett år tidigare och barnet dog strax efter sin mor. Hela ön visste om det här. Jag ler skuldmedvetet och kan inte låta bli att tänka på Mona för ett ögonblick.

"Men när jag är med dig Sigrid, så försvinner alla de svåra känslorna. Jag vet inte vad det är men, du gör mig glad."

Han lyfter min blick med en lätt hand mot min haka. Jag ser in i de bruna ögonen när han lutar sig nära mig. Hans mun är alldeles intill min utan att beröra den. Jag känner hans andhämtning mot mitt ansikte. För ett ögonblick glömmer jag bort min nervositet och den byts ut mot ett varmt lugn. Det är nu det händer. Jag sluter ögonen och så snuddar hans läppar vid mina.

"Sigrid!"

Både Erik och jag hoppar högt när mors röst som ropar efter mig skär genom den tysta sommarnatten och så är stunden förbi. Vi skrattar.

"Jag tror det är bäst jag går hem igen."

Jag ler försiktigt och långsamt börjar vi gå hemåt. Vi kommer till vägskälet och jag ser mor på verandan utanför huset. Vi stannar.

"Jag vill inte att mor ser dig, för din skull. Du vet, mor är väldi …"

"Jo, jag vet. Bäst att jag går annars blir det ett himla liv."

Vi viskar innan han vänder och försvinner efter vägen mot viken och Affär'n. När han är utom synhåll går jag fram till mor som ser allvarligt på mig.

"Vart har du varit?"

"Jag behövde frisk luft och ville inte väcka er så jag gick en promenad."

Jag ser mor i ögonen. Försöker se så naturlig ut som det bara är möjligt och mor godtar, tack och lov, min förklaring. Tillsammans går vi in och jag kan smita upp på mitt rum igen.

Varje lördag, hela sommaren, ses vi på dansbanan. Varje gång samma sak. Vi dansar intill varandra, hela kvällarna och promenerar hem i natten tillsammans, ledande varsin cykel. Vi har gjort en tyst överenskommelse om att promenera eftersom det ger oss mer tid tillsammans och vi har så mycket att prata om.

Varje lördagsnatt när han släpper taget om min midja, efter att han smidigt har lett sin cykel med en hand och hållit om mig med den andra, så saknar jag den. Vetskapen om att det nu är en hel vecka tills jag får se honom igen får mig nästan att börja gråta. Så jag besöker Affär'n så ofta jag kan med hoppet om att Erik ska vara där för att hjälpa sin mor.

Men det är han nästan aldrig. Varje gång han inte syns till blir jag lika besviken. Trots att jag vet att han nästan aldrig är där så kan jag inte låta bli att hoppas när jag svänger runt kröken på vägen och ser den lilla Affär´n.

En morgon när jag går dit så är han där. Så fort jag kommer in i Affär´n ser jag honom. Han hjälper Emma med att lyfta en låda potatis som de fyllt ute på lagret. Jag låtsas vara upptagen av min inköpslista när jag går runt i den lilla lanthandeln. Så får han syn på mig och borstar smutsen från händerna och skjortan. Han går emot mig och jag känner hur jag blir varm, precis som vanligt när han ser på mig. Mina kinder hettar. Det är en härlig känsla när jag ser upp i hans bruna ögon och han kommer hela vägen fram till mig.

"Hej Sigrid."

Erik ler och ser lurigt på mig. Emma står en bit ifrån och iakttar oss i smyg. Hon ser ovanligt glad ut med sitt breda leende. Det glittar i hennes melerade rådjusögon. Det är nog första gången jag ser henne le sedan makens bortgång. Kanske har hon ett nytt skvaller på gång. Eller också är hon bara på bra humör just idag. Jag ignorerar henne och drar fingrarna genom mitt långa hår som jag satt upp i en hästsvans.

"Hej."

"Jag ska cykla upp till fyren i eftermiddag, kanske ta en simtur om det inte är för kallt. Har du lust att följa med?"

Hjärtat hoppar över ett slag i bröstet. Berguddens fyr är en vacker plats, kanske den vackraste platsen på ön, i alla fall enligt mig. Och dit vill han att jag ska följa honom. Jag rodnar och kan knappt svara men tillslut får jag fram orden med en nickning.

"Det gör jag gärna."

"Jag möter dig vid vägskälet nedanför gården."

När jag lämnar Affär´n kan jag inte hejda den varma känslan som sprider sig i kroppen på mig. Är det kärlek jag känner när jag går hem igen utan att ha köpt någonting alls i Affär´n?

Dagen går så långsamt att det känns som en hel evighet innan eftermiddagen kommer och Erik möter mig vid vägskälet precis som han lovat.

Tillsammans cyklar vi mot fyren och klipporna. Erik får stanna och vänta in mig flera gånger. Min ork har aldrig varit särskilt bra, inte ens som barn. Mitt sjuka hjärta har ständigt varit ett hinder och jag svär tyst för mig själv när Erik för tredje gången blir tvungen att stanna och vänta in mig trots den makliga takten han försöker hålla. Det märks att han är handlarens son, jämnt med tiden som sin fiende. Ju snabbare det går desto bättre är det, åtminstone enligt hans far. Men det märks att Erik anstränger sig för att sänka tempot och på så vis göra det lättare för mig.

Tillslut kommer vi fram till fyren. Att bada här är egentligen en farlig sak att göra då fyren vetter ut mot det stora havet. Klipporna är branta och störtar rätt ut i havet. Vågorna tar fart ända från fastlandet och är betydligt starkare här än inne i den skyddade viken.
Efter att vi parkerat cyklarna mot ett träd tar Erik av sig byxorna och skjortan och går självsäkert ut bland klippornas hala stenar. Han sträcker ut en hand mot mig och gestikulerar för att jag ska ta den.

Jag ställer ner picknickkorgen på gräset. Fastnar med blicken på hans muskulösa kropp och blir generad när han frågar om något är fel. Jag skakar på huvudet när jag tveksamt vänder mig från honom och tar av mig min klänning.
När jag klätt av mig tänker jag att jag borde nog tagit med mig min baddräkt. Men på något vis tvingar jag mig själv till att gå fram och ta hans hand.

Iklädd endast bh och trosor känner jag hans hand försiktigt klämma runt min. Vi följs ut i det kalla vattnet, hittar en väg ner bland klipporna utan att göra oss illa på dess vassa kanter och kastar oss tillsammans ut i det svalkande havets bräckta vatten.

Det blir en kort simtur. Vattnet är alldeles för kallt för att man ska kunna njuta av det. Vi klär på oss under tystnad. Jag känner i ryggen att Erik ser på mig när jag ställer foten mot en sten, lyfter på kjolen, drar i min långa strumpa och fäster den i strumpebandet högt uppe på låret. Jag kommer på mig själv med att ta extra lång tid på mig med att fästa strumpan. Njuter en sekund av hans trånande blickar. När jag tagit på mig båda strumporna sätter jag mig på filten och rättar till klänningen.

"Far lärde mig att simma när jag var fyra år. Han sa att om man ska bo på en ö hela livet är det viktigt att kunna hantera vattnet."

Erik sätter sig ner en liten bit ifrån mig på filten jag brett ut.

"Jag minns din far. Han var väldigt omtyckt på ön, speciellt hos kvinnorna. Om du ursäktar att jag säger det."

Vi skrattar båda två när jag svarar att det är sant som han säger. Men snart försvinner skrattet när tanken på far tar över mitt sinne och jag försvinner bort från klipporna och Erik och in i en annan värld.

Jag ser på Erik och konstaterar att han liknar far, inte till utseendet men i rörelserna och i sättet att tala och vara. Jag hörde någonstans att en flickas första kärlek är den till hennes far. Det stämmer, åtminstone för mig. Jag ler mot Erik men hör inte vad han säger när tårarna hotar att rinna över. Så väcker han mig ur mina tankar med en försiktig beröring av min hand.

"Är du okej?"

"Ja, det är ingen fara. Vad sa du?"

"Vad var det som hände egentligen? När han försvann menar jag."

"Det vet jag faktiskt inte. Det låter hemskt att säga det, men jag önskar att de hade dött framför mig."

"Varför säger du så Sigrid?"

"Då hade jag åtminstone vetat med säkerhet. Men nu … jag kan inte se fars leende, eller minnas hur han lär mig att simma. Jag ser bara hur han hjälplöst försöker rädda Tor mot vattnet som strömmar in på däck, vågorna som slår mot honom och skeppet och hur han och Tor sedan är försvunna ur bilden jag målat upp i mitt huvud. De hittade båten vid Grahnsgrundet. Men det fanns ingen ombord. Far var min trygghet. Tänk om de lever? Tänk om …"

Jag blir mer och mer upprörd. När jag tillslut tystnar ser jag att Erik stirrar på mig. Han ser ut som att han fryser i solskenet och är blek som om han sett ett spöke. Jag skrattar till när tårarna börjar rinna ner för kinderna. Vänder bort ansiktet och torkar snabbt bort dem i hopp om att Erik inte ska se det. Men det gör han och räcker mig sin näsduk.

Jag skäms. Sitta här och lipa. Vad är det för sätt? Jag tar inte emot näsduken han räcker mig, utan väljer att ignorera hans utsträckta hand och istället torkar jag tårarna med handen. Letar i fickan på min kjol och hittar tillslut näsduken. Försiktigt snyter jag mig och lägger sedan undan den. Hela tiden undviker jag hans blick. Han måste tycka att jag är löjlig som tjuter för minsta lilla.

Min fars salteriet är ett av de största i norra Sverige och nästan alla som bor här på ön har någon koppling till salteriet och därmed till min far.
Till mors stora förtjusning hade salteriet gått väldigt bra under de senaste åren trots fars frånvaro och efter försvinnandet hade spekulationerna om vad som hänt honom och Tor spridit sig över ön i rasande fart. En del trodde att far tagit livet av sig. Men de allra flesta var överens om att det var olyckan som varit framme.

Sakta sjunker solen borta vid horisonten. Det blir svalare och svalare allt eftersom solen sjunker och jag inser att det måste nog vara sent. Det är dags att cykla hem innan man börjar gå skallgång efter oss då vi måste varit borta väldigt länge. Sommarnätterna är ljusa och man ser knappt skillnad på natt och dag, om det inte vore för solens gång över himlen. Den försvinner aldrig helt såhär års, men när den nästan snuddar vid havet borta i horisonten vet man att det är sent. Jag reser mig upp och viker noga ihop filten vi suttit på, sedan lägger jag ner den i picknickkorgen.

"Det enda som hade kunnat göra kvällen bättre hade varit om vi haft något att äta och dricka med oss. Jag är utsvulten."

Säger Erik och skrattar.

Han lägger försiktigt en hand runt min midja när vi går mot cyklarna. Hans skratt gör mig knäsvag och jag försöker att inte visa för mycket av känslorna som gömmer sig i mitt bröst. När vi cyklar hem säger vi nästan ingenting men vi står länge och pratar vid vägskälet utanför gården den kvällen. När vi skiljs åt och jag leder min cykel mot huset kan jag med säkerhet säga att jag är förälskad.

En lördagskväll i slutet av sommaren, när jag står lutad mot staketet vid dansbanan som jag brukar, kommer han gående över dansgolvet. Men han bjuder inte upp mig, istället tar han min hand.

"Kom. Jag vill säga dig något."

Han leder bort mig från dansbanan och långsamt går vi stigen ner mot den lilla stranden. När vi kommer fram stannar han. Lutar sig tätt intill mig, lägger en hand runt min midja och viskar i mitt öra.

"Tänk att du, personen jag håller av mest i den här världen, är här. På min favoritplats."

Vi sätter oss på en träbänk som står vid kanten av stranden och tittar ut över viken. Plötsligt känner jag hur hans hand rör vid min och jag ser ner på våra händer vars fingrar nuddar vid varandras. När jag tittar upp igen är våra ansikten väldigt nära. Han höjer handen och tvekar innan han försiktigt rör vid mina läppar med sina fingertoppar. Han smeker mitt ansikte ömt. Länge sitter vi så. Han smekande mitt ansikte, jag med blicken tryggt vilande i hans ögon. Jag tar in hans lätta beröringar. Han lutar sig nära mig och kysser min hand. Jag ser på honom medan han gör det. Så ser han på mig, som för att be om lov.

"Vad var det du ville säga mig?"

Frågar jag tyst, men Erik svarar inte.

I samma stund som hans hand nuddar vid min kind igen, så vet jag att nu finns det ingen återvändo. Jag ser på honom. Tiden kanske har stannat, vem vet. Evigheten har ingen klocka. Länge sitter jag och samlar mod när en svag bris blåser upp och får mig att göra det. Jag lutar mig fram, böjer på nacken när jag låter mina läppar nudda vid hans mjuka mun. Det tar inte lång tid innan han besvarar min kyss. Länge sitter vi alldeles stilla i mörkret som sakta faller över stranden. Det är jag som drar mig undan först.

Är det bara som jag inbillar mig eller ser jag ett svagt leende? Jag ler försiktigt och smeker hans sträva kind. Och känner att just den kyssen var något som jag längtat efter så länge, utan att faktiskt veta att det var det jag längtade efter. Så jag lägger även min andra hand mot hans kind och kysser honom hårt. Jag håller kvar hans läppar mot mina. Kyssarna gör att jag känner mig lätt berusad och jag känner hur jag inte längre kan tänka klart. Jag låter honom kyssa mig ner över halsen och nacken.

Lutar mig mot honom där vi sitter på bänken. Låter honom smeka mig, röra vid mig på ett sätt som jag aldrig tidigare låtit en man röra vid mig. Jag lägger armarna om hans hals och drar honom intill mig.

Efter en lång stund stannar han upp med de lustfyllda smekningarna och kyssarna. Han ser på mig. Då kan vi inte låta bli att skratta båda två. Jag sätter mig upprätt och rättar till klänningen som åkt upp på ena sidan. Men märker plötsligt att han undviker min blick. Han ser på våra sammanflätade händer istället för in i mina ögon som han brukar göra.

"Jag kommer att sakna dig Sigrid."

Jag kan höra i hans röst att det ligger något allvarligt i den. Det hugger till i hjärtat. Jag måste anstränga mig för att inte visa hur rädd jag blir över det, när jag får kämpa mot instinkten att lägga en hand över bröstet.

"Vad menar du? Vi kan väl ses igen?"

Orden blir aningen skälvande och lägre än jag tänkt. Erik ser plötsligt blek ut, han sväljer.

"Jag vet inte säkert. Du förstår …"

Han tystnar.

Tystnaden känns som en evighet där vi sitter på bänken i den mörka augustinatten. Allt som hörs är vågornas slag mot stranden och måsarnas skrän långt borta. Jag ser oroligt på honom och väntar otåligt på fortsättningen.

"Vad är det Erik?"

Han sätter ena handen i fickan och fäster blicken i mina ögon. De har något sorgset i sig, något som jag inte sett tidigare under kvällen.

"Sigrid …"

"Gråter du Erik?"

"Jag ska lämna ön."

Hans ord sätter sig som en kniv i bröstet. Jag skakar på huvudet i ren protest, reser mig upp och stirrar på Erik där i mörkret. Han reser sig upp han också och sträcker sig efter mig, men jag backar några steg. Det är lyckosamt att mörkret fallit, annars hade jag aldrig klarat av att stå så länge och se på honom som jag gjorde nu. Känslorna sliter i mitt inre. Gråten bränner bakom ögonen. Det hugger till i hjärtat igen. Jag vänder mig om och lägger en hand över munnen för att han inte ska höra att jag gråter. Var sommaren bara en illusion, en dröm? Jag förstår inte varför han inte berättat det här tidigare och kan för mitt liv inte förstå varför han väljer att säga det nu.

"Hur kunde jag vara så dum?"

Jag ser på honom, skakar på huvudet och går. Jag vill hem till mor och Sofia igen. Känner mig sviken, lurad, när jag går längs den lilla stigen upp till vägen i allt snabbare takt. Till slut springer jag efter stigen, snubblar till ibland men jag fortsätter.

"Sigrid, vänta!"

Jag ignorerar Erik och fortsätter hemåt. Springer allt snabbare. Skratten från danbanan känns som ett hån. Musiken stiger i takt med att jag närmar mig vägen. När jag kommer upp på vägen och passerar Affär´n hör hur han ropar efter mig. Till slut hinner han ikapp mig och tar tag i min ena hand. Jag blir tvungen att stanna.

"Jag vill inte höra mer! Låt mig vara ifred!"

Jag försöker slita mig loss, men han håller mig kvar i ett stadigt grepp.

"Sigrid, lyssna!"

Då, för första gången i livet, höjer jag min hand. Det är som att min kropp har en egen vilja när jag slår. Jag ger honom en örfil rätt över kinden som jag nyss strök så ömt med samma hand. Han släpper taget om mig och jag springer hem. Det bränner i handen men jag bryr mig inte om det.

När jag närmar mig gården ser jag att det lyser i köksfönstret. Mor har väntat på mig. Jag går andfått in i hallen. När jag stängt dörren vänder jag mig om full av alla känslor. Först då inser jag att jag lämnat min cykel nere vid dansbanan. I min känslostorm hör jag inte mor som kommer utfarande ur köket.

"Var har du varit? Har du ingen skam i kroppen flicka? Hur har du mage att komma hem så sent?"

Hennes hårda tonfall ger mig en vag föraning om vad som ska ske härnäst. Mor går rätt fram till mig och ruskar våldsamt om mig. Jag står tyst, försöker att inte gråta och undviker att se henne i ögonen.

Nu är det min tur att få ett slag. Mor slår mig med öppen hand rätt över ansiktet. Inte så hårt som jag minns de tidigare slag jag fått men ändå tillräckligt för att en brännande sveda ska sprida sig över kinden. Jag står med handen mot den och försöker förstå vad det är jag gjort som är så fel att jag förtjänat ett slag. Har jag inte känt tillräckligt med smärta ikväll?

"Förlåt, det kommer inte att hända igen."

Viskar jag och tänker att det är en sanning som gör så ont att tårarna bryter fram. Men slaget kändes knappast i jämförelsen med Eriks ord. Mor drar in mig i en lång omfamning i tron om att det är hennes slag som fått mig att börja gråta. Jag väljer att inte säga något om Erik. Men i hennes famn blir jag plötsligt en liten flicka igen. Mors röst har mjuknat när hon lägger ena handen om mitt bakhuvud och stryker mitt hår.

"Du vet att jag är rädd om ditt hjärta och att det ska …"

Jag känner hur en ryckning går igenom mors kropp. Gråter hon?

"Jag kan inte förlora dig också."

Nickandes får jag fram ett svagt jag vet. Hon suckar och släpper taget om mig. Jag stryker försiktigt bort en tår från min kind med baksidan av handen och säger att jag är väldigt trött. Nu ser jag tåren på hennes kind. Det var länge sedan jag såg mor gråta.

Mor låter mig gå upp till mitt rum där jag faller ihop på den stora sängen i en rasande gråt. Jag skriker ner i kudden, skäms över att jag lät mig luras och blev förälskad. När jag tillslut inte har några tårar kvar kan jag torka dem, klä om och byta ut min fina klänning mot mitt nattlinne. Släpper ut mitt långa hår ur den frisyr jag lagt timmar på att få precis rätt. Långt där borta mellan trädtopparna kan jag skymta havet när jag går för att öppna fönstret. Jag ser ut över den lilla trädgården med bersån och äppelträd. Det är svårt att urskilja dem i mörkret men jag vet att de finns där. Jag lämnar fönstret på glänt, drar för gardinerna och går tillbaka till sängen och lägger mig ner, kryper ihop under täcket och lyssnar. Det susar i träden, fiskmåsarnas skrän och havet som brusar långt där borta i fjärran. Så börjar jag tänka på Erik, och kyssarna på bänken vid stranden. Jag kan inte förstå hur han hittade vägen till mitt hjärta så snabbt. En sommar, var det allt vi skulle få tillsammans? När jag blundar ser jag honom framför mig, hans märkligt bruna ögon, det sneda leendet och det blonda korta håret som hans mor klippt. Jag skrattar till när jag tänker på hur illa det såg ut och hur han tagit med en sax och lät mig fixa till det när vi sågs nästa gång. Så domnar smärtan bort när tröttheten till slut får övertaget. Suset från träden, måsarnas skrän och vågornas brus när de slår mot stranden gör mig lugn och rofylld i sömnen.

En vecka senare knackar det på ytterdörren och jag skyndar mig ner för trappan för att öppna den. Alma är redan på väg mot dörren men halvvägs i trappan ropar jag högt:

"Alma. Jag öppnar, gå tillbaka till köket."

Hon stannar med handen på dörrhandtaget, tvekar, släpper handtaget, nickar och går tillbaka ut i köket. Jag har mina misstankar om vem det är som finns där utanför dörren. Inom mig väcks bilderna från dansbanan och jag känner ett stygn av sorg i bröstet. När jag öppnar ser jag mycket riktigt att det är Erik som står där på verandan.

"Sigrid, snälla. Låt mig få …"

"Gå din väg."

Jag försöker stänga dörren igen men Erik hindrar mig från att göra det genom att ställa foten i vägen.

"Ge mig en chans till att förklara Sigrid."

Egentligen vill jag inte höra hans förklaringar eller ursäkter, men är ändå nyfiken på vad han har att säga till sitt försvar. För att försäkra mig om att mor inte ska se eller höra oss ser jag mig omkring. Jag suckar och ser på Erik som verkar mena allvar.

"Vänta här."

När jag stängt dörren går jag in i köket, tar hinken med matresterna som grisarna ska få och säger till Alma att jag snart kommer tillbaka. Hon nickar och jag skyndar ut i hallen igen. Jag öppnar åter igen ytterdörren.

"Vi går ut i bersån."

Jag går före ner för trappen till huset, tar till höger och går mot baksidan. Utanför grishuset ställer jag ner hinken och går mot bersån i trädgårdens ena hörn. Bakom den breder skogen ut sig.

När vi kommer in i bersån tar han ett stadigt grepp runt mina axlar och vänder mig mot honom. Jag suckar, ber honom att släppa mig, lägger armarna i kors över bröstet och ser på honom.

"Skulle inte du lämna ön?"

"Du lät mig inte tala till punkt Sigrid."

"Erik, vad är det du vill mig egentligen?"

Han ser länge på mig, ler och tar fram en liten ask ur sin ena byxficka. Jag känner hur pulsen ökar allt mer när han går ner på ett knä och öppnar asken. Chockat lägger jag händerna för munnen och skakar på huvudet.

"Erik. Vad gör du?"

Han tar min hand.

"Jag kan inte leva utan dig Sigrid. Jag vill att du följer med mig härifrån. Vill du gifta dig med mig?"

En enkel ring i guld stirrar på mig i solskenet. Jag tvekar. Känslorna slår volter i bröstet på mig, alla kvällarna vid dansbanan och sist kyssarna vid havet.

"Du måste lova mig en sak."

"Vad är det jag ska lova?"

Erik står kvar på ett knä. Jag svarar efter en viss tvekan.

"Att du inte ljuger för mig. Ett äktenskap ska vara byggt på kärlek men lika mycket på ärlighet och förtroende."

"Jag lovar att alltid vara sann mot dig Sigrid."

Så skrattar han.

"Håller du av mig?"

Utan att ha yttrat ett vettigt ord, nickar jag och ler. Då tar han min vänstra hand och trär ringen på mitt finger. Tårarna som rinner nu är av ett helt annat slag än de som runnit varje kväll sedan vårt sista möte. Hela mitt inre skriker av lyckan över att Sofia övertalade mig om att följa med till midsommardansen och att Erik tog modet till sig att bjuda upp mig den där kvällen. Ljuset i bersån bär något magiskt med sig.

"Du är inte riktigt klok."

Jag skrattar. Erik reser sig upp, tar ett steg emot mig, lägger handen om min nacke och ser länge in i mina ögon innan han kysser mig. Återigen känner jag hur våra läppar är som gjorda för varandra när han lägger armarna om mig och sen står vi där i en lång omfamning i skydd av bersåns lövverk. Med min svala hand mot hans bröstkorg fastnar jag med blicken på ringen. Vi ler båda två och Erik tar mina händer mellan sina båda, kysser dem och viskar,

"Jag tycker så väldigt mycket om dig Sigrid."

Generat ler jag, böjer på nacken och kysser honom igen. Han håller om mig med sina stora händer och jag känner mig så trygg, som om inget ont kan skada mig när jag är i hans famn. I en svag bris kan jag känna hans doft som fyller mig med den varma kärleken. Jag hör lövens sus i det täta lövverket och Eriks tysta andhämtning mot min panna.

Ett knastrande ljud från steg i gruset på gårdsplanen får mig att återvända till verklighet och vardag. Jag tittar på Erik och viskar.

"Jag måste gå tillbaka till köket, annars upptäcker mor att jag varit borta."

Erik nickar och släpper mina händer. Efter att jag samlat mig och låtit tårarna torka tar jag farväl av Erik med en fjäderlätt kyss och går mot husets framsida. Han står kvar och ser efter mig.

"Ses vi senare?"

Jag nickar.

"Vi ses på stranden, ikväll."

När jag vänder ansiktet mot honom ger jag honom ett sista leende innan jag går mot grishuset. Jag funderar på vad mor ska säga när hon får reda på vad som hänt. Jag lägger bestämt tanken åt sidan när jag öppnar dörren till grishuset och skyndar mig att kasta in matresterna. Jag stänger noga grindar och båsdörrar efter mig.

När jag kommer ut igen ser jag Erik försvinna bort runt kröken på vägen. Jag ler för mig själv och känner ringen på mitt finger. I hallen på väg in i köket möter jag mor.

"Vart har du varit?"

"Hos grisarna. Jag gav dem matresterna från igår."

Säger jag och håller upp hinken som jag tömt. Jag hinner tänka att jag borde nog tagit av mig ringen och lagt den i fickan på min kjol innan jag gick in, men det är för sent. Mor har redan sett den.

"Vad är det där? Sigrid, vad har du gjort?"

Mor tar ett stadigt tag om min handled och stirrar på ringen, först ser hon vred ut. Men snart mjuknar ansiktet något och greppet om handleden lättar när hon granska ringen noga.

"Vem är han?"

Jag svarar tyst. Orolig över hur hon ska reagera.

"Det är Erik. Men innan du säger något så ..."

"Kristerssons son?"

Hon ser misstänksam ut. Jag nickar oroligt men kan inte låta bli att le när jag ser på ringen.

"Håller han av dig?"

Jag nickar igen.

"Och du honom?"

"Jag vet att det är en synd. Men jag älskar honom mer än Gud."

Jag kan känna värmen som strålar från ringen och fyller mig med längtan efter Erik och de liv vi ska leva tillsammans. Men mor ser plötsligt rädd ut, hon skakar på huvudet och stirrar på mig med en blick som jag bara sett en gång tidigare i livet, när far försvann. Hon släpper min hand och tar ett steg ifrån mig. Jag förstår med ens att jag sagt något som gjort henne mycket upprörd.

"Sigrid. Be om förlåtelse."

När jag förstår att mor syftar på det jag sagt om Gud blir jag arg. Jag ställer ifrån mig hinken på golvet med en skräll och känner hur hela mitt inre skriker. Både av ilska över att mor inte verkar förstå någonting alls och över den kärlek som jag funnit i Erik.

"Om Gud har gett mig kärleken mor, hur kan det då vara fel av mig att känna och uppleva den?".

Jag talar högt, skriker nästan ur mig orden. Sofia som hört våra höga röster kommer ut i hallen. Varken jag själv eller mor bryr oss om att hon står där och tyst iakttar oss i dörren mellan hallen och matsalen.

"Du har syndat. Du älskar inte Gud över allt annat. Du ska be vår herre om förlåtelse."

Mor ser på mig med skräck i blicken. Jag känner hur ilskan brinner i bröstet och säger med samma skärpa som förut.

"Det är ingen synd att älska, framför allt inte om kärleken är till den vars hustru jag en dag ska bli och vars barn jag ska föda. Far hade varit glad för min skull och sen får du säga vad du vill. Jag tänker gifta mig med Erik med eller mot din vilja. Och med eller utan Guds välsignelse. Min kärlek till …"

Längre hinner jag inte, mor tar sats och ger mig en örfil så hård att det ekar i väggarna. Utan att kunna styra över det skriker jag till. Det känns som att något brister i ansiktet på mig när mors slag träffar min kind. Sofia rycker till och vänder sig bort med händerna över ansiktet. Mors ord ekar i huvudet när svedan sprider sig över ansiktet som en löpeld.

"Du ska inte tro att du är syndfri. Du vet ingenting om vad din far hade haft för åsikt om det här. Du vet ingenting om Karl. Han må ha favoriserat dig och skämt bort dig bortom Guds alla gränser, men du har inte vett nog att se sanningen om livet. Den har du aldrig behövt möta. Tack vare din far. Du är för naiv för att se att världen är full av synd och för det kommer Gud en dag att straffa dig. Precis som han straffade Karl och Tor. Vänta och se."

Så tystnar hon plötsligt, knyter sin hand och jag kan se smärtan hon känner i den. Samma smärta som bränner på min kind. Jag står länge med handen mot min kind och ser på henne, känner hur en varm vätska med smaken av järn fyller min mun. Så jag drar med handen över munnen och sväljer. När jag ser på min hand förstår jag vart smaken kommer från. Mor lyckats slå mig så hårt att jag blöder ur munnen. Chockad ser jag på blodet jag torkat bort med min hand och sedan ser jag på mor.

Oförmögen att svara henne rusar jag gråtande upp för trappan. Mor står kvar i hallen, ser nästan ångerfull ut när jag vänder mig om och stänger dörren till mitt rum så hårt jag vågar. Sofia följer efter mig upp för trappan och knackar på min stängda dörr.

"Sigrid. Kan du öppna? Får jag komma in?"

Jag svarar inte men Sofia kommer in ändå och stänger dörren bakom sig. Jag torkar blodet från min mun och hand med min vita näsduk. Gråter när jag berättar om Erik. Om dansbanan och om kyssarna vid havet. Jag berättar om hur ledsen han gjort mig när han sagt att han ska lämna ön och hur han friade i bersån för bara en stund sedan. Vi pratar i flera timmar. Ända tills Alma knackar på dörren och säger att det är dags att äta middag.

Vi går ner tillsammans. Det är en väldigt spänd stämning mellan mig och mor den kvällen. Men Sofia, som i vanliga fall brukar vara ganska tystlåten vid middagarna, pratar glatt på om hur glad far hade varit över att få leda mig, i en vit brudklänning, ner för den breda altargången i kyrkan. Mor ser kallt på mig men jag låtsas inte om det. Jag kan se kyrkan och Erik framför mig.

Hur han står där vid entrén till kyrkan, klädd i en fin kostym och en rosa ros som sticker upp ur knapphålet i kavajen. Hur han ler mot mig när jag ställer mig bredvid honom och hur han kysser min hand när han tar den i sin. Vi går tillsammans in i kyrkan. Vid altaret står hans yngre bror Sven och Tor i likadana kostymer. Där jag snart ska ställa mig står Eva och Sofia i ljust rosa klänningar som mina brudtärnor. Far sitter längst fram bredvid mor i kyrkbänken. På andra sidan av altargången sitter Emma, hon snyftar och tar upp en näsduk ur handväskan och lutar sig mot sin man Oskar, Eriks far. Jag håller i en vacker blombukett med ljust rosa rosor blandat med små vita brudslöjor som jag ger till Sofia när vi kommer fram till altaret. Jag vänder mig mot Erik och han tar mina händer i sina. Prästen talar om kärlekens band mellan man och hustru. Vi lovar varandra i nöd och lust. Sedan placerar Erik vigselringen på mitt finger. Jag känner hur jag fylls av kärleken från den och dess tydliga budskap om att jag nu och för alltid är Eriks hustru.

Precis så här blev vårt bröllop. Ett år senare, i slutet av augusti 1938 gifte vi oss, Erik och jag. Jag kände Tor och fars närvaro hela tiden när vi gick ner för den korta altargången i kyrkan. Hela dagen var så kärleksfull och vacker. Ingen av oss hade väl kunnat ana att världen, knappt ett år senare, skulle befinna sig mitt i ett brinnande världskrig.

KAPITEL 2

"Mor? Hade inte far och Märta en kusin i Sävar som dog för ett tag sedan?"

Erik står och bläddrar i en bok vid den stora bokhyllan som pryder en hel vägg i finrummet. Här finns alla möjliga böcker och gamla papper som tillhör Affär´n. Det som inte får plats på det lilla kontoret.

"Mm är det Samuel du tänker på?"

Emma drar tråden genom tyget på byxorna hon lagar och verkar väldigt upptagen när hon svarat Erik med frånvarande tonfall där hon sitter i sin fåtölj.

"Han levde ensam eller hur?"

"Det stämmer. Vad har du nu i görningen?"

Erik slår upp boken han valt ut från bokhyllan och går fram och tillbaka genom rummet.

"Jag tänker på gården."

"Gården? Varför bekymrar du dig över den?"

Emma ser frågande på sonen.

"Vad hände med den? Vem bor där nu?"

"Ingen, så vitt jag vet står den tom."

Emma drar i nålen så tråden åker ur nålsögat och viker ihop byxorna. Hon sätter sig tillrätta i fåtöljen och lutar trött huvudet mot ryggstödet efter att ha lagt ner nålen i sin lilla nål-burk av plåt. Erik går fram och sätter sig i fåtöljen bredvid sin mor.

"Jag tänkte att det kanske kunde vara något för mig och Sigrid att se över."

"Skulle ni flytta till fastlandet menar du? Hur ska ni då kunna …"

Hon tystnar. Hon hade vetat om det ett tag. Sett det på Sigrid, men inte vågat säga något om det. Erik visste inget, det var hon säker på. Det var inte Emmas sak att berätta för honom.

"Ja, som du vet har jag funderat på det ett tag. Men Sigrid är ju så hemkär. Jag vet inte om jag kan få henne att flytta. Men nog funderar jag på det."

Erik ser ut genom fönstret mot det stormande havet. Vågorna går högt och långt borta kan han skymta ett grått band där himmel och hav möts. Erik avbryts i tanken och vänder huvudet mot sin mor.

"Ni kanske skulle hyra Torkels hus? Du vet den gamla västerbottensgården nere vid …"

"Mor, jag vill inte stanna på ön. Det vet du."

"Jo. Nog vet jag det. Jag menar bara att det kanske skulle vara mer praktiskt att ha din mor i närheten nu när Sigri …"

Emma höll på att försäga sig igen. Men tack och lov var det inget Erik la märke till. Istället kliar han sig i bakhuvudet och ser väldigt fundersam ut. Emma skrattar till när ett minne kommer över henne.

"Ibland är du så lik din far Erik."

Hon tittar bort när ögonen tåras. Det var drygt två år sedan Oskar en dag ramlat ihop framför henne i Affär'n.

Men det var fortfarande lika svårt att begripa. Han hade varit hennes trygghet. Den som skötte allt det praktiska med Affär'n och den hon litade mest på mest av alla i hela världen.

Sedan han gått bort hade Emma inte varit sig själv. Erik hade sett hur hans mor gått omkring med en osynlig slöja över sig av sorg och saknad.

"Mor. Inte behöver du gråta. Du vet vad jag har sagt. Far hade inte velat att du sitter här och gråter när du tänker på honom. Han hade velat att du skulle minnas honom med glädje."

"Du har rätt min vän men jag kan inte hjälpa att jag gråter. Det är inte klokt. Ni är så enastående lika."

Sigrid vaknar av skramlet från porslin i köket på nedervåningen. I Emmas stuga hörs alla ljud mycket tydligare än uppe på den stora herrgården. Hon kliver ur sängen. Drar av sig nattlinnet och tar bh:n för att knäppa den när hon känner hur det ömmar i brösten. Efter att ha känt på dem med stor försiktighet, och båda brösten känns stora och ömma, klär hon på sig resten av kläderna och går den korta trappan ner till köket. På väg ner ligger tankarna på hur hon känt sig ovanligt trött och slö i kroppen. Svullen och väldigt snarstucken. Hon tänker tillbaka på den senaste veckan och inser att hon skällt ut Erik flera gånger utan att ha någon egentlig anledning till sina känsloutbrott.

Stannar mitt i trappan och lägger en hand över det vänstra bröstet, trycker försiktigt. Det ömmar rejält. Kunde det vara hjärtat igen? Och vad skulle hon i så fall säga till Erik? Hon tar bort handen när hon hör Emma i köket.

Emma står vid diskbänken och torkar en skål med en handduk. Morgonsolens ljus strömmar in i köket och får hennes hår att glittra där hon står. Sigrid går tyst och sätter sig på sin vanliga plats vid köksbordet.

Genast lägger Emma ifrån sig disken, tar grötkastrullen från spisen och fyller skålen som står framför Sigrid på det dukade frukostbordet.

"Jag tänkte att du kanske kunde behöva gröt. Du såg hemskt sliten ut igår kväll, flicka lilla."

Emma stryker hennes arm med ett uns av oro i blicken.

"Tack."

Sigrid ler, tar skeden, slevar upp en kletig, gråbrun klump med gröt och för den sakta mot munnen. Halvvägs stannar hon. Det går inte. Tankarna svävar iväg. Skeden lägger hon ner i skålen med ett väldigt skramlande. Handen skakar plötsligt till och Sigrid kan se bekymmersrynkan mellan Emmas ögonbryn när hon tittar upp från grötskålen.

"Hur är det fatt, du har varit ovanligt tystlåten den senaste veckan?"
Emma frågar försiktigt och sätter sig ner mittemot Sigrid som återigen känner hur känslorna slår bakut. Fanns det någon som Sigrid litade på så var det Emma. Hon kunde alltid trösta och komma med kloka råd. Men den här gången kändes det svårt att berätta även för henne. Något måste hon säga. Hon vill gråta, men behärskar sig, tar ett djupt andetag och suckar. Lägger band på känslorna som hotar att ta över och väljer att vända blicken till den blommiga kaffekoppen.

"Jag tror kanske att jag håller på att bli sjuk. Jag har varit så kraftlös i flera veckor nu."

"Och vad mer?"

Emma ser misstänksam, men samtidigt glad ut och Sigrid kan se på henne att hon vet något som Sigrid inte vet. Hon suckar. Det är lika bra att säga som det är.

"Jag är svullen och öm. Har ingen matlust och är jämt och ständigt en hårsmån ifrån att börja gråta."

Emma som suttit tyst och lyssnat börjar oväntat skratta åt Sigrids oroliga utläggning.

"Vad skrattar Emma åt?"

Emma tar Sigrids hand över bordet och ser henne djupt i ögonen.

"Men kära Sigrid, nog måste du väl ha en föraning åtminstone? … När blödde du sist?"

Sigrid ser oförstående på Emma. Men svarar tyst.

"Det är väl en sju åtta veckor sedan. Hurså?"

Emma ser menande på henne och insikten får Sigrid att tappa vattenglaset.

"Herregud."

Vattnet rinner ut över bordet och ner på golvet. Sigrid sitter som förstenad och stirrar framför sig. Emma tar vattenglaset och reser upp det på bordet igen. Sedan hämtar hon en trasa och börjar torka upp vattnet.

"Förlåt mig. Jag ska …"

"Jag gör det. Sitt du."

Tankarna blir till ett surr i huvudet på Sigrid och allt blir så självklart. Att hon inte hade förstått något tidigare.

Deras mödrar var, i sanning, av två helt olika slag. Emma, tog emot Sigrid med öppna armar och välkomnade henne in i familjen, trots att de redan var trångt med plats i det lilla hemmet bredvid Affär'n.
Ulrika, å andra sidan kastade kallt ut Sigrid från den stora familjegården strax innan vigseln var avklarad.

Sigrid skäms för sin okunnighet i köket när Emma med stort tålamod visar henne hur man lagar de enklaste maträtterna. Hon lär Sigrid att hushålla med maten, brodera, sy ut byxor som blivit allt för små samt en hel del andra saker som kommer att bli nödvändiga för Sigrid att kunna. Nu när hon för första gången ska leva på egen hand, utan tjänstefolk. Sigrid tar tacksamt emot all den hjälp hon kan få och tackar Gud för att hennes svärmor är så hjälpsam och kärleksfull mot henne.

Åskan mullrar över himlavalvets kolsvarta mörker. Ibland blixtrar det till och sekunden efter hörs en öronbedövande smäll när blixten slår ner i ett av de närliggande träden. Sigrid och Erik ligger tysta i den gemensamma sängen uppe i vindsrummet de fått låna av Emma. Något eget hus har de ännu inte lyckats få tag på. Hon ligger på Eriks arm, lyssnar på regnets smattrande och stryker försiktigt med handen över hans kind innan hon kysser honom godnatt och vänder sig på sidan med ryggen mot Erik.

Efter en stund väcks hon av Eriks försiktiga smekningar längs armen. Han lutar sig över henne och kysser lätt hennes axel. Sigrid ler lite för sig själv när Erik lägger sig tätt bakom henne, drar undan hennes hår och kysser nacken. Hon blundar när han andas tätt intill hennes öra och tar tag om hennes axel. Sigrid går med på att vända sig mot Erik igen. Han lutar sig nära efter att han viskat i hennes öra. Hon fnissar och kysser honom.
"Du är ju inte riktigt klok."

Emma vaknar tidigt på morgonen, som vanligt kom båten med varorna till Affär´n redan vid sju tiden och Emma måste ta emot dem nere i hamnen. Doften från havet och tjära blandas. Dofterna är svagare nu när vintern är på väg och isen ska lägga sig över vattnet. Den kalla november vinden sliter i hennes tunna kofta när hon går efter den lilla byavägen med mjölk kärret dragandes bakom sig. I vanliga fall hade hon med sig Erik eller Sven som bärhjälp men just den här morgonen gick hon ensam. Sönerna hade sett så slitna ut dagen före att Emma unnade dem sovmorgon. Det är inte så tunga varor som ska hämtas just den här morgonen.

I hamnen håller den stora båten på att lägga till vid kajplatsen. Aavgaserna från båten blandas med den välbekanta doften av cigaretter och Emma hostar till av obehag. Som vanligt möter Henning henne på kajen. Han bär omsorgsfullt varorna av båten och placerar dem på kärret. När de tillsammans lyckats få alla varorna på plats sträcker Emma ut handen och Henning tar den.

"Jag har tyvärr inga pengar att ge er. Jag hoppas ni förstår."

Henning nickar och ser ingående på henne.

"Ha frun lyssna nå på radion på senaste?"

Frågan kom från ingenstans och Emma skakar på huvudet. Hon kommer att tänka på gårdagens tidning och hur hon inte ens hade hunnit ögna sig igenom den under gårdagen. Den låg fortfarande orörd på köksbordet.

"Nej, inte mer än vanligt. Har det hänt något särskilt?"

"Jo, det kan man nog säg. Ja …"

Längre hinner han inte förrän signalhornet ljuder och Henning ursäktar sig innan han rusar mot båten.

Undrande går hon mot Affär´n, dragandes det välfyllda mjölkkärret med varor. Efter att hon lastat av alla varor, ute på det lilla lagret, går hon hem med en gnagande oro i kroppen. Vad kunde ha hänt?

Inne i det lilla köket är det tyst och stilla, inte ett ljud från vare sig vinden eller det mindre rummet innanför köket. Radion står tyst på köksbordet och med darrande fingrar vrider Emma på en av knapparna. Det knäpper till i den när den går igång. Det brusar och en välbekant stämma fyller rummet när Emma går för att diska upp de tallrikar som blivit kvar sen gårdagens kvällsmat. Plötsligt förstår hon vad mannen i radion säger henne. Rädslan tar fart i hennes kropp och när hon inte längre orkar lyssna går hon ut i hallen, tar ett steg upp för den branta vindstrappan och stannar.

"Erik, kom ner!"

Hon går tillbaka till köket och lyssnar spänt. Snart hör hon hur både Erik och Sigrid kommer ner. Erik stannar i dörröppningen till köket men Sigrid rusar hela vägen fram och lägger en arm om henne.

"Vad är det som har hänt?"

Emma kan inte svara på sonens fråga. Orden stockar sig i halsen. Hon står mitt på köksgolvet med händerna framför munnen, blek.

Från radion hörs de brutala nyheterna om hur nazisterna förstört hundratals synagogor och bönehus. Omkring 7000 skyltfönster och butiker har krossats, plundrats och vandaliserats. Allt på grund av judehatet från nazisternas håll.

Ett sus går genom det lilla huset. Regnet och den fruktansvärda åskan från kvällen innan känns futtig i jämförelse. Sigrid hjälper Emma till en stol vid köksbordet och Erik sätter sig halvt förlamad ner mitt emot henne. Men Emma finner ingen ro i kroppen, hon torkar sina händer på förklädet och ställer sig vid diskbänken istället. Genom fönstret kan hon skymta havet mellan de kala grenarna där löven för länge sedan fallit av träden. Det börjar snöa. Med händerna stödda mot diskbänken samlar hon sig lite innan hon byter samtalsämne.

"Sigrid, jag ska ner till salteriet och hämta strömming i eftermiddag. Har du tid att hjälpa mig med det?"

När eftermiddagen kommer börjar Sigrid ångra sitt beslut att följa med Emma till salteriet. Det hörde inte till vanligheterna att Emma behövde ta sig dit. I normala fall brukar strömmingen levereras av de anställda på salteriet men Sigrid antog att det inte fanns någon som kunde leverera varorna den här dagen. De hade haft brist på personal den senaste tiden.

På salteriet viskas det bakom hennes rygg och de flesta ungdomar som är anställda för att rensa fisken pekar och skrattar. Inte för att Sigrid brydde sig om det men det var svårt för henne att skaka av sig känslan av att alltid bli pratad bakom ryggen på där. Hon kände sig verkligen inte hemma på salteriet sedan hennes far försvann.

Sigrid tänker tillbaka på de minnen hon har av sin far. Ljudet av hans skratt. De sena kvällarna framför den öppna spisen i biblioteket när hon tryckt sig tätt intill honom. Hur gott han luktade av saltvatten och piptobak, där de satt i den stora soffan. Han berättade spännande historier om havet eller läste ur en av de många böckerna från bibliotekets stora bokhyllor. Det absolut bästa var när han läste ur bröderna Grimms sagosamling ända tills mor sa att nu var det dags att sova.

När de kommer fram till salteriet för att hämta upp strömmingen, står Ulrika vid dörren och pratar med Frans, Sigrids farbror, som tagit över ansvaret helt efter Sigrids fars försvinnande.

Frans är en bastant, skäggig man med stora arbetarhänder där valkarna tagit över handflatorna, den grå stickade tröjan har hål på flertalet ställen. Men eftersom han aldrig varit gift och sällan är ute bland folk, så har han väl ingen som kan laga den åt honom, tänker Sigrid. Frans är något av en enstöring, till skillnad från sin bror som var väldigt omtyckt av många på ön och ansågs vara mycket populär. Av någon anledning hade Frans alltid varit extra förtjust i sin brors äldsta dotter.

Kanske för att hon påminner honom om hans egen mor, samma bruna lockiga hår och breda leende. Samma rynka vid den högra mungipan, den som ger karaktär till ansiktet. Det hade han berättat för henne en kväll för några månader sedan när hon stött på honom nere på "Panget", öns enda pub. Hon hade gått förbi där, på väg till Emmas hus och han hade varit onykter. Sigrid hade därför följt honom hem.

"Vad gör ni här?"

Ulrika tar på sig den tjocka pälsjackan hon haft i handen, med hjälp av Frans som artigt håller upp den åt henne när hon kommer gående mot dem.

"Ja, kära Ulrika. Vad brukar jag göra när jag kommer hit?"

Ulrika fnyser. Emma sträcker på sig och verkar obrydd av det hårda mottagandet. Hon lägger armarna i kors över bröstet.

"Goddag mor."

Sigrid ser sin mor i ögonen och ler tafatt. Det är första gången hon ser sin mor sedan hon kastat ut henne ur barndomshemmet strax innan vigseln. Hon sänker huvudet när hon inte får något svar, undviker Ulrikas kalla blick och borstar försiktigt bort smuts från sin alldeles för tunna jacka. Det blåser från havet och kylan tar sig in på bara skinnet när Sigrid knäpper knapparna och drar jackan tätare om sig.

"Är du så högfärdig att du inte ens tänker hälsa på din egen dotter?"

Emma lägger beskyddande en hand runt Sigrid som vill försvinna under sin mors vassa blick.

"Inte är hon mitt ansvar längre. Hon har ju själv valt. Då måste hon väl ändå kunna ta eget ansvar för sina handlingar. Även dess konsekvenser."

"Sigrid förtjänar respekt av sin mor, lika mycket som du förtjänar hennes. Fast det gör du egentligen inte. Sigrid är en av de mest omtänksamma personer jag vet och jag kunde inte önska mig en bättre sonhustru till min Erik."

"Det förstår jag mycket väl. Han har ju lyckats lura till sig en rikemans flicka."

Emma vet inte vad hon ska göra av all sin ilska när hon utan att tänka sig för väser.

"Att du förolämpar och nedtalar mig, det kan jag ta. Men när du ger dig på din egen dotter och Erik går du för långt. Om jag var som du skulle jag vara stolt över Sigrid. Gud ska veta att jag är det. Men du verkar vara lika kall och salt som strömmingen. Det visste jag i o för sig redan."

Ulrika skrattar hånfullt och flyttar blicken från Emma till Sigrid när hon svarar.

"Kära lilla Emma, Sigrid är inte min dotter, så mycket ska du ha klart för dig. Min dotter skulle aldrig ha gift in sig i en fattig familj. Hon skulle haft förstånd till bättre än så."

Ulrikas ord sätter sig som en kniv i hjärtat på Sigrid. Det bränner till bakom ögonen på henne när Emma förekommer Sigrid med att svara.

"I så fall borde väl Karl inte ha gift sig med dig. Du kommer väl också från en fattig familj, som du själv säger. Om jag inte misstar mig gruvligt?"

Ulrikas ögon blir svarta när hon är på väg att svara. Precis i samma ögonblick kommer Martin, Ulrikas dräng, med häst och vagn, för att plocka upp henne och hon kommer av sig, vänder på klacken och går utan att yttra ett ord till.

Martin höjer en hand till hälsning mot Sigrid och Emma, de hör båda två hur Ulrika förmanar honom. Sigrid ler och nickar till honom när han möter hennes blick.

Emma tar Sigrid under armen och tillsammans går de in i salteriet för att hämta den strömming de kommit för.

"Bry dig inte om din mor. Hon är inte värd din tid kära du."

Erik arbetar från morgon till kväll. Om nätterna sover han oroligt. Något gnager i honom som Sigrid inte riktigt kan sätta fingret på. Hans eviga tystnad gör henne allt mer orolig. Kan det ha med nyheterna från radion att göra?

De ligger tysta bredvid varandra i sängen den kvällen. Det knakar i väggarna när vinden tar fart i dem. Mörkret som lägger sig över världen omkring dem känns oändligt gränslöst. Det enda ljuset kommer från en lampa invid dörren ner till köket.

"Vi skulle flytta in till fastlandet."

Sigrid stelnar till, hon vågar knappt andas. Lämna Holmön, hade Erik blivit tokig? Han hade talat om det tidigare och sagt att han velat flytta från ön. För mycket gamla minnen, hade han sagt.

Nog för att hon drömt om att få se något annat än de gamla gårdarna, träden och vyerna som hon sett i hela sitt liv, men samtidigt känns det skrämmande att lämna allt det familjära bakom sig. Hon svarar honom inte. Ligger tyst och funderar. Den senaste tiden har även hon haft en gnagande oro. En oro av ett helt annat slag som hon egentligen inte vill dela med Erik ännu. Men det måste sägas och det är nu. Kanske skulle han bli glad och komma på andra tankar.

"Erik, jag är med barn."

Erik sätter sig hastigt upp. Sigrid ser rädslan i hans ögon och sätter sig upp hon också. Med en lätt hand vidrör hon hans sträva kind och ser länge på honom.

"Det kommer inte att bli som för Mona."

Erik och Monas vigsel var arrangerad och Erik hade aldrig älskat henne. Men nog blev han nedtagen när varken hon eller sonen överlevt barnsäng.

Att Erik nu skulle kunna utsättas för detsamma med Sigrid, som han älskade mer än livet självt, kändes som ett stort, dåligt skämt.

"Är du säker?"

"Inte helt, men jag har inte blött sen innan vigseln. Och Emma …"

Sigrid försäkrar honom att hon skulle överleva och Erik måste tro henne, vad annat kunde han göra? Men någonstans vet han att hon aldrig kan lova det helt säkert.

Det blev som Erik ville. Men flytten till Sävar blev svår. Han hade åkt flera gånger över havet till fastlandet för att renovera huset med tillhörande ladugård som han köpt till sig själv och Sigrid för den lilla summa pengar han skrapat ihop under året. Här skulle de tillsammans bygga upp sin egen värld och leva tryggt utan oro och hårda ord från föräldrar som inte förstod sig på dem.

Med det sista flyttlasset till Sävar kom också den första kvarliggande snön och när Sigrid tar det första steget ombord på båten som ska ta dem ifrån Holmön känner hon rädslan för det nya blandas med frihet. Hon står vid relingen och vinkar farväl till Sofia och Emma. Snart syns de inte längre på kajen och Sigrid ser ut mot en strimma av grått land, långt borta där himlen ska möta havet. Där ska de bo. Ensamma. Hon och Erik.

Efter några dagar i huset har Sigrid börjat vänja sig vid att vara självständig. Hon är tacksam över all den hjälp hon fått av Emma och trivs med sin tillvaro i det lilla huset. Att få göra allt precis som hon själv vill utan krav eller regler känns som en dröm. Här är det hon själv som sätter gränserna. Maten blir till en början kanske inte så god som hon hoppats på men Erik har förståelse för hennes svårigheter i köket och försäkrar att maten smakar bra.

Det sprakar behagligt i järnspisen när hon lägger dit ytterligare ett vedträ, det sista, i den flätade näver korgen. Hon tar korgen under armen och går ut i hallen, plockar ner sin varma stickade kofta från kroken alldeles intill dörren, tar på sig den och sina varma vinterskor.

Decemberhimlen är mörk redan på eftermiddagen men Sigrid kan vägen till det lilla vedskjulet som Erik byggt upp för att veden inte ska bli blöt. Det är halt efter den upptrampade stigen. Det nyfallna regnet har skapat en glasklar hinna av is och Sigrid går försiktigt längs med väggen av huset.

Plötsligt försvinner fötterna under henne när hon halkar och faller handlöst åt sidan. Att ta emot sig hinner hon inte ens tänka på innan vedkorgen träffar henne i mellangärdet och hon tappar andan. Luften går ur henne. Vedkorgen går sönder och sidan av hennes huvud slår hårt mot husväggen. Det pulserar av smärta i huvudet och hon kippar efter andan för att få ner luften i lungorna igen efter slaget hon fått av vedkorgen. Sigrid blir liggande i den kalla snön medan snön börjar falla och tystnaden omkring henne breder ut sig som ett stort oändligt hav. Hon vill ropa, men har inte återfått andan efter luften som slogs ur henne och kan inte förmå sig att åstadkomma minsta lilla ljud. Hon tänker för sig själv att Erik kan vara borta i flera timmar.

Innan han kommer och upptäcker att hon är borta har hon kanske hunnit frysa ihjäl där i snödrivan vid husväggen. Hon rör försiktigt på ben och armar men inget verkar brutet. Smärtan sitter mest där korgen träffat henne i magen och där huvudet slog i husväggen. En rädsla väcks i Sigrids kropp. Den ena handen lägger hon på magen när hon försöker känna efter. Det känns som att hon aldrig ska kunna dra ett djupt andetag igen, när hon försöker resa sig upp. Det snurrar till i huvudet och hon orkar inte resa sig när yrseln tar över.

Nu hör hon Erik vissla för sig själv. Hon drar ett så djupt andetag hon kan och ropar. Rösten är darrig och blir inte alls så hög som hon önskat. Tystnaden känns som en evighet där i kylan. Snön har sakta börjat ta sig in genom kläderna och gör henne än mer kall och våt.

Erik stänger porten till den lilla ladugården och går tvärs över gårdsplanen mot huset. Det lyser i köket. Sigrid har säkert lagat mat och dukat upp den på tallrik åt honom när han kommer in. Ett svagt ljud får honom att stanna upp mitt på gårdsplanen. Han lyssnar intensivt. Det är lika tyst som vanligt när snön faller från den mörka himlen. Var det räven som försökte ta sig in till hönsen igen? Ljuset från lyktan han håller i leder honom genom det kolsvarta mörkret mot huset när ljudet plötsligt hörs igen. Först förstår han inte vart ljudet kommer ifrån men snart börjar tankarna skena. Sigrid. Det är Sigrids röst. Hon ropar på hjälp. Han släpper den tomma hinken han burit på och springer. Utanför ytterdörren stannar han.

"Sigrid! Sigrid?"

Inget svar. Han kliver in i huset och går mot köket. Ser sig om, men ingen Sigrid, varken i köket eller i sovrummet. Han får syn på spisen, och vedkorgen som lyser med sin frånvaro. Plötsligt går det upp för honom var Sigrid måste vara.

Han går med snabba steg ut i mörkret igen och springer runt husknuten mot vedskjulet. Tänk om hon fått hela traven med ved över sig. Då kunde hon ha skadat sig rejält.

Där, i snön, halvt liggande, halvt sittande mot husväggen, är hon. Vedkorgen som hon flätat ligger trasig bredvid henne och utan att tänka sig för hjälper han Sigrid upp på fötter igen. Hon stönar till av smärta. Han håller ett stadigt tag i henne när hon snubblar till av yrsel. Han förstår att hon inte kan stå på egna ben, än mindre gå. Så han tar henne i famnen och bär in henne i värmen av huset.

Sigrid får kämpa med sin smärta i mellangärdet och i huvudet när de tar sig in i köket. Hon lutar sig mot Erik som sätter ner henne på en stol och hjälper henne av med de otympliga vinterskorna och de blöta kläderna. Innan hon vet ordet av har ett stort blåmärke blivit synligt strax ovanför den nu vagt synliga magen och hon har ett stort blåöga vid det vänstra ögat och ner mot kinden finns ett illrött skrapsår. Erik stryker lätt med handen över det röda märket och Sigrid grimaserar av smärta. Han ler mot henne och skakar på huvudet.

"Jag har ju sagt att du måste vara försiktig."

"Jag vet Erik."

Sigrid tänker att hon kanske borde skicka ett brev till Eva som utbildar sig till barnmorska och fråga om råd. Men hon låter saken bero. Hon mår trots allt bra, lite öm bara. Men det är inget märkvärdigt efter den hårda smällen hon fått.

Det snurrar fortfarande i huvudet men inte heller det är speciellt märkvärdigt. Istället ber hon Erik hämta in mer ved och sätter sig tillrätta i sin stol framför järnspisen för att fortsätta sticka på barnmössan hon precis påbörjat och inte minst för att återfå värmen.

När hon sitter där och stickar till ljudet av den sprakande elden innan för spisluckan sänker sig ett lugn över henne. En känsla av att allt ska bli bra infinner sig. Smärtorna avtar och den obehagliga känslan hon haft i magen lägger sig.

Efter en stund kommer Erik tillbaka in med famnen full av vedträn. Sigrid ser tacksamt upp på honom när han lägger en hand på hennes axel och kysser henne på pannan.

"Är du trött?"

Sigrid avbryts i sina tankar, nickar och lägger omsorgsfullt ifrån sig stickningen. Tillsammans går till sängs och i den stilla vinternatten hörs bara vinden som får det att knaka i väggarna på det lilla huset.

Den natten vaknar Erik med ett ryck. Någonting är fel. Han känner hur hela sängen är blöt när han sätter sig upp och tänder lampan vid nattduksbordet. Han drar undan täcket och ser något mörkt mot det ljusa lakanet. Lyfter undan Sigrids täcke också och förstår till sin förskräckelse att hela underdelen på hennes skära nattlinne färgats rött av blod. Han skakar om Sigrid som vaknar och oroligt ser sig omkring. Hon möter Eriks ängsliga blick och inser motvilligt varför han så bryskt väckt upp henne mitt i natten. Paniken slår över henne när hon ser på det blodiga lakanet och hon förstår med ens att hon aldrig kommer att få möta det barn som hon väntat på. Med tårar i blicken ser hon på Erik.

"Förlåt mig Erik."

I takt med att snön smälter i vårsolen, rinner vattnet ner i diket där tussilagon sakta håller på att slå ut. Sigrid knyter sin sjal tätare om sig.

Trots att solen skiner finns det ingen värme i luften när de går längs den krokiga landsvägen mot byn. Vid en av gårdarna leker två små barn. Deras gälla skratt flyger upp mot skyn och blandas med fågelkvittret från de första vårfåglarnas ankomst från fjärran land.

"Erik, kan vi inte gå hem igen?"

"Men kära du. Vi är nästan framme. Du ville väl ringa till din syster?"

Erik lägger huvudet på sned.

"Vi kan passa på att gå in i lanthandeln också när vi ändå är i närheten. Vad säger du om det?"

Sigrid säger inget när de fortsätter gå efter vägen. Snart ser de kyrkan med den berömda kyrktuppen av guld i kyrkans enda torn och Sigrid stannar på nytt.

"Jag kan tala med Sofia en annan dag. Snälla Erik, kan vi inte gå hem?"

"Nej Sigrid, nu gör vi som vi har bestämt. Du vet vad doktorn sagt. Du behöver komma ut och röra på dig. Det är viktigt för både ditt välmående och ditt hjärta."

"Erik, jag vill gå hem."

Tårarna rinner för kinderna. Erik ser på henne suckar och nickar trött.

"Gå hem du. Jag ska bara ringa till mor så kommer jag sen."

Sigrid stannar och vänder på huvudet för att visa att hon hört honom. Ger honom ett leende och sedan fortsätter hon hemåt.

Hon trycker in fingrarna under trappstenen och lyfter på den. Där under ligger nyckeln precis som den ska och Sigrid låser upp dörren.

I huset finns tre rum och en liten toalett. Ett kök med en prydlig rostfri diskbänk med både varmt och kallt vatten i kranen, stora fina fönster åt tre håll, skåp och lådor i blåmålat trä, i ett hörn finns en liten pall där radion står, mitt på väggen ut mot hallen finns en järnspis, där finns även fyra köksstolar, även de blåmålade och ett köksbord med vaxduk på vardagarna, en vit duk, som Sigrid själv broderat, om söndagarna.

Sigrid går direkt ut till sängkammaren och lägger sig tillrätta ovanpå överkastet av den stora dubbelsängen som Erik fått till skänks av sin mor. Drar en filt över benen och stirrar upp i det omålade trätaket. Ögonen följer en springa mellan takets plankor och Sigrid känner hur ögonen faller tunga.

Hon vaknar av ytterdörren som smäller igen. Hur länge hade hon sovit? Det var åtminstone fortfarande ljust ute när Erik kom hem.

"Hur var det med Emma?"

"Som vanligt. Hon sliter ut sig med den där Affär'n. Egentligen borde hon kanske göra som folket på ön vill och sälja den"

"Kom du ihåg att hälsa från mig också?"

Erik grimaserar där han står i hallen. Han hade inte ens kommit ihåg att det var Emmas födelsedag. Han fick gå tillbaka imorgon och ringa igen.

"Jodå, hon tackade för omtanken."

Han får syn på Sigrid när hon kommer gående in i köket. Hon drar snabbt ett förkläde över huvudet och knyter det i midjan. Ger honom en snabb blick.

"Imorgon går vi ner till byn. Du behöver komma ut och jag måste ringa mor igen. Jag glömde fråga om …"

"Säg som det är Erik. Du glömde bort hennes födelsedag eller hur?"

Erik nickar och ger henne en puss på kinden.

"Du har alldeles rätt min vän."

Erik känner hur en värme sprider sig i kroppen. Hon hade skrattat. Det var första gången på, han vet inte hur länge.

KAPITEL 3

September 1939, Sävar.

Det är annalkande höst i slutet av september, björkarnas löv har sakta börjat gulna och kvällarna blir allt svalare för var kväll som går.

Nu är det snart ett år sedan de flyttade hit. Erik har sparat alla pengar i en särskild plåtburk i köket och slitit hårt för att Sigrid ska få det hem som hon förtjänar. Han är en man som kan tala för sig och har på det sättet fått många fina kontakter under året i Sävar. Erik är händig. Möblerna i köket har han byggt själv, veden för värmen i huset har han själv huggit och ladugården har han rustat upp tillsammans med sin bror, Sven, under sommaren. I takt med att tiden gått har också huset blivit mer och mer hemtrevligt och Sigrid stormtrivs i sin lilla stuga.

Ur bruset från radion som Sigrid precis vridit på i köket hörs Per-Albin Hanssons röst säga; "Vår beredskap är god". Hon lyssnar medan hon diskar en tallrik, hennes långa bruna hår hänger fram i ansiktet och Sigrid drar irriterat en hårslinga bakom det ena örat. Hon suckar när en ny slinga faller fram och hon sätter irriterat upp håret i en slarvig knut i nacken. Sedan fortsätter hon med disken.

Hallgolvet knakar till precis som vanligt när Erik tar av sig sina stövlar.

"Erik. Kom och hjälp mig är du snäll?"

När det inte kommer något svar från hallen torkar Sigrid sina händer på förklädet och går dit för att se efter varför han inte svarar henne.

"Erik?"

Hallen är tom och Sigrid ser sig omkring. Men det finns ingen där. Det var nog bara radion, tänker Sigrid och skakar på huvudet. Hon är på väg tillbaka in i köket när det knackar på ytterdörren. Sigrid vänder sig om och går suckande tillbaka ut i hallen och öppnar ytterdörren.

I dörren möts hon av två män i full uniform, båda har de ett gevär över axeln och mössa i handen.

"God kväll."

Hennes röst darrar lätt.

"God kväll. Jag heter Furir Andersson och det här är Fänrik Johnsson."

Den yngre av de två männen gör en gest mot sin kompanjon. Sigrid tänker att han inte kan vara mer än 20 år gammal.

"Vi söker en Erik Kristersson. Bor han här?"

"Ja, men ..."

Längre hinner hon inte förrän de båda soldaterna tränger sig förbi henne och går in i köket. Sigrid, som bryskt tryckts åt sidan av Fänriken, blir stående i mörkret av hallen. Hon tar några andetag för att lugna ner sig innan hon stänger ytterdörren efter soldaterna och går in i köket där de båda männen är på väg att sätta sig ner vid köksbordet mitt emot varandra.

"Nå fröken, var har ni herr Kristersson?"

Fänriken går fram till Sigrid. Hon ser mellan de båda männen som trängt sig in i hennes hem och rösten är till hennes egen förvåning stadigare än hon väntat sig.

"Han är inte inne."

"Varför sa fröken inte det med detsamma?"

Sigrid spänner ögonen i Fänriken som står framför henne.

"Om ni hade låtit mig tala till punkt innan ni trängt er på, så hade ni fått veta det redan i dörren."

Han ser något förvånad ut över Sigrids självsäkerhet. Hon lägger armarna i kors över bröstet och viker inte undan blicken när hon fortsätter.

"För övrigt är det är frun och inte fröken."

Fänrik ser på Furir och skrattar lite.

"Det kan inte vara möjligt, ni kan inte vara mer än 17 år."

"Hur gammal jag är det har ni inte med att göra."

Hon ser ilsket på soldaterna som helt respektlöst trängt sig in i hennes hem. De ser på henne och ler sinsemellan.

"Vet ni när herr Kristersson kommer hem?"

"Han borde vara hemma när som helst."

Sigrid tvekar innan hon fortsätter.

"Vad är det ni vill?"

"Det angår endast oss och Erik."

Sigrid fnyser, skakar på huvudet och går tillbaka till sin disk. De båda soldaterna sätter sig vid köksbordet. Efter en stund av tystnad, där bara radions brus och Sigrids slamrande med disken hörts, reser Furiren sig upp, stänger av radion och går med bestämda steg fram till Sigrid. Hon hör sin egen puls i öronen. Vad är det de vill Erik? Hon fortsätter att diska och försöker att verka obrydd av Furiren som plötsligt står så tätt intill henne. Han lägger en hand på hennes arm.

"Låt mig hjälpa dig."

"Nej tack, det behöver ni inte."

Sigrid ryggar snabbt undan men Furiren ger sig inte.

"Vad heter ni?"

Han går närmare. Det lyser av något farligt och oberäkneligt i hans ögon när han smeker hennes arm. Sedan tar han ett stadigt tag runt hennes midja och drar henne intill sig. Sigrid drar efter andan. Vrider sig loss och backar undan från Furiren utan att visa rädslan som stiger inom henne och hotar att ta över hennes kropp.

"Furir kan kalla mig frun."

"Varför är ni så kall och avvisande? Vad heter ni?"

Han tar ytterligare ett steg närmare henne. Snart står Sigrid upptryckt mot den bortre väggen i köket. Hon känner sig lätt illamående och lite yrslig där hon står mot väggen.

"Jag har inte för avsikt att lära känna er."

Sigrid talar lugnt och tydligt. Hon märker att han upptäckt rädslan som hon försökt dölja och nu utnyttjar han den till sin fördel. Han tar ett stadigt tag i Sigrids hår med ena handen och kysser henne hårt mitt på munnen, för att sedan kyssa henne ner över halsen och nacken.

Sigrid står som förstelnad utan att veta vad hon ska ta sig till. Hon låter honom dra henne intill sig och fortsätta kyssa hennes hals. Först när han vänder runt Sigrid, trycker upp henne med ansiktet mot väggen och drar upp hennes kjol, vaknar Sigrid upp ur den märkliga dvalan och förstår att nu är det allvar. Han trycker sig mot henne och drar undan hennes hår från nacken.

"Erik!"

Sigrid skriker, vänder runt och sliter sig loss från Furiren som inte hinner få tag i henne innan hon med snabba steg går mot järnspisen i andra änden av köket. Han följer efter henne med samma oberäkneligt mörka blick som tidigare, höjer handen och Sigrid ryggar bakåt för att undvika slaget som hon kan ana sig till. Plötsligt känner hon den stickande svedan från en örfil mot sin kind och hinner knappt reagera förrän nästa örfil bränner, värre än den första. Furiren höjer handen för tredje gången och Sigrid ryggar som förut, nu med händerna över ansiktet.

"Furir, det räcker!"

Fänrik reser sig så häftigt upp att stolen han suttit på välter omkull. Sigrid rycker till av smällen men håller blicken fäst på den unge Furiren framför sig. Hon andas snabbt och ansträngt med ögonen vidöppna.

"Sätt dig ner!"

Furiren sänker handen men fortsätter att stirra ilsket på Sigrid. Han rör sig inte ur fläcken, står kvar och synar henne uppifrån och ner. Sigrid ser ängsligt på honom. Rädd för vad som kan ske härnäst.

"Sätt dig ner. Det är en order, Furir!"

Furiren skrattar till och sätter sig ner vid köksbordet. Fänriken reser upp sin stol igen och ser på Sigrid som ger honom ett svagt leende. Han sätter sig mittemot Furiren, talar tydligt och pekar med hela handen när Sigrid rättar till kjolen och lämnar köket för att hämta andan ute i hallen. Hon hör hur Fänriken förmanar Furiren men det envisa dunkandet av pulsen i öronen tar över.

Väl i hallen känner hon hur illamåendet bara blir värre och värre, hennes andning är kort och det bränner och svider i bröstet när hon lägger en darrande hand över bröstkorgen. När hon står där i hallen, nära att falla ihop av yrsel och illamående rycks dörren häftigt upp. Hon kväver ett skrik i rena förskräckelsen när Erik kommer in och får syn på henne. Han går snabbt fram till henne med andan i halsen.

”Sigrid. Du skrek. Vad har hänt?”

Hon svarar inte. Istället drar hon efter andan och lägger ansiktet i händerna för att sedan brista ut i gråt. Han drar henne intill sig, håller om henne hårt och kysser hennes panna.

”Det är ingen fara.”

Fänriken som hört Erik ute i hallen reser sig upp och Erik får syn på soldaterna vid bordet. Han släpper greppet om Sigrid och synar henne uppifrån och ner, håller hennes axlar stadigt.

”Har de gjort dig illa?”

Sigrid ser oron i Eriks ögon. Han har sagt åt henne flera gånger att vara försiktig med orden hon yttrar och att det mycket väl kan sluta illa om hon är för vass i mun mot främmande män. Det är inte alla som uppskattar att kvinnor säger ifrån. Så Sigrid skakar på huvudet och torkar tårarna med näsduken hon dragit fram ur fickan på förklädet.

”Nej, inte så farligt.”

Erik släpper Sigrid, smeker försiktigt hennes illröda kind och går in i köket för att möta de bägge soldaterna. Sigrid blir ensam stående ute i hallen.

”Go' kväll. Erik Kristersson antar jag?”

”Det stämmer och vilka är ni?”

Fänrik sträcker fram sin hand för att hälsa. Erik tar den i ett hårt handslag efter att ha svarat honom avvaktande.

”Fänrik Johnsson. Och det där är Furir Andersson.”

Fänriken gör en snabb gest mot Furiren som stelt sitter kvar på köksstolen och petar sig under naglarna med en fickkniv utan att lägga någon som helst vikt vid Eriks ankomst.

”Min hustru ropade på mig, vilket inte hör till vanligheterna. Jag antar att ni är orsaken till det.”

Fänriken kastar en blick på Furiren som reser sig upp. Erik går fram mot honom med en blick som skulle kunna döda. Ilskan brinner inom honom.

Sigrid som hör den upprörda tonen i Eriks röst går in i köket och tar ett hårt tag runt hans arm.

”Erik, lugna ner dig. Han är inte värd det.”

Han ser mellan Furiren och Fänriken, kastar sedan en blick på Sigrid och suckar.

"Nåväl, vad är det ni vill mig?"

Erik tar Sigrids hand och fäster blicken på Fänriken istället, som i sin tur lägger blicken på Sigrid.

"Vi skulle vilja tala ostört med er make. Det här har ni inte med att göra."

Sigrid står envist kvar och håller Eriks hand så hårt att knogarna vitnar.

"Om ni har något att säga min man kan ni säga det inför mig också."

Erik flyttar blicken från Fänrik till Sigrid när han säger

"Hon har rätt … Men den här gången gör du som Fänriken säger Sigrid."

"Men Erik …"

"Nu, Sigrid. Gå in i sängkammaren och stanna där. Gör som jag säger."

Sigrid ser häpet på Erik. Aldrig tidigare har han gett henne en order. Hon vill protestera men väljer att tyst lämna köket och går långsamt in i sovrummet innanför köket.

När Sigrid gått och stängt dörren efter sig väntar Erik på att någon av de båda soldaterna ska säga något. När ingen av dem gör det blir Erik än mer irriterad.

"Nå, vad är det som gör att två soldater klampar in i mitt hem, skrämmer upp min hustru, slår henne och sedan har mage att köra ut henne ur sitt eget kök?"

Erik är mycket längre än de båda soldaterna och mer muskulös. Det la Erik märke till från första stund. Så om det blir frågan om bråk kommer han att klara sig fint, åtminstone borde han det rent kroppsligt. Erik är upprörd när Fänriken tar fram ett brev ur innerfickan på jackan av sin uniform och räcker det till honom. Erik vet mycket väl vad det är för ett brev. Det har pratats var och varannan dag om frivilligkåren och insatsstyrkan. Det var bara en tidsfråga innan de skulle knacka på deras dörr. De talar lågt för att undvika att Sigrid ska höra deras samtal.

"Vi vill att du anmäler dig som frivillig att strida vid den finska gränsen. Det ryktas om att sovjetiska trupper närmar sig. Om de anfaller måste vi hjälpa våra finska bröder och systrar. Det här är ett brev som säger att du anmält dig frivilligt, utan hot eller tvång."

Erik ser på brevet, sedan på Fänriken och Furiren. Han tar brevet och öppnar det.

"Valet är givetvis ditt men tänk igenom det noga."

Erik skrattar till.

"Ja vad ska jag säga? Jag vill hjälpa våra grannar så gott jag kan. Och om detta är vad ni vill ha hjälp med så kan jag inget annat göra i gott samvete än att anmäla mig."

Fänriken tar fram en penna ur bröstfickan och ger den till Erik som signerar brevet och ger tillbaka det till Fänriken som nickar mot dörren Sigrid stängt bakom sig. Erik sväljer.

"Ni förstår att detta kan få konsekvenser för er hustru?"

"Jag vet vad jag ger mig in på. Men min hustru får inget veta, inte än."

"Det kan bara vara rykten från Sovjet. Men om vi behöver dig så hoppas jag att du berättar det för din hustru. Det blir ett sånt himla liv annars."

"Var det inget mer så får jag be er att gå härifrån nu."

De båda soldaterna tar sina gevär som stått lutade mot köksbordet. Fänriken nickar och gestikulerar till Furiren att gå före ut i hallen. Fänriken stannar upp halvvägs genom dörren, tar tag i Eriks axel och säger med låg röst.

"Er hustru är en mycket vacker kvinna. Om jag vore som ni skulle jag se efter henne ordentligt. Det finns många som inte förstår sig på det där med mitt och ditt. Ett havandeskap utanför äktenskap är inget man vill råka ut för. Tro mig."

Erik nickar och följer med de båda soldaterna ut ur huset. Han stänger ytterdörren bakom sig. När soldaterna lämnat den lilla gården, i den lastbil som stått parkerad på gårdsplanen, och Erik ser dem försvinna bort längs vägen går han tillbaka in i huset igen. Hur hade han missat lastbilen när han sprang från ladugården?

Han smäller hårt igen dörren, öppnar luckan och slänger in brevet han fått i elden som brinner i järnspisen. Sätter sig ner vid köksbordet och lägger trött huvudet i händerna. Gnider sig i ögonen.

Sigrid, som hört smällen från ytterdörren, kommer ut i köket och sätter sig på stolen bredvid Eriks. Hon tar hans hand mellan sina båda och kysser den lätt.

"Vad ville de?"

Erik ser trött på Sigrid och lägger ömt en hand på hennes kind, hans trötta och obehagligt ledsna blick får magen att knyta sig på Sigrid och illamåendet är tillbaka igen.

"De vill att jag ska anmäla mig som frivillig för att försvara den finska gränsen."

"Och vad svarade du dem?"

Erik hade gjort en tjänstgöring i det militära men valt att lämna tjänsten och åka hem till Holmön efter fem års tid. Det var anledning nog till att soldaterna skulle knacka på just deras dörr, tänker Sigrid.

"Oroa dig inte. Jag stannar här."

Han tar Sigrid i famnen. Det sticker i kroppen på henne, att sitta stilla känns omöjligt. Illamåendet har blossat upp igen och hon känner hur hon inte längre kan hålla det i schack. Hon sliter sig ur Eriks grepp, reser sig snabbt upp, går ut i hallen och försvinner ut genom ytterdörren. I farten får hon med sig sin stickade kofta som hänger på en krok vid dörren. Hon springer över den lilla gårdsplanen och drar djupa andetag medan hon drar på sig koftan. Snart står hon och spyr bakom den lilla stenmuren som skiljer gården och skogen åt. Länge står hon i mörkret och djupandas. Hon hostar till och spyr igen.

"Vad är det för fel på mig?"

Hon kallsvettas där hon står i nattens mörker bredvid stenmuren. Lägger en hand över bröstet efter att hon har torkat sig om munnen med sin näsduk.

Hon försöker att hålla sig lugn men illamåendet vill inte ge vika och efter att hon spytt en tredje gång kommer Erik gående över gårdsplanen.

Hon drar efter andan när hon plötsligt förstår vad det är för fel på henne. Hon blundar och försöker tänka efter. Räknar på fingrarna och konstaterar att hennes misstankar mycket väl kan stämm

KAPITEL 4

Oktober 1939, Sävar.

En morgon sitter Sigrid vid köksbordet. På radion pratar man om hur *"Finlands sak är vår"*. Tankarna snurrar i huvudet. Varför just nu? Kriget kan vara här när som helst. Illamåendet har lagt sig sedan hon vaknade, men tårarna bränner fortfarande bakom ögonen efter mardrömmen som väckt henne.

"Vad är det med mig? Jag brukar väl inte gråta över mardrömmar."

Sigrid blinkar för att få tårarna att försvinna. Hon tänker på de många affischer hon sett på byns alla anslagstavlor. De föreställer ett par skidåkare i vita dräkter åkandes sida vid sida. En har den svenska flaggan över bröstet och den andra har Finlands. Texten "För en större kamp, kom med i frivilligkåren" syntes på alla affischerna. Det knyter sig i magen på henne.

"Skärp dig."

Hon torkar en tår som hon inte lyckats blinka bort och rycker till när hon hör ytterdörren öppnas och smälla igen. När hon lyssnar och koncentrerar sig, hörs klockans tickande på väggen, golvet som knarrar ute i hallen och Erik som muttrar för sig själv.

Precis som han gjort varenda morgon den senaste tiden när han kommer in från ladugården. Förstår Erik ingenting? Varför frågar han inte om hon är med barn?

Det väller en ny våg av illamående över Sigrid, hon reser sig upp och springer med handen framför munnen till diskhon och spyr.

Det värsta är att Erik inte längre kan se Sigrid i ögonen. Det smärtar att behöva ljuga för henne. Hon som alltid säger att det viktigaste i ett äktenskap är att vara ärlig. Gäller det också i tider av krig? Kanske inte, vad vet han?

Allt han vet är att han vill skydda henne från all smärta och oro, kunna ge henne en bättre och säkrare framtid. Men något är fel. Sigrid har de senaste nätterna vaknat i panik, sprungit ut och spytt över stenmuren. Är det hans fel?

Ända sedan soldaterna lämnade deras hus med det papper han signerat har ingenting varit som det brukar. Hon är blek och har magrat av, han själv är tyst och frånvarande. Inget har varit sig likt. Brevet han fick av soldaterna brände han i järnspisen redan samma kväll. Men han vill så gärna göra rätt för sig. Vad är det han har gett sig in på?

Han har ont om tid nu. Det måste sägas snart, innan det är för sent. Frågan är om Sigrid någonsin kommer att kunna förlåta hans gärningar. Han tvekar där han står, hör henne i köket. Så skramlar det plötsligt till och Sigrid kommer rusande mot diskhon som han tydligt kan se från sin plats i den mörka hallen. Hon spyr, igen. Nej, allt som har med hemligheter att göra får vänta. Nu måste han ta hand om sin älskade Sigrid.

Hon har räknat ut det, i månadsskiftet mellan maj och juni ska barnet födas. Erik som precis kommit in i köket går fram till henne, stryker henne över ryggen och ser oroligt på henne där hon står framåtlutad över diskhon.

Hon skakar av köld och är kallsvettig men det kalla vattnet som rinner ur kranen skvätter skönt i hennes ansikte. Hon dricker några klunkar direkt ur den och torkar sig tillslut om munnen med näsduken som hon haft i handen. Erik stänger av vattnet och ser förskräckt på den bleka Sigrid som är nära på att svimma framför honom. Varsamt lägger han händerna om henne och följer henne till köksbordet för att sätta sig ner. Sedan hämtar han hennes sjal från sovrummet, lägger den runt hennes axlar och ställer sig på knä framför henne.

"Sigrid. Vad är det med dig?"

"Det är inget farligt Erik. Det går över. Kan vi inte tala om något annat?"

Erik ser oförstående på Sigrid som skrattar trots tårarna i ögonen. Han nickar kort, reser sig upp och slår på radion, musiken strömmar ur den.

Han sätter sig ner mitt emot henne vid bordet och öppnar tidningen. Läser några rubriker men inget intressant lockar honom till att fortsätta läsa annonserna.

"Jag har funderat på något ett tag nu."

Hon höjer blicken från bordet och vasen med blommor.

"Jasså? Vadå?"

"Jag tänkte att vi, till sommaren, kunde bygga en veranda ut mot baksidan. En liten, vitmålad du vet. Vad tror du om det? Du som alltid velat ha en sån."

Sigrid kastar en blick genom fönstret. Ut över åkrarna och skogen. Långt borta vid skogsbrynet lyfter en trana.

"Jag skulle hellre vilja att vi flyttade tillbaka till Holmön igen. Jag saknar ön och Sofia. Jag vet att du ..."

Erik reser sig upp, ler, bugar djupt och tar Sigrids hand. Sigrid skrattar och reser sig upp hon också. Sedan dansar de långsamt runt i köket tätt tillsammans.

Efter en stund är illamåendet borta och en ny känsla tar fart i Sigrids kropp, en känsla av längtan. Av lust. Hon lutar sig intill Erik.

"Kan du inte kyssa mig? Så som du gjorde förr."

Erik lägger händerna om hennes kinder, smeker dem långsamt med tummarna och kysser henne lätt mitt på munnen, sedan följer en kyss på vardera kind. Sigrid ler, backar några steg ifrån honom, vänder och går mot sovrummet. I dörröppningen stannar hon och sträcker ut sin hand mot Erik.

"Kom."

Snart står han i dörröppningen till sovrummet och ser på Sigrid som släpper ut sitt långa hår i motljuset från det öppna fönstret där morgonsolen blygsamt letar sig in genom gardinerna. Han går fram till henne och Sigrid lutar sin panna mot Eriks bröstkorg. Hans händer rör sig försiktigt efter hennes sidor och med den ena armen om hennes midja lutar Erik sig fram, tar ett stadigt tag under hennes knän och lyfter upp Sigrid som skrattar, lägger armarna om hans hals och kysser honom. Sedan bär han henne till sängen och lägger ner henne bland lakan och kuddar. När Erik lagt ner henne går han fram och stänger fönstret. Sigrid ser på Eriks smala kropp med muskler av hårt arbete ända sedan barndomens somrar när han drar gardinerna för fönstret. Hon drar honom till sig med sitt ljusa leende och blanka ögon fyllda av lust som strålar upp mot honom när han vänder sig mot henne. Erik lutar sig över Sigrid och kysser hennes mjuka läppar där hon sitter på kanten av sängen. Sedan lägger han sig ner bredvid henne och drar henne intill sig. Bland lakan och kuddar undersöker de ömt varandras kroppar i halvdunklet. Inte en centimeter av deras kroppar får gå miste om beröring eller närhet.

Efteråt ligger Sigrid i vecket av Eriks arm med handen på hans bröstkorg. Hon känner hans hjärtslag och värmen från hans hud. Han smeker henne över ryggen. Ibland kysser han hennes panna. Länge ligger de så i tystnad när Sigrid tillslut tar ett djupt andetag och viskar.

"Erik. Det är en sak jag måste säga dig."

"Jag har en sak jag vill tala med dig om också."

Erik vänder sig på sidan mot Sigrid. Hon nickar och söker sig närmare honom. Han lägger en hand på hennes haka och lyfter hennes blick mot honom.

"Börja du."

Erik ler och Sigrid tvekar lite. Orolig för hur han ska reagera över nyheten.

"Jag är med barn."

"Sigrid."

Jublar Erik. Han kysser henne. Men Sigrid drar efter andan och brister ut i gråt.

"Vad är det? Är du inte glad?"

"Jo, men …"

Erik avbryter Sigrid och tror sig veta vad hon tänker.

"Du tänker på förra gången, du tänker på missfallet. Du tänker att i den ena stunden är du glad, men sen börjar du tänka på …"

"Sluta, så där kan du inte säga. Det kommer att gå bra."

Sigrid avbryter Erik och slår till honom på armen. Det sista säger hon mest för att övertala sig själv om att det kommer att bli bra och Erik skrattar.

"Men varför gråter du i så fall?"

Han lägger en hand på Sigrids kind. Hon lägger sin hand ovanpå hans.

"Du har rätt, jag tänker på missfallet. Men också på kriget och på att ett barn i krigstid … det kommer inte att bli lätt. Varken för dig eller för mig."

Erik förstår hennes resonemang och bestämmer sig för att byta strategi för att muntra upp henne.

"Vi ska bli föräldrar Sigrid."

Nu ler hon och skakar på huvudet när han säger så. Erik ser fundersam ut och frågar efter att ha funderat en liten stund.

"Kommer du att klara det? Jag menar …"

"Det kommer att bli bra. Jag klarar det. Du kan vara helt lugn för det."

"Jag tänker på ditt hjärta Sigrid. Du är inte kry och jag är rädd om dig."

Hon suckar.

"Det finns ingenting som säger att jag och mitt sjuka hjärta inte skulle klara av ett havandeskap Erik. Det kommer kanske att bli svårt, men du måste lita på att jag klarar av det."

Han nickar där de ligger tätt tillsammans i den stora sängen. Efter en stunds tyst funderande reser han sig upp.

"Jag vill att du lovar mig en sak Sigrid."

Sigrid sätter sig upp i sängen och håller generat upp täcket för att dölja sig, som om det vore första gången han såg på hennes nakna kropp. Hon ler.

"Vad är det jag ska lova dig?"

"Om jag anmäler mig frivillig och blir inkallad … då åker du till din mor på Holmön."

Sigrid ser oförstående på Erik som tar på sig en skjorta och knäpper knapparna.

"Varför i hela friden skulle jag göra det? Det skulle mor aldrig gå med på. Det begriper du väl själv?"

"Jag inte vill att du stannar här. Om något går galet vill jag åtminstone att du har någon hos dig. Så att du inte ligger här hemma ensam och kanske dör av ett missfall."

Sigrid tar snabbt på sig underkläder, blus och kjol. Hon går snabbt fram och tar Eriks sko ifrån honom. Deras röster höjs och stämningen i sovrummet blir allt mer infekterad.

"Om något går galet. Och det ska du säga som vill ut i krig?"

Den här diskussionen hade de haft många kvällar de senaste månaderna. Erik hade sagt att om han kunde hjälpa till på något vis så ville han göra det och Sigrid hade svarat att det är befängt att önska sig ut i krig.

"Jag är orolig för dig Sigrid. Jag vill inte att du ska vara ensam om det händer dig och barnet något. Du kan inte stanna här själv."

Sigrid gråter och kastar skon på Erik som försöker skydda sig.

"Vad menar du med det? Om det är någon som ska vara orolig så är det väl ändå jag. Det är du som vill kasta bort ditt liv i krig! Inte jag!"

"Du kan inte sitta här själv när jag är borta!"

"Nu talar du som om du redan har anmält dig."

Så tystnar hon plötsligt och kommer ihåg något. Hon ser på honom att något i det hon sagt har gjort honom mycket skamsen. Han undviker att se henne i ögonen och rättar till skjortan. Hon börjar långsamt att förstå. Erik tar upp skon som hon kastat på honom och tar på sig den under tystnad. Sigrid sänker rösten.

"Erik. Vad var det du ville tala med mig om?"

Han svarar henne inte, utan ursäktar sig och säger något om att djuren måste få sin mat. Sedan försvinner han ut i köket. Han tar hinken med matresterna från diskbänken och går ut på gårdsplanen.

"Svara."

Sigrid följer efter honom ut genom ytterdörren. Hon bryr sig inte om att ta på sig några skor utan springer barfota ifatt honom och tar tag i hans arm. Erik sliter sig loss och fortsätter mot ladugården utan ett ord men hon ger sig inte utan fortsätter att följa honom.

"Svara mig Erik!"

Sigrid skriker så att det ekar mellan träden runt gården och Erik skriker tillbaka.

"Ja, jag har anmält mig!"

Hon stannar tvärt och han vänder sig mot henne. Båda två andas de ansträngt och Sigrid känner hur världen runt omkring henne fallerar. Erik tar några steg fram mot Sigrid som backar.

"Jag har anmält mig frivillig. Är du nöjd? Har du fått veta vad du vill nu?"

Blicken är full av förakt när hon fnyser.

"Nöjd? Skulle jag vara nöjd för att du har anmält dig frivillig? Du har ljugit för mig."

Erik fortsätter att se på Sigrid utan att säga något. Hon väntar på ett svar, en ursäkt eller något som visar att han ångrar sig men när Erik inte säger något så fortsätter hon

"När vi satt i köket den kvällen då soldaterna varit här frågade jag dig om du anmält dig. Du svarade mig att du inte gjort så. Du ljög, Erik. Och du har fortsatt att ljuga och undvikit mig sedan dess."

"Undvikit dig har jag väl ändå inte gjort?"

"Jag trodde att du och jag alltid var ärliga mot varandra. Men sen går du bakom min rygg och anmäler dig frivillig, utan att tala med mig om saken. Du lovade mig att alltid säga sanningen när du frågade om jag ville gifta mig med dig! Men jag var väl alldeles för naiv för att förstå att du ljög redan då! Du kan lika gärna packa din väska och dra all världens väg redan ikväll, mig kvittar det!"

Hon gråter när hon går tillbaka mot huset.

"Men snälla, söta Sigrid."

Erik fångar upp henne, men Sigrid trycker honom ifrån sig.

Löven har gulnat i träden runt gården och färgat den i orange röda skiftningar, det doftar av nyfallet regn och Sigrid känner hur det svider i fötterna av kylan från den kalla gårdsplanen. Men hon är alldeles för upprörd för att lägga märke till de vackra färgerna runt omkring sig. Istället lyfter hon handen mot Erik. Men ångrar sig igen, sänker handen och utbrister.

"Du kan ta dina ursäkter och dra någon annanstans. För jag vill min själ inte ha dem!"

Hon vänder om och fortsätter över gårdsplanen. Erik står kvar, svär och sparkar i marken innan han går med matresterna mot ladugården.

Sigrid går in i huset och stänger den hårda trädörren med en smäll bakom sig, hon lutar sig mot den och tar några djupa andetag. Dunkar bakhuvudet mot det hårda träet och skriker frustrerat rakt ut i den mörka hallen. Sedan går hon in i köket och sätter sig på en av stolarna vid bordet. När hon sätter sig ner känner hon hur hon skakar i hela kroppen, både av rädsla och ilska. Slår ut med armen och välter ett glas som faller till golvet och går sönder. Sedan lutar hon sig fram över bordet och gråter.

När Erik kommer tillbaka från ladugården har Sigrid redan ätit. Hon står och diskar en tallrik.

"Det finns mat i kastrullen på spisen. Du kan väl diska efter dig."

Hon lämnar köket och går in i sovrummet. Det blir inte många ord utbytta den dagen. När kvällen kommer och Erik ska lägga sig bredvid Sigrid i den stora dubbelsängen så ligger hon på sidan med ansiktet vänd bort från honom. Hon som alltid brukar sova med ansiktet mot honom och vilja hålla i hans hand och brukar säga att hon känner sig trygg då. Men nu ligger hon bortvänd. Erik förstår hur djupt han har sårat henne. Han lägger sig tätt bakom henne och stryker hennes arm.

"Sigrid? Sover du?"

Hon tyst ligger kvar och låtsas sova för att Erik ska lämna henne ifred.

"Sigrid?"

Han kysser hennes axel.

"Minns du vad jag sa till dig när vi dansade tillsammans första kvällen?"

Sigrid kan inte låta bli att le, men fortsätter att blunda och tvingar bort leendet. Hon rör på sig för att bli av med hans beröring. Erik börjar tyst att sjunga i örat på henne.

"Varför försaka en enda liten hemlig kyss …"

Nu kan Sigrid inte hålla känslorna inom sig längre. Hon vänder sig om, tar sin kudde för att slå till Erik och Erik måste skydda sig från den.

"Aj!"

Han tar tag runt hennes midja och brottar ner henne i sängen medan han kittlar henne och Sigrid skriker av skratt. Erik lutar sig fram och kysser Sigrid ömt på munnen.

"Förlåt mig Sigrid, jag skulle ha sagt något tidigare."

"Du kan inte …"

Sigrid avbryter sig. Hon blir blek, trycker Erik ifrån sig och reser sig upp ur sängen.

"Mår du illa?"

Sigrid svarar inte utan försvinner ut ur sovrummet med snabba steg. Erik suckar, han vet att det är lönlöst för honom att följa efter henne. Hon kommer bara att bli ännu argare.

Erik väntar länge på att Sigrid ska komma tillbaka till sovrummet. Men när han väntat i nästan en timme utan att ha hört ett ljud från henne så reser han sig upp och går ut i köket för att se efter vart hon tagit vägen. På en stol framför järnspisens värme, där elden sakta håller på att brinna ut, hittar han henne. Hon är inte lika blek längre men kallsvettig. Hon gungar nästan omärkbart fram och tillbaka, i händerna håller hon en stickning. Det är början på en barnmössa i vitt garn. All hennes uppmärksamhet tycks vara fokuserad vid den lilla mössan och vid barnet som hon aldrig fick möta. Sigrid vet inte om smärtan i hennes bröst beror på sorg, rädsla, ilska eller en kombination av dem alla tre. Erik står tyst kvar i dörröppningen mellan sovrummet och köket och ser på henne. Efter en lång stund bryter han tystnaden.

"Varför sitter du här? Det är mitt i natten, Sigrid. Kom och lägg dig istället."

Sigrid rör inte en min.

"Gå och lägg dig Erik. Jag sitter kvar här tills du somnat. Jag kan inte förlåta dig, inte än. Inte just nu."

Blicken går mot den lilla stickningen när hon stryker lätt med fingret över den. Han suckar.

"Jag ska eventuellt åka till Finland, inte till andra sidan jorden. Du är med barn. Inget av det här är som det brukar. Det enda jag med säkerhet vet är att jag bryr mig om dig och att jag inte kan stå ut med tanken på att du kommer att sitta här ensam. Om något händer dig så behöver du någon som kan hjälpa dig Sigrid. Förra gången …"

Sigrid sätter sig upprätt, vänder sig mot Erik med en blick fylld av både ilska och sorg.

"Du behöver inte påminna mig om förra gången Erik. Jag vet mycket väl vad jag har gjort dig. Jag var där."

Hon vänder bort ansiktet från Erik för att inte visa tårarna som hotar att bryta fram. Men Erik, som kan sin hustru vid det här laget, är snabbt framme hos henne. Han sätter sig på huk, tar hennes ansikte mellan sina händer, tvingar henne att se på honom.

"Se på mig."

Först gör hon motstånd men när Erik inte ger sig, ger hon tillslut upp och går med på att flytta blicken till de där märkligt bruna ögonen som hon älskar så.

"Sigrid, lyssna på mig. Det var inte ditt fel. Det var ingens fel det som hände."

Erik talar väldigt tydligt för att Sigrid ska förstå och ta in vad det är han säger. Hon ser länge in i Eriks ögon, ljudet av den sprakande elden i spisen väcker minnena om ögonblicket som krossade hennes drömmar om ett barn, till liv.

Sedan kommer utandningen och med den kommer också tårarna. Mellan snyftningar och snörvlande får hon fram orden

"Erik, jag är så rädd."

Han tar henne i famnen, drar in doften av hennes hår i näsan och viskar.

"Det ordnar sig nog ska du se."

KAPITEL 5

Kylan har kommit på allvar. Trädens löv har fallit av för länge sedan och blivit
till en förmultnande sörja som nu är frosten kommit frusit till is. Sigrid försöker få elden
i spisen att ta fart igen efter natten. Hon blåser på den och lägger på fler vedträn. Tillslut
lyckas hon få igång en rejäl brasa och hon värmer händerna mot de öppna lågorna en
stund. Det knäpper till i radion när hon slår på den och sedan sätter hon sig vid köksbordet
för att äta sin frukost. Erik sitter redan mitt emot henne och äter. De ser på varandra och
Erik ler men Sigrid sänker blicken och rör runt i sin gröttallrik. Stämningen dem emellan
har inte varit som den brukar sedan den morgonen ute på gårdsplanen. Erik har varit mer
i ladugården än han brukar och Sigrid har varit mer tystlåten än vanligt. Så ser hon upp på
honom.

"Visst vet du att jag håller av dig Erik? Även om jag är arg över att du inte sa något."

"Jo nog vet jag det. Men jag vill att du ska veta att jag inte gjorde det av illvilja. Jag
ljög för att jag inte vill att du ska oroa dig. Innan det finns något att oroa sig för."

"Du måste säga mig sanningen. Oavsett hur hård och smärtsam den kan vara så är
det ändå bättre än lögnerna."

Erik svarar inte, han bara nickar. Sigrid reser sig upp, går runt bordet och sätter sig
på stolen bredvid Eriks. Hon tar hans hand i sin.

"Snälla Erik, ljug inte för mig igen."

De stelnar till. I bruset från radion hörs plötsligt en röst tala om hur sovjetiskt artilleri
öppnat eld mot Finland under gårdagen. Det är början till ett krig mellan Sovjet och
Finland. Frivilligkåren ska sätta in alla resurser de har för att hjälpa Finland i kampen.
Erik skakar på huvudet och ser på Sigrid som sitter med ena handen framför munnen, hon

vågar knappt andas. Tankarna snurrar i deras huvuden och båda två försöker hitta de rätta orden när Sigrid utbrister

"Jag sa ju det."

Erik reser sig upp och går ut i sovrummet när han inte hittar orden han letar efter för att kunna svara henne. Sigrid reser sig hon också, höjer volymen på radion och tar fram ett par stickade sockor ur en korg vid spisen. Sedan vänder hon blicken mot sovrummet där Erik tagit fram en soldatuniform ur garderoben, som han nu klär sig i. Han knyter en slips framför den stora spegeln i sovrummet och ser väldigt sammanbiten ut.

Garnet känns mjukt men ändå stickigt mot hennes fingrar när hon lägger ner sockorna i ryggsäcken som Erik tagit fram ur garderoben och ställt vid sängens fotände. Mellan garderoben och sängen går hon fram och tillbaka med fler varma klädesplagg. Erik ser på hennes uppenbara desperation, går fram och stryker henne över ryggen när hon omsorgsfullt packar ner allt i ryggsäcken i tur ordning.

"Jag behöver inte alla de här kläderna Sigrid."

"Jag tänker inte låta dig frysa ihjäl. Det här har du faktiskt inget att säga till om!"

Hon vänder sig om och avvisar honom med handen, tar några steg mot köket, stannar och letar efter styrkan till att fortsätta gå. Hur skulle hon kunna fortsätta med sina bestyr, när hon vet att hon ikväll ska somna själv i deras säng? För första gången sedan de gifte sig.

Båda två är de nedstämda och tystlåtna när de sätter sig vid frukostbordet igen. Erik sörplar på sitt kaffe och Sigrid tänker att hon aldrig mer ska irritera sig på det ljudet utan bara vara tacksam om hon någonsin får höra det igen. Hans gröna uniform ger henne ett obehag som är svårt att beskriva med ord. Hennes långa hår hänger som vanligt fram i ansiktet när hon gnider händerna mot ansiktet. Erik reser sig upp för att hämta hennes hårborste när Sigrid irriterat drar en slinga bakom örat och drar fingrarna genom den. Det är en bild som han ska bevara på näthinnan så länge han kan. Hon tar tacksamt emot hårborsten när han kommer fram med den. Med långsamma rörelser borstar hon sitt långa hår, stannar upp och brister ut i gråt. Erik, som ställt sig bakom henne, lutar sig fram och håller om henne. Hon tar hans händer i sina, vänder på huvudet, böjer på nacken och ser upp på Erik som torkar hennes tårar och kysser henne ömt. Sedan släpper han henne, går in i sovrummet och sätter sig på sängkanten. Han suckar djupt när han knyter kängorna. Minnena från militärtjänstgöringen han avslutat några år tidigare gör att han känner sig särskilt nervös. Men så slår det honom att då var det övning, nu är det allvar. De som ska skjuta mot honom den här gången gör det för att döda och inte för att han ska få chansen att slänga sig bakom en buske eller en stor sten. När han ser på Sigrid vid köksbordet vet han inte längre vad han ska ta sig till.

Vad har han gett sig in i?

Då knackar det hårt på dörren, de ser på varandra. Hon ler ett sorgset leende mot Erik och går in till honom i sovrummet. De vet båda två att nu är tiden inne att ta farväl.

"De är här nu."

Sigrid darrar på rösten, men hon gör ingen ansats för att släppa in soldaterna som förmodligen står där ute på trappan. Istället tar hon hårborsten, drar några snabba drag och sätter upp håret i en knut i nacken. När Erik inte heller går för att öppna så knackar det igen, nu ännu hårdare. Sigrid ställer sig i dörren till sovrummet för att hindra Erik att gå och öppna för soldaterna.

"Vi måste släppa in dem Sigrid."

Erik tar Sigrids hand och drar henne åt sidan. Han går före ut ur sovrummet. Sigrid står kvar, hon tänker för sig själv att nu är det över. Det finns ingen återvändo. Ingen av dem kan fly från verkligheten som stirrar dem i vitögat. Sigrid bestämmer sig för att inte tänka mer på situationen och går tillbaka till köket och börjar plocka undan frukosten.

"Herr Kristersson."

Fänrik Johnsson och en, för Erik, okänd soldat står utanför. De tar i hand. Erik får syn på lastbilen som står parkerad vid uppfarten till gården. Genom den öppna baksidan av den kan han se att det sitter tre män i likadana uniformer som hans egen. Erik kliver åt sidan för att släppa in Fänriken och den okände soldaten, men ingen av männen gör någon ansats att gå in i hallen.

"Vi har inte tid att kliva på. Vi måste ge oss av genast."

Erik nickar, han ser sig över axeln in mot köket.

"Ge mig fem minuter. Jag behöver ta farväl av min hustru."

Fänriken ser allvarligt på Erik.

"Fem minuter, inte en sekund längre."

Erik tackar och stänger dörren. Fem minuter är alldeles för lite tid för att ta farväl av Sigrid. Det finns så mycket mer att säga än tiden de har fått tillsammans. Men han går in till henne i köket. Han ställer sig i dörröppningen mellan köket och hallen, står en stund och ser på henne där hon nu står vid diskhon och försöker se oberörd ut av situationen. Hennes käkar är spända, som de alltid är när hon är upprörd. Hon ser ut genom fönstret mot uppfarten och lastbilen men hon ser ovanligt samlad ut.

"Sigrid. Jag måste följa med dem."

Hon vänder blicken mot honom där hon står vid diskbänken och diskar en tallrik. Det känns bra att ha något att göra i rädslan. Skönt att ha något som hon kan kontrollera och styra över. Som inte faller isär om hon inte bestämmer det. Men när Erik öppnar munnen och talar till henne lägger hon ifrån sig diskborsten och tallriken, springer fram och kastar sig om halsen på Erik. Han tar henne intill sig och håller om henne hårt. Hon lägger armarna runt Eriks hals och kysser honom länge. Precis som när de träffades och Erik kysste henne första gången känner Sigrid hur hon inte kan få nog av hans kyssar. Håller om honom hårt och kysser honom flera gånger om.

"Åk hem till din mor och din syster på Holmön, snälla Sigrid. De kan se efter dig. Mor har lovat att även hon ska se till att du har det bra."
Sigrid står tyst i några sekunder innan hon säger.

"Men djuren då? Jag kan inte …"

Erik släpper henne långsamt, tar ömt om hennes ansikte med båda händerna så där som han brukar göra och säger lugnt.

"Jag har pratat med Gustav, bonden på andra sidan ån, du vet. Han har lovat att du ska få åka med honom till hamnen. Han har också lovat mig att ta hand om djuren."

Sigrid ler, lägger en hand på hans bröstkorg och sänker huvudet.

"Du har då tänkt på allt, så jag får väl åka då."

"Se på mig, Sigrid."

Erik håller kvar greppet om hennes ansikte och lyfter hennes haka. Ögonen är fyllda med tårar när Sigrid ser upp på honom.

"Jag vet att ditt förhållande till din mor är ansträngt. Men jag vill att du åker, om inte för din egen skull så för min och framför allt för barnets."

Sigrid nickar och lägger sina händer runt hans handleder som fortfarande håller hennes ansikte i ett stadigt grepp. Hon försöker le men hennes försök blir bara till någon konstig grimas som inte går att förklara med ord. Han kysser hennes panna och sedan släpper han och går mot sovrummet för att hämta ryggsäcken. När Sigrid lämnas ensam i köket ett kort ögonblick känner hon hur det hugger till i bröstet. Hon blir tvungen att lägga en hand över det bristande hjärtat och håller andan medan smärtan avtar. Är det nu hennes sjuka hjärta ska ta livet av henne? Det kanske vore lika bra.

När Erik kommer tillbaka tar hon bort handen från bröstkorgen och försöker sig på ett leende igen. Han verkar inte ha märkt smärtan och ler svagt i dörröppningen mellan köket och deras sovrum där han står lutad mot den smala dörrkarmen. Det doftar svagt från björkveden i korgen, en söt, svagt stickande doft. Sigrid har vänt sig från honom. De små ryckningarna i hennes kropp och hur hon har huvudet framåtböjt gör att Erik förstår att hon gråter med ansiktet i händerna. Suckandes går han fram och vänder henne mot sig.

"Det är för ditt och barnets bästa. Jag är rädd om er. Mor lovade att möta dig i Ostnäs om kriget bröt ut. Jag ska ringa till henne när vi kommer ner till byn."

"Du kan väl skriva till mig, så jag vet att du lever?"

"Det lovar jag."

Sigrid nickar, känner hur hon får svårt att andas och blir tvungen att dra några djupa andetag för att försöka att hålla sig samlad. Men rädslan har ett alldeles för stort övertag. Erik å andra sidan verkar helt lugn, trots det blanka i hans ögon. Han känner kärleken till Sigrid och oron över henne och barnet som sakta kommer krypande i honom och det skrämmer honom mer än han vill erkänna när han kramar Sigrid hårt. För hennes skull måste han hålla sig samlad.

"Jag måste gå nu."

Sigrid ser hur han säger något mer, hon hör orden men kan för sitt liv inte förstå dem. Allt är så ogreppbart. Hon skakar på huvudet och en tår tränger fram ur ögonvrån. Erik smeker hennes kind. Hon tar hans hand och håller den krampaktigt när de motstridigt men bestämt går mot ytterdörren. Erik öppnar och utanför står Fänriken och den okände soldaten.

"Är du redo?"

Erik nickar. Sigrid håller fortfarande hårt om Eriks hand med bägge händerna.

"Farväl min älskling. Var rädd om dig."

Erik håller sig så kort han bara kan. Att ta avsked av Sigrid är alldeles för smärtsamt. Han vet att han är nära att börja gråta och kan känna hur halsen snörps åt. Han bestämmer sig för att stänga ute alla känslor så gott han bara förmår. Avskedet blir kort och en aning vassare än han tänkt men Sigrid skulle förstå. Det visste han.

Ytterligare en tår rinner ner efter hennes kind och Erik tar fram sin näsduk för att torkar bort den, sedan tar han hennes hand och lägger näsduken i den. Han tar sig ur hennes grepp och kysser hennes panna innan han tillsammans med soldaterna går mot lastbilen. Sigrid ser efter dem när de går över den grusbelagda gårdsplanen.

Erik ska precis klättra ombord på lastbilen när instinkten att springa efter dem tar över. Sigrid släpper näsduken och rusar efter honom.

"Erik!"

Över gårdsplanens vassa grus springer hon med tårarna rinnande ner för kinderna. Den kalla luften får det att ånga ur hennes mun och hjärtat slår så hårt i bröstet att det skulle kunna spricka i vilken sekund som helst. Hon springer över gårdsplanen mot lastbilen och Erik. När han har slängt upp ryggsäcken i lastbilen tar han emot henne när hon kommer rusande. De möts i en hjärtskärande omfamning och båda två försöker de trycka undan tanken på att det kan vara deras sista stund i livet tillsammans.

"Var rädd om dig Erik. Om du dör har jag inget att leva för."

Hon kysser honom ömt, han nickar och stryker henne över kinden.

"Du måste leva för barnets skull. Jag älskar dig, glöm för Guds skull aldrig bort det."

Hon nickar. Så kysser de varandra en sista gång och Sigrid håller sig kvar i omfamningen.

Men när hon inte vill släppa Erik blir två av de unga soldaterna tvungna att hoppa ner från lastbilen och slita loss henne från Erik som tvekar innan han klättrar ombord på lastbilen och lämna Sigrid på gårdsplanen.

"Erik!"

Han ser på henne med smärtsam blick, skakar på huvudet och suckar.

"Jag tycker så väldigt mycket dig min vän."

Sigrid kämpar för att bli fri, slår vilt omkring sig, men soldaterna håller henne i ett stadigt grepp.

"Släpp mig! Snälla, jag ber er. Du får inte lämna mig Erik!"

Han möter Sigrids skräckslagna blick, fylld av tårar. Ser på när hon våldsamt blir fasthållen utan att kunna göra någonting alls. Erik har själv gjort valet att åka och nu måste han stå för dess vedervärdiga konsekvenser. Så blir han med ens rädd.

"Var försiktiga med henne, hon är med barn."

Soldaterna ser på Erik och nickar men fortsätter att hålla Sigrids armar hårt. Hon skriker i panik av att inte kunna röra sig obehindrat och sliter som ett djur för att bli fri, men förgäves. Mot de två unga, starka soldaterna har hon inte en chans och när Fänriken startar lastbilen och den rullar iväg ner för uppfarten och bortåt vägen skriker hon ännu högre efter Erik. Det ekar bland träden av hennes hjärtskärande, desperata rop. När Sigrid inte längre kan se honom, och lastbilen försvinner runt kröken på vägen, slutar hon skrika och försöka ta sig loss.

Det är över, det finns inget hon kan göra för att få honom att komma tillbaka. Soldaterna släpper greppet och hon faller kraftlös ihop på marken och blir liggande i gruset på gårdsplanen. Hjärtat slår ännu hårdare i bröstet än förut och lungorna värker i varje andetag hon drar.

Den ena av soldaterna ser ångerfullt på Sigrid som inte orkar sätta sig upp.

"Jag är så ledsen."

Soldaten som står närmast ser på henne. Men Sigrid blundar. Hon orkar inte se på soldaterna när de börjar springa efter lastbilen som försvunnit bortåt vägen. När hon tittar upp igen bryter det fram ett svart flimmer framför hennes ögon som sakta avtar och försvinner. När hon tillslut orkar sätta sig upp, sitter hon länge kvar på gårdsplanen och andas tungt. Hon tänker på alla andra kvinnor som förlorar sina män i samma stund som hon själv och blir rädd. Sedan tänker hon att barnet är det viktigaste just nu. Det här barnet ska inte få försvinna från henne. Det kan vara det enda hon har kvar av Erik och hon tänker göra allt i sin makt för att behålla det.

En snöflinga faller stilla ner på hennes arm och smälter. Det har börjat snöa utan att hon lagt märke till det. Men Sigrid är för trött för att orka resa sig upp. Hon blir sittande i snöfallet. Om hon inte tar sig upp snart och kommer in i värmen så kommer hon att bli förkyld eller kanske ännu värre få en lunginflammation. Det dröjer innan benen bär henne. Hon går på skakiga ben mot huset, trött av ansträngning och köld. Det värker i hela kroppen och hon kan ana blåmärken på armarna där soldaterna höll fast henne.

Hon plockar upp näsduken som Erik gett henne från golvet i hallen. Sedan går hon rätt in i köket, tar av sig sina blöta, kalla kläder och hänger upp dem över en stol vid köksbordet. När hon kommer in i sovrummet får hon syn på Eriks pyjamas som ligger noga ihopvikt på en av stolarna vid fönstret. Hon känner på tyget mellan sina fingrar och lägger sedan in den långt in i garderobens mörker för att slippa se den. Hon skakar av köld när hon tar en varm, torr klänning ur garderoben och tar med sig en filt in i köket där hon sätter sig framför järnspisen för att torka. Snön vräker ner utanför fönstren och Sigrid slänger på några vedträn på elden som nästan brunnit ut. Hon stirrar in i eldens flammor som rytmiskt rör sig och färgar vedträna svarta av sot. På något konstigt sätt skänker eldens rörelser henne ett lugn och hon känner sig plötsligt inte lika rädd längre. Det droppar på golvet från hennes långa hår efter att hennes slarviga håruppsättning åkt ut i kampen. Snön har blivit till vatten men hon bryr sig inte om att torka upp det, eller att torka håret. Hon lägger en darrande hand på sin mage och viskar.

"Det kommer att bli bra. Jag lovar."

Hela dagen sitter Sigrid framför eldstaden i köket. När kvällen kommer tar hon av sig filten som hon haft virad runt sig, reser sig upp från stolen vid eldstaden och går in i sovrummet som nu känns dubbelt så stort som förut. Hon har inte brytt sig om att tända lamporna framåt eftermiddagen, så det är mörkt i huset när hon står i dörröppningen och tittar på Eriks bäddade säng. Inte har hon ätit något heller sedan morgonens frukost och hon känner hur det kurrar i magen men det bryr hon sig inte om. Hon byter om till nattlinne och lägger sig på sängen. Eriks kudde ligger tom bredvid henne. Hon tar den och trycker ner ansiktet i dess mjuka dun, kramar kudden och drar in den doft som fortfarande sitter kvar. Känslorna väller över henne som en gigantisk våg och hon gråter som hon aldrig gråtit förr. Hon skriker i gråten med ansiktet i kudden. När tårarna tar slut och skriken inte längre når ut somnar hon. Drömmer om vattnet som hon måste färdas över för att ta sig till Holmön och om sin mor som väntar på där på andra sidan.

Hon drömmer om Erik, som blir skjuten och ligger döende vid fronten. Hur hon själv gör allt för att komma fram och hjälpa honom, men hon kan inte röra sig. Hon ropar på Erik som redan ligger död i den vita snön som färgats röd av blodet.

KAPITEL 6

5:e december 1939, Sävar sedermera Holmön.

Sigrid vaknar med ett ryck, kudden är genomdränkt av tårar och hennes långa hår klibbar mot huden, hon är genomblöt av svett. Det är fjärde morgonen hon vaknar utan Erik vid sin sida. Solen skiner in genom gardinerna. Hon drar isär dem och tänker där vid fönstret att det kan bli en fin dag. Hon ser på träden att det inte blåser så farligt heller, något hon värderar högt eftersom hon ska resa över havet. Gustav hade varit där dagen före och hämtat djuren, så hon behövde inte tänka på dem den här morgonen.

Morgonen går åt till att packa ner allt som hon behöver i de två resväskor hon hade med sig när hon och Erik flyttade hit för ett år sedan. När allt är nerpackat och hon har ätit en stadig frukost och gjort smörgåsar att ta med sig under resan, går hon ut med sina väskor och låser dörren noga bakom sig. Hon sätter sig på en av väskorna och letar i handväskan efter näsduken hon fått av Erik men hittar den inte så hon går tillbaka till huset, tar fram nyckeln under trappstenen och låser upp dörren. När hon kommer in ser hon redan från hallen att näsduken ligger kvar på köksbordet. Hon drar med fingrarna över det inbroderade E:et i ena hörnet sedan går hon tillbaka ut i hallen. I dörren ser hon sig om, suckar.

Allt hon och Erik byggt upp här har varit omsorgsfullt planerat utifrån kärleken dem emellan. Nu håller det på att falla isär. Om det inte redan gjort det. Hon ler för sig själv när hon tänker på den första dagen i huset för ganska precis ett år sedan. Hur glad Erik hade varit åt deras lilla stuga. Så kommer tankarna på om hon någonsin kommer att komma tillbaka hit igen. Kommer hon och Erik gå in tillsammans genom den där dörren en gång till eller ska hon för resten av sitt liv få leva ensam utan Erik?När känslorna blir för mycket går hon ut och låser dörren igen. Lägger tillbaka nyckeln under trappstenen och går till sina resväskor för att vänta på Gustav som ska hämta henne med häst och vagn för att ta henne till hamnen där båten ska lägga till.

Hon har varit noga med klädseln den här dagen och klätt sig i en fin blå klänning, vita handskar, en prydlig vit hatt och en tjock vinterkappa. Ett par skor med klack som klämmer över tårna, har hon motvilligt tagit på sig och spenderat en hel timme på sin frisyr den morgonen. Allt detta för att hennes mor inte ska ha något att anmärka på vad det gäller klädseln åtminstone. Att hon är mager som en sticka efter att inte fått behålla maten på några veckor, på grund av illamåendet som hela tiden kommer och går, kan hon inte rå för. Även om mor inte kommer att se det på det viset, tänker Sigrid där hon sitter på resväskan. Det är kallt ute, snön ligger kvar på marken och Sigrid tänker att måtte vintern gå fort. Helst av allt hade hon sluppit herrgården och flytta in hos Emma istället men när Sofia nu lyckats övertala Ulrika om att Sigrid skulle få bo där så kunde hon inte tacka nej till det.

Vägen ner till hamnen är krokig, vagnen hon sitter i är av trä och väldigt obekväm. Med en tjock ullfilt över benen fryser hon åtminstone inte och Gustav har varit snäll nog att låna henne en fårskinnsfäll att sitta på.
Det går långsamt att ta sig fram på den ojämna vägen. Sigrid försöker hålla sig positiv och tänker att det i alla fall är tur att det är solsken. Gustav sitter bredvid henne på kuskbocken och manar på den stora brukshästen.
Sigrid har alltid varit förtjust i hästar och Gustavs häst är den vackraste hon sett i hela sitt liv. En nordsvensk med långt nästan kritvitt tagel som gungar i takt med hovarnas taktfasta slag mot marken när den glatt travar på där vägen är jämn. Och sedan självmant saktar av där den blir sämre. De lugna bruna ögonen som snällt sett på henne när hon gått närmare för att kliva upp på kuskbocken. Den ljust gula pälsen som blivit tjockare nu när vintern nalkas hade känts mjuk mot hennes fingertoppar. Pannluggen hänger ner över de mjuka linjerna och döljer de vita tecken som hon kan ana sig till under pannluggen.

Snart ser hon glittret från havet och eftermiddagssolen mellan träden. Hon har alltid älskat doften av havet, även om hon aldrig gillat att resa över det.

 Hon minns orden hennes mor sagt den kvällen då Tor och hennes far försvann. Havet är djävulens sätt att locka människor i fördärvet.

I den lilla hamnen i Ostnäs kliver Sigrid ner från kuskbocken med hjälp av Gustav och en ung sjöman som möter dem på kajen. Sigrid har gruvat sig för resan över havet och illamåendet som alltid kommer till henne under båtturerna. Sjömannen som hjälpt henne ner känns vagt bekant och Sigrid ser ingående på honom för att försöka minnas var hon sett honom förut. Han är lik Erik. Samma märkligt bruna ögon och smala kroppsbyggnad, tänker hon för sig själv. Samma blonda hår.

"Vill ni ha hjälp med väskorna?"

Sigrid väcks ur sina tankar.

"Ja tack, det är väldigt vänligt av er."

Hon ler generat när hon är på väg för att böja sig ner och ta upp en väska och sjömannen stoppar henne.

"Nej nej, jag tar dem. Kvinnor ska inte bära tungt. Gå ni."

Han blinkar mot henne. Sigrid tycker att han är ohyfsad och vill ge honom svar på tal men hon hejdar sig, ler och gör som sjömannen säger. Hon går mot den stora båten som lagt till vid kajplatsen. Sjömannen skrattar, tar de två väskorna som står kvar på marken och går raskt ikapp henne.

"Känner du inte igen mig, Sigrid?"

Sigrid stannar lättad upp.

"Sven. Tack gode Gud, jag kände knappt igen dig. Erik sa att er mor skulle möta mig."

Sven skrattar.

"Inte en chans, morsan hatar vattnet och skulle inte åka över havet om så hela Holmön stod i brand. Och förresten, jag skämtade förut."

Skrattar han och kliver vant ombord på båten. Han ställer ner väskorna för att hjälpa Sigrid ombord och Sigrid tänker att det var ett fruktansvärt dåligt skämt i så fall. Men hon ler när hon tar hans utsträckta hand och kliver ombord på båten hon också. Hennes lite för höga klackar gör att hon halkar på en isfläck och är nära att falla i havet men Sven är där och fångar upp henne. Hon får svårt att andas, men det låtsas hon inte om. Hjärtat slår med fasta jämna slag. Bra.

"Jag förstår er mor. Jag är verkligen inte förtjust i havet heller, annat än att titta på det på avstånd förstås."

Sven skrattar och släpper Sigrids hand.

"Du låter precis som morsan. Själv åker jag gärna över vattnet, därför har det fallit på min lott att se till att alla varor som köps in till Affär´n kommer fram till ön ordentligt, ja sedan farsan dog förstås."

"Jag förstår."

Sven tar väskorna och går mot det lilla bagageutrymmet. Sigrid upptäcker när han går att hennes klänning har fått en liten reva i tyget vid kjolkanten. Hon suckar och ska precis ta fram sin lilla syask ur handväskan när något fångar hennes uppmärksamhet.

En liten lastbil, lik den som Erik försvann i några dagar tidigare, blir synlig mellan träden. Sigrid ser på medan den kommer allt närmare. Hon söker med blicken för att se vem det är som kör. Kan det vara Erik som ångrat sig och kommer tillbaka? När lastbilen kommit fram till kajen ser Sigrid att det är en okänd man som kör och varken Erik eller någon av de andra soldaterna från dagen då Erik försvann syns till. Sigrids hjärta sjunker i bröstet. Hon suckar och tänker för sig själv att nog hade hon väl kunnat räkna ut att så inte var fallet. Men besviken blir hon ändå när fyra soldater kliver ombord på båten men ingen av dem är hennes Erik. Hon vänder blicken ut mot havet och Holmön som skymtar i horisonten när någon oväntat knackar henne på axeln.

"Ursäkta mig. Tillhör den här er?"

Sigrid vänder sig om och ser på den långe soldaten som tornat upp sig framför henne. Hon känner sig väldigt liten där hon står men flyttar blicken till det han har i handen. En näsduk, Eriks näsduk.

"Vart har ni hittat den?"

Sigrid ser förskräckt på näsduken och tar den ur soldatens hand. Hjärtat rusar i bröstet. Hon vill ruska om honom för att få honom att svara henne snabbare. Det känns som en hel evighet innan svaret kommer.

"Ni måste tappat den, för den låg här, precis bakom henne."

Han ler mot henne och Sigrid ler tafatt tillbaka.

"Tack."

Mannen sträcker fram sin stora hand mot Sigrid som tveksamt tar den medan hon låter hjärtats slag lugna sig i bröstet.

Att Erik gett henne näsduken innan avfärd hade hon hunnit glömma och tankarna skenade iväg till alla möjliga hemska scenarion i hennes huvud.

"Jag heter Karl-Henrik."

Sigrid ska precis säga sitt namn när han avbryter henne.

"Nej, vänta. Säg inget. Låt mig gissa."

Karl-Henrik ser på näsduken och det inbroderade E:et i ena hörnet, sedan synar han Sigrid uppifrån och ner.   "Ester? eller kanske Eva?"

Sigrid skrattar.

"Nej, jag heter Sigrid."

"Men E:et på er näsduk?"

Sigrid sänker blicken och svarar tyst.

"Det är min mans näsduk. Han ..."

Orden stockar sig i halsen.

"Jag beklagar."

"Nej nej, han är inte död. Eller, jag vet inte. Men han åkte till Finland för några dagar sedan."

Karl-Henrik nickar och ser förstående ut.

"Jag hoppas han kommer tillbaka, för er skull."

"Tack."

Hon funderar på hur hon ska formulera sin fråga.

"Hur kommer det sig att det skickas soldater till Holmön?"

Han ser sig omkring och lutar sig närmare henne.

"Jag får egentligen inte tala om det men ni verkar vara en kvinna att lita på. Det beror på radiostationen och på öns strategiska läge rent geografiskt."

"Jag förstår nog inte riktigt."

Sigrid skrattar oförstående och Karl-Henrik skakar på huvudet.

"Nej. Det är bara bra om ni inte förstår. Ju mindre lokalbefolkningen vet desto bättre är det. Men nu måste jag nog bege mig. Vi ses säkert igen."

Han ser mellan Sigrid och de andra soldaterna som väntat in honom under det korta samtalet. Hon ler artigt och höjer en hand till avsked.

"Tack igen."

Precis när soldaterna går mot bagageutrymmet kommer Sven tillbaka. Han får syn på näsduken i Sigrids hand och kan inte slita blicken från det inbroderade E:et men tillslut ser han Sigrid i ögonen igen.

"Han kommer att komma tillbaka."

Sigrid nickar övertygande och försöker hålla rösten stadig, men i sitt hjärta vet hon att det kanske inte är sant, även om hon inte tänker låta sig själv tänka så.

"Jag vet."

Sven vänder sig om och är nära att behöva torka en tår. Han skäms över att han står och är så blödig när Sigrid inte verkar röra en min. Erik har inte ens varit borta en vecka. Sigrid borde väl vara den som tar emot tröst och inte den som ger.

Båtens signalhorn skär genom tystnaden och Sven avbryts i sina tankar.

"Jag måste gå och se till att alla varor är med. Jag möter dig på kajen när vi kommer fram."

Sigrid nickar när Sven försvinner iväg. Hon funderar över vad soldaten sagt. Öns strategiska läge, vad kunde det betyda? Hon lutar sig mot relingen och hoppas att den inte ska ge vika. Vilket hon sedan inser är en löjlig tanke och skrattar för sig själv.

Hela den förhållandevis korta resan över havet tänker Sigrid på Erik. Hur de gått omkring på ön och varit kära i varandra i flera år utan att den andre vetat om det. Hur allt hade kunnat vara om Mona överlevt barnsäng och att hon och Erik förmodligen aldrig hade blivit ett par i så fall. Sedan får hon dåligt samvete för att hon står där och är lycklig över att Mona är död. Men samtidigt tänker hon också att om hon aldrig dött hade Sigrid inte saknat Erik på samma sätt och inte heller burit hans barn. Hon tänker på vigseln, på barnet som hon förlorat strax efter flytten till Sävar och på det barnet som nu finns och växer inom henne. Hon tänker på Tor och på sin far när färjan närmar sig Holmön. Sigrid känner hur hela hennes kropp skälver av saknaden till sin bror och far som plötsligt en dag bara försvann till havs. Kanske åker hon just nu över den plats där havet svalt dem. Sigrid tänker att hennes far aldrig kommer att få möta hennes barn, men vet att han skulle varit så glad för deras skull.

Byviken ser ut som den alltid har gjort när färjan lägger till i hamnen. Sofia vinkar ivrigt när hon får syn på Sigrid. Hon kliver försiktigt av färjan för att inte halka och Sofia kommer springande. De möts i en lång omfamning.

"Jag är så ledsen för det här med Erik, Sigrid. Men, vad jag saknat dig!"

"Sofia, jag har saknat dig också."

Sigrid har svårt att hålla sig från att gråta och Sofia tar hennes hand i sin när Sven kommer gående i rask takt från färjan med Sigrids väskor. Han ställer ner dem och hälsar på Sofia.

"Vill ni ha skjuts till gården? Jag har inga fler varor att hämta idag."

Sofia ler och håller Sigrids hand.

"Tack Sven, men Johan väntar på oss."

"Vi ses."

Sven nickar och går mot färjan för att hämta de matvaror han har med sig, de som ska till Affär'n och hans och Eriks mor Emma Kristersson.

"Sven, tack för hjälpen."

Sigrid ler ett svagt leende mot honom. Sven stannar och ler tillbaka innan han fortsätter mot färjan. Så får Sigrid får syn på soldaterna som kliver av färjan, högljudda och glatt pratande om något som Sigrid inte kan höra. Karl-Henrik ser henne och nickar. Sigrid vänder sig åter mot sin syster som vinkar till sig en man som står en bit bort med familjens häst och vagn.

”Vem är han, Sofia?”

Sigrid ser frågande på den stilige, unge mannen som kommer gående mot dem på kajen.

”Mor har anställt en dräng som ska hjälpa till i ladugården.”

”Men mor har väl redan en?”

Sofia himlar med ögonen, skrattar sen, lutar sig mot Sigrid och viskar.

”Mor anklagade Martin för att stjäla, vilket han naturligtvis inte gjort. Men hon avskedade honom och anställde Johan. Jag måste säga att jag är nöjd med mors val av ny dräng. Han är inte direkt ful att se på.”

Sofia skrattar och knuffar på Sigrid som försöker le. Johan kommer fram till dem och Sofia ler glatt. Han är lång, längre än Erik, bredaxlad och blond. Hans isblå ögon ser granskande på dem när har kommer fram. Sigrid känner igen honom.

”Sigrid, det här är Johan och Johan, det här är min syster Sigrid.”

”Jo, jag vet. Jag gick i samma klass som er bror och Erik i skolan.”

Johan sträcker fram en hand mot Sigrid som tar den och ler artigt.

”Johan, tar du väskorna.”

Sofia ler brett när hon säger det och drar generat en hårlock bakom örat.

”Givetvis fröken.”

Johan ler ett förföriskt leende mot Sofia och tar en väska i vardera hand och går iväg mot vagnen. Sigrid får en känsla av att det ligger något mer bakom det Sofia nyss sagt om Johan. Sigrid ser mellan Sofia och Johan och ler när de går efter honom mot vagnen.

Sofia pratar glatt på om allt som hänt sedan Sigrid lämnade ön, under den korta färden till gården. Sigrid nickar och svarar kort på Sofias frågor, men i sinnet är hon någon helt annanstans när de passerar dansbanan. Vid Affär´n möter de Emma, som vinkar.

”Johan, stanna.”

När Johan stannat hoppar Sigrid av vagnen och går fram till Emma som kramar henne.

”Sigrid! Så glad jag blir att se dig. Hur mår du?”

Sigrid försöker le men allt hon tänkt på sedan hon klev iland på ön är Erik och vad han kan tänkas utsättas för i detta nu. Hon kan inte låta bli att lägga en beskyddande hand över magen.

"Jag mår okej efter omständigheterna. Men det är skönt att vara tillbaka på ön igen och att slippa vara ensam."

"Det förstår jag, men varför bor du inte hos mig istället för hos Ulrika?"

"Emma, det är väldigt vänligt av dig men det kan jag inte. Inte efter att mor gått med på att jag ska få flytta hem en tid igen."

Sigrid ser sig om, för att ta in ön när hon säger det. Emma tar Sigrids hand och drar henne intill sig.

"Sigrid. Är du med barn?"

Sigrid höjer handen och ser efter så att ingen hört henne och tittar menande på Emma för att få henne att sänka rösten. Emma ser uppspelt på henne.

"Har du talat med Erik?"

"Nej, det syns i dina ögon."

Emma kramar Sigrid hårt och Sigrid känner hur hennes kramar liknar Eriks fast på ett mer moderligt och ömt sätt, medan Eriks är mer beskyddande. Efter en lång omfamning som aldrig verkar vilja ta slut släpper Emma taget och tar ett steg tillbaka.

"Hur långt gången är du?"

Sigrid tänker efter en sekund innan hon svarar.

"12 veckor ungefär, men ingen annan än du vet än. Så du måste vara tyst om det här, snälla."

"Det här var den bästa nyheten jag kunde få. Självklart ska jag hålla det för mig själv."

Sigrid vet att be Emma att hålla en hemlighet är detsamma som att be Britta i telefonväxeln, vilket skulle kunna liknas vid att skriva ut det på dagstidningens förstasida. Emma håller nämligen eftermiddagskaffe på Affär'n varje onsdag. Där träffas byns alla skvallertanter för att diskutera de senaste händelserna, ryktena och skrönorna om folket på ön. Ofta sånt som tanterna själva hittar på, men en del saker bär nog ett korn av sanning.

Men hon vet också att Emma själv aldrig skulle bidra till skvallret. Hon finner det mest som roande. Kanske skulle hon klara av att hålla det hemligt.

Sigrid ler för sig själv när hon tänker på Hulda och Beda. Ett par färgstarka damer som trots sina 75 år alltid är på språng med nya skvaller och påhitt.

"Vi måste nog åka hem till gården nu, mor väntar på oss."

"Kom förbi imorgon eftermiddag och drick en kopp kaffe."

"Det gör jag gärna. Vi ses imorgon."

"Ta hand om dig min vän."

Sigrid går sakta mot vagnen där Sofia och Johan väntar på henne. Hon kliver upp och sätter sig i vagnen bredvid Sofia, vinkar hej då till Emma och Johan manar på hästen. Så lämnar de Affär´n och Emma bakom sig. Sigrid känner sig en aning nervös inför att möta sin mor. Tänk om hon också skulle se att Sigrid är med barn lika snabbt som Emma gjort det. Hon tänker att hon kommer behöva berätta ganska omgående för mor om barnet. Om inte Emmas eller någon av tanternas ord ska hinna före henne.

När vagnen rullar in på gårdsplanen och Sigrid kliver av den känner hon hur hjärtat slår i bröstet. Att komma tillbaka hit efter ett års frånvaro känns nästan overkligt men hon hade, under rådande omständigheter, tagit in Sigrid på nåder i huset igen. Sigrid tar ett djupt andetag när hon tillsammans med Sofia kliver upp på verandan till huset. När de sedan går in och Sigrid känner doften av mat, minns hon smörgåsarna hon packade på morgonen som fortfarande ligger kvar orörda i handväskan. Hon tar av sig kappan när Alma kommer ut från köket. Hon går fram till Sigrid och ger henne en varm kram.

"Vad roligt att se dig Sigrid. Välkommen hem."

"Tack Alma."

Sigrid ser på Alma och blir en aning orolig. Hon ser inte längre ut som den Alma hon minns.

"Men, hur är det? Alma ser …"

Alma ler och skrattar nervöst.

"Det finns inte så mycket att göra åt den saken. Vintern är alltid värst, men det ordnar nog upp sig när våren kommer."

"Har ni nog mat Alma?"

Sigrid vet att Alma och hennes man, Johannes, båda sliter som djur för att deras dotter ska få den mat och rena kläder som hon behöver. När Sigrid frågar är Alma nära att börja gråta.

"Det reder sig. Kerstin bor hos min syster Kristina nere i byn under vintern precis som vanligt."

Sigrid nickar där de står i hallen.

"Hon fyller väl snart år om jag inte minns fel?"

"Jo, hon fyller sju om en vecka. Den tolfte."

Alma blir tvungen att ta fram sin näsduk ur förklädet för att torka de tårar som hon inte lyckats blinka bort och Sigrid ger henne en kram till. Sedan vänder hon sig till sin syster.

"Var är mor?"

"Hon är nog inne i sitt rum."

Alma tar Sigrids kappa. Sigrid tackar och går mot sovrummet. Efter att hon har tagit av sig hatten och rättat till frisyren i den stora spegeln i hallen knackar hon försiktigt på den bastanta trädörren. Efter en liten stund öppnar Ulrika.

"Jag har ju sagt åt Alma att inte … Sigrid var det idag du skulle komma. Det hade jag helt förträngt. Jag kände knappt igen dig."

Ulrika granskar Sigrid uppifrån och ner. Leendet på Sigrids läppar försvinner men hon sträcker ut sina armar till en omfamning. Ulrika bemöter henne med en kram innan hon tar ett steg tillbaka och granskar Sigrid uppifrån och ner.

"Som du ser ut. Du är ju mager som en sticka."

Sigrid kan ana sig till ett stygn av oro i Ulrikas röst men vet inte riktigt vad hon ska svara. Hon famlar efter orden.

"Jag ville bara tala om att jag är hemma."

Ulrikas reaktion på hennes hemkomst var precis som Sigrid förväntat sig men det gör ändå ont i henne. Ulrika nickar kort och är på väg att stänga dörren igen.

"Mor. Jag har en sak jag vill tala med dig om."

"Kan det vänta till middagen?"

"Jo. Det kan det nog."

Ulrika nickar kort och stänger dörren. Sigrid står kvar utanför hennes rum med Sofia några steg bakom sig. Hon skrattar till.

"Jag märker att mor inte ändras särskilt mycket."

"Nej, som du märker är hennes humör oförändrat."

Tillsammans går de in i matsalens bibliotek och sätter sig i de stora fåtöljerna som de gjort så många gånger förr.

"Minns du att mor trodde att jag var med barn när jag bara var 17 år gammal? Hur hon grät och försökte få mig att erkänna."

Sigrid skrattar.

"Ja, och jag minns också att jag blev livrädd för att det skulle vara sant. Efter alla de gånger jag fått höra om hur jag nästan kostade mor livet när jag föddes."

"Ja, det är verkligen märkligt. Mor hade gått i taket om jag och Erik inte var gifta. Jag tror i och för sig inte att mor skulle bli glad oavsett vilka omständigheterna var."

Sofia ser misstänksamt på Sigrid som tystnat. Hon funderar på vad det är Sigrid precis har sagt och Sigrid inser att hon håller på att försäga sig.

"Varför säger du så?"

Sigrid är egentligen inte rädd för att berätta för sin syster om barnet, men ändå är det något som tar emot.

"Det är väl lika bra att du får reda på det då. Jag är med barn."

Sigrid ler och Sofia drar efter andan. Hon reser sig upp och springer fram till Sigrid och kramar henne hårt. Sigrid skrattar och tar emot Sofia.

Sofia släpper henne och sätter sig i soffan alldeles intill Sigrids fåtölj. Leendet försvinner när Sigrid börjar fundera på om hon någonsin kommer att få visa barnet för Erik. Tänk om hon mister det här barnet också, tänk om Erik aldrig kommer hem igen. Vad skulle hon göra?

Sigrid sitter länge tyst och ser in i elden som sprakar i eldstaden framför henne, känner hur en stilla tår tränger fram ur det ena ögat och långsamt rinner efter kinden. Hon lutar sig framåt och lägger huvudet i händerna. Eldens sprakande får Sigrid att minnas återigen. Hur hon faller efter den hala stigen och hur hon sedan dumdristiskt nog inte skrev till Eva för att rådfråga som hon tänkt. Hjärtat slår hårt i bröstet nu.

Sofia som börjat prata om barnet och hur glad Erik måste blivit, tystnar och ser på Sigrid.

"Vad är det Sigrid? Mår du inte bra?"

Sofia ser oroligt på henne. Sigrid svarar inte, istället sjunker hon ner på knä framför bordet vid fåtöljen. Hon knäpper händerna, blundar och böjer huvudet framåt. Det händer väldigt sällan att Sigrid ber till Gud utöver den vanliga aftonbönen.

"Gode Gud, kriget kryper närmare och rädslan har flyttat in i mitt hjärta. Vaka över Erik i kriget. Jag ber dig om frälsning, jag ber dig om nåd. Ge mig min make tillbaka. Låt Erik få leva, och komma hem till födelsen av sitt barn. I faderns, sonens och den helige andes namn. Amen."

Medan Sigrid ber rinner tårarna efter hennes kinder, orden stockar sig emellanåt. Sofia sätter sig bredvid henne på golvet och när Sigrid bett klart vänder hon sig mot Sofia som sträcker ut sina armar och Sigrid faller in i hennes famn.

"Du kanske skulle må bra av frisk luft. Ta en promenad medan det fortfarande är ljust."

Sofia sätter upp Sigrid och torkar hennes tårar med sin näsduk. Sigrid nickar och reser sig upp. Hon tar ett djupt andetag och går ut ur matsalen mot hallen för att ta på sig kappan igen. Sofia följer med henne.

"Jag vill gå själv Sofia. Jag behöver samla tankarna lite."

Så tar hon på sig kappan och går ut ur huset. Ner för trappen på verandan och ut på vägen ner mot Byviken och Affär'n.

När hon kommer till Affär'n ser hon Emma genom de stora fönstren. Sigrid stannar och funderar en stund på om hon ska gå in och avbryta kaffestunden med skvallertanterna och ge dem något nytt att skvallra om. Men hon lägger tanken åt sidan och går istället ner till dansbanan som nu på vintern står ekande tom.

Hon ställer sig vid staketet som hon gjorde varenda lördag den sommaren. Hon blundar en stund, nynnar för sig själv. Framkallar bilderna från tiden då hon förstod att hon var förälskad i Erik. Den första kvällen på dansbanan är tydligast av allt. Hur förvånad hon blev över att han bjöd upp henne. Sigrid tänker att hon nog alltid tyckt att Erik varit stilig men aldrig vågat erkänna det. Varken för sig själv, men än mindre för Eva. Han hade ju alltid funnits där, i hennes närhet. Ute i periferin, osynlig men ändå närvarande. Om hon bara hade förstått något tidigare, så hade de kanske kunnat få några fler år tillsammans. Hon framkallar nya bilder.

Bilden av Erik och hon själv på stranden. Hur han kysst henne och inte minst hur han rörde vid henne. På det där ömma och nästan magiskt lustfyllda sättet som hon nu nästan blivit van vid. Tänk om Erik aldrig mer kommer att röra vid henne på det sättet igen. Vad skulle hon göra då? Hur skulle Sigrid någonsin kunna överleva utan honom? Hon öppnar ögonen där hon står på dansbanan och så börjar hon springa. Hem, mot huset. Men nu väcks bilderna av hur Erik springer efter henne och när hon kommer förbi platsen där han hunnit ifatt henne och hon sedan gett honom en örfil så börjar hon gråta. Hon springer allt snabbare på den hala vägen och tårarna gör att hon inte riktigt ser vägen framför sig, men hon kan den så väl vid det här laget att det inte spelar någon roll.

När hon kommer fram till gården igen och sliter upp dörren står Sofia i hallen och väntar på henne. Sigrid andas andfått och ser på Sofia. Hon kan inte förmå sig att ta av sig kappan utan står bara stelt kvar i hallen.

"Jag har hela tiden vetat att jag älskar Erik. Men jag trodde aldrig att kärleken skulle göra så fruktansvärt ont."

Så brister det. Hon hulkar och gråter häftigt. Sofia skyndar sig fram och håller om Sigrid.

" Jag kan inte, inte utan Erik. Erik, var är du?"

Rösten skär sig och Sofia vet inte vad hon ska säga för att trösta Sigrid som gråter så mycket att hon knappt får luft. Sofia stryker hennes rygg
och försöker så gott hon kan att trösta Sigrid som faller ihop på golvet. När Sigrid till slut lugnar ner sig tar Sofia av Sigrid kappan och hjälper henne in i matsalen där hon sätter Sigrid på en stol. Resten av eftermiddagen går åt till att försöka övertala Sigrid om att allt kommer att bli bra.

Alma serverar middagen. Sofia och Ulrika äter med god aptit men Sigrid kan inte röra maten på tallriken framför sig. Ulrika ser på henne och utbrister med avig ton.

"Det är inte konstigt att du ser ut som du gör om du inte ens tänker röra maten Sigrid."

"Jag ser ut som jag gör för att jag inte fått behålla maten de senaste veckorna. Jag är med barn mor."

Sigrid höjer en rödgråten blick mot Ulrika som ser ut som att hon fått ett dödsbesked och skakar långsamt på huvudet. Hon skrattar till, där på andra sidan av det stora matsalsbordet.

"Så det räckte inte med att förlora ett barn."

Sigrid stirrar på sin mor och Ulrika stirrar lika intensivt tillbaka. Sigrid reser sig upp och lämnar matsalen utan ett ord. Det är ändå ingen idé tänker hon när hon går upp för trappan mot sitt rum. Väl där hittar Sigrid sina väskor som Johan varit vänlig nog att bära upp åt henne. Hon lägger den ena väskan på sängen, öppnar den och tar fram sitt skära nattlinne som ligger noga ihopvikt längst upp i väskan.

Dagen därpå tar Sigrid en promenad ner till Affär´n och Emma. Medan hon går längs den krokiga vägen tänker Sigrid på hur svärmoderns lilla stuga känns mer hemma än hennes eget barndomshem uppe på herrgården.

Hos Emma hade hon och Erik bott under flera månader efter vigseln men på herrgården hade hon bott i över 20 år. Hur kunde det komma sig att Emmas lilla stuga kändes mer kärleksfull än det stora flådiga vackra hem hon vuxit upp i?

Kärlek kunde rakt inte köpas för pengar, det visste hon. Men det var en insikt som hennes mor aldrig tagit till sig.

Emma tar emot henne med öppen famn och bjuder in henne att sitta ner i köket. Sigrid slår sig ner på en av de välbekanta köksstolarna och ser sig sökande omkring.

"Jag har haft så fullt upp ute i Affär´n så du har ingen aning. Nu när bara Sven är hemma är det verkligen ingen vila och ro för min del. Igår glömde jag till och med bort att laga middag åt pojken. Själv känner jag ingen hunger alls nuförtiden."

Emma pratar på och Sigrid ser på henne. Nog hade Emma magrat av. Hon hade aldrig varit stor utan mer smal, ja nästan tanig men nu var hon mager. Nyckelbenen sticker fram och kindbenen är mer framträdande än någonsin. Sigrid blir mer och mer skamsen. Det var trots allt Eriks och hennes eget fel att Emma var tvungen att arbeta så förskräckligt hårt och mycket. Åtminstone delvis. De hade plötsligt en dag lämnat henne. Emma fortsätter att prata men när hon får syn på Sigrid som plockat fram Eriks näsduk ur sin ficka på klänningen så tystnar hon.

"Sa jag något dumt kära du?"

Emma sätter sig ner bredvid Sigrid som skakar på huvudet och torkar tårarna.

"Nejdå, inte alls. Jag är bara orolig."

Emma ler och tar Sigrids hand i sin.

"Du ska se att det ordnar sig. Vi får söka tröst hos varandra. Och hos Gud."

Sigrid skakar på huvudet.

"Det värsta är att jag har börjat tvivla Emma. Tänk om Erik aldrig kommer hem igen. Hur ska jag överleva då?"

"Nu ska vi inte tro det värsta, min flicka. Men om så är fallet så stannar du här hos mig."

Emma ler och stryker bort en tår från Sigrids kind innan hon ger henne en varm lång kram.

"Emma det kan jag inte. Jag skulle aldrig kunna återgälda."

Emma skrattar och lägger försiktigt en hand på Sigrids mage.

"Det gör du tusenfalt. Flicka lilla, till sommaren ska du ge mig ett barnbarn."

De skrattar när Emma fortsätter.

"Både Eva och Sven verkar måttligt intresserade av att skaffa sig en kärlek, än mindre ett barn. Men du vet hur det är med Eva, hon är så duktig den flickan."

"Jag har faktiskt inte hört av henne på ett bra tag nu. Hur är det med henne?"

"Jodå, hon trivs med sina studier. Färdig sjuksyster sedan i våras, och nu är hon snart klar med sina vidare studier till barnmorska. Jag begriper mig inte på flickan. Hon är verkligen något alldeles extra."

Emma reser sig hastigt upp när kaffepannan börjar tjuta på spisen och ställer den åt sidan.

"Jo, jag har något åt dig."

Hon går med raska steg mot finrummet innanför köket och kommer tillbaka med ett paket som hon placerar på bordet framför Sigrid.

"Se här."

"Vad är det? Det är väl inte min födelsedag heller?"

"Nej, men något litet ska du ändå ha. Det är snart jul."

Emma ler och nickar åt henne att öppna paketet, som är noga inslaget i brunt papper, när hon sätter sig ner.

"Men Emma, den är bedårande. Tack."

Ur paketet drar Sigrid försiktigt upp en kjol i blått tyg och Emma ler för sig själv.

"Prova den du, så dukar jag fram så länge."

Lagom till att Emma fått fram koppar och fikabröd på bordet kommer Sigrid ut från det andra rummet iklädd kjolen som Emma sytt till henne. Emma sätter sig åter ner och får något nostalgiskt i blicken när hon ser på kjolen som Sigrid snurrar runt i och skrattar som en barnunge.

"Den sitter som gjuten."

Att Emma kunde sy det visste Sigrid. Det var hon som hade sytt Sigrids brudklänning och även mycket annat vackert som Sigrid knappt vågat använda i rädslan att förstöra de vackra kläderna. Emma hade varit sömmerska och jobbat i Dahlqvists kläd- och kollektion inne i Umeå som ung. Det var där hon träffade sin man Oskar, som sedan tog med sig henne hit till ön.

"Det ska finnas något mer i paketet också."

Sigrid suckar och ler när hon sätter sig vid bordet framför det öppnade paketet. När Sigrid får syn på vad det är som ligger så noga ihopvikt i det bruna pappret börjar hon nästan gråta igen.

"Emma, du är inte riktigt klok. Den måste tagit dig evigheter att göra. Jag har aldrig sett en så vacker barnfilt i hela mitt liv."

Emma ser på den mjuka filten och ler.

"Det är Eriks gamla. När jag väntade barn så …"

Orden stockar sig en aning men hon harklar sig och fortsätter.

"När jag väntade Erik hade jag mycket tid åt att sy. Oskar ville inte ha mig i Affär´n. Han var rädd att jag skulle göra mig illa och förbjöd mig att klättra på stegar, som han uttryckte sig."

Emma skrattar men mellan skratten tränger sig tårar på och hon torkar försiktigt bort dem med handen.

"Nu vill jag att du ska ha den. Den har värmt mina barn och nu ska den värma ditt."

Sigrid ser på Emma och kan inte hejda tåren som rinner längs kinden.

"Jag letade fram den igår efter att vi pratats vid."

När de båda suttit tysta en stund och gråtit på var sin sida av bordet, ser de på varandra och börjar skratta.

"Herregud, vi sitter här som två lipsillar. Det är inte riktigt klokt."

Den stora moraklockan slår fem slag på väggen och Sigrid flyger upp från stolen.

"Herregud är klockan så mycket. Jag måste skynda mig hem. Mor blir galen om jag kommer för sent till middagen."

Emma fortsätter att skratta.

"Du har verkligen inte förändrats ett endaste dugg flicka lilla. Fortfarande lika söt och plikttrogen. Håll fast vid det."

Emma klappar Sigrids kind innan hon räcker henne sin kappa och Sigrid tar sin gamla kjol och barnfilten i handen när hon går ut i den mörka december eftermiddagen och kylan slår emot henne.

Kapitel 7

20:e december 1939, Finland.

I ett tält någonstans i Finland sitter Erik som eldvakt. Det är kyligt och mörkt i tältet trots elden från kaminen i tältets mitt. Det enda ljusskenet han har kommer därifrån. Erik letar i sin ryggsäck och hittar ett sönderrivet papper, som han gör sitt bästa för att släta ut, men ingen penna. Han sparkar på Isak, soldaten bredvid sig.

"Vad fan vill du?"

Isak vaknar och sätter sig yrvaket upp.

"Har du en penna? Jag ska skriva ett brev."

Isak fnyser.

"Du är inte klok, du borde sova pojk."

Isak suckar och letar i sin ryggsäck. Han drar fram en blyertspenna ur den. De viskar för att inte väcka de andra soldaterna i tältet.

"Tack Isak."

Isak muttrar buttert när han lägger sig ner, vänder på sig och somnar om. Erik sätter sig tillrätta och försöker hitta bästa möjliga ljus för att skriva sitt brev.

Älskade Sigrid.

Oroa dig inte. Jag är INTE här för att strida vid fronten. Jag är satt i administrationsarbete, vilket jag är tacksam för. Det innebär en större chans för mig att få se dig igen. Jag tror att de soldater som är här för att strida vid fronten har det betydligt värre än mig. Så vem är jag att klaga? Jag vill egentligen bara lätta din oro med att skriva att jag lever.

Resan hit var en enda lång plåga av sittande i en lastbil med alldeles för lite plats och alldeles för mycket sprit, spriten hjälpte i och för sig mot smärtan i benen av det trånga utrymmet. Men det fick mig också att tänka på hur bra jag har haft det under mitt liv och hur bra jag har haft det tillsammans med dig. Jag började nog ta det livet för givet och jag ber om ursäkt för det. Jag har tänkt mycket på något som jag aldrig talat om för dig.

Enda sedan jag såg dig första gången har jag förundrats över hur blåa dina ögon är. Det händer något underligt i min kropp när du ser på mig och så blir jag alldeles varm. Och trots att du är någonstans långt borta så är du ändå väldigt nära, i mitt hjärta. Jag känner samma värme då som nu, även här i kylan och mörkret. När jag var hemma ville jag tro att kriget var påhittat och att någon hemsk människa försökte lura oss.
Men nu när jag är här och ser blodet, hör de skadades skrik och håller på att somna vid eldvakten, förstår jag att det är verkligt. Hur fruktansvärt det än må vara, så är det verklighet. Men verkligast av allt är ändå min kärlek till dig, min längtan efter att få komma hem. Det har gått tre veckor sedan vi tog farväl men av timmarna som gått utan dig minns jag nästan ingenting. Jag lever i ett vakuum. Jag skyller mig själv för att vi inte fick mer tid tillsammans, drygt två år, varav ett som man och hustru. Men ett år som gift är alldeles för kort om tid, tycker du inte?
Jag värderar den korta tiden högt, det ska du veta. Det har varit den bästa tiden i mitt liv. Minns du när vi krockade i dörren till Affär'n och du tappade de äpplen du precis köpt av mor? Det var då jag förstod att det var dig jag ville leva med. Jag minns att jag hjälpte dig att plocka upp dem och att jag, när du gått, frågade mor vem du var.
Jag kände inte igen dig efter alla år. Jag minns också att jag hade svårt att sova i flera veckor efteråt. Jag kunde inte sluta tänka på dig Sigrid, flickan med de blåa ögonen. Jag älskar dig, lika glödande hett nu som då om inte ännu mer idag.

Jag älskar dig Sigrid, det gör jag verkligen. Det har jag alltid gjort och det kommer jag alltid att göra. Jag vet inte hur jag ska kunna förklara det som inte har några ord, det finns bara banala uttryck som inte alls speglar känslan och upplevelsen.
Men det är kallt här och jag kan bara föreställa mig hur kallt det kommer att vara om någon månad. Något som jag inte ens vill tänka på. Döden är ständigt närvarande.

Gud som jag saknar dig min kära. Att få se och röra vid dig. Få kyssa och hålla om dig.
När jag blundar ser jag dig framför mig;
Ditt långa hår som doftar sådär sött, dina vackra ansiktsdrag, leendet och de blåa ögonen
som får den där glansen som jag tycker så mycket om. Det är som att jag befinner mig
mitt i en dröm Sigrid.

Ursäkta min handstil. Kriget tar hårt och jag har inte mycket tid att skriva om dagarna,
så därför sitter jag i mörkret och skriver till dig vid ljuset av en värmekamin om natten.

Hälsa mor och Sven från mig. Säg att jag mår bra, bortsett från tröttheten och den
konstanta kölden förstås. Dina stickade sockor är sköna att ha och kommer att användas
flitigt i vinter.

Jag tänker på dig och barnet varje vaken minut och om nätterna, när jag får sova så
drömmer jag om dig. Jag ska göra allt jag kan för att ta mig hem så fort som möjligt igen.
För att få möta vårt barn och vara hos dig, min älskade Sigrid.

Din Erik.

När Erik skrivit klart sitt brev, lägger han omsorgsfullt ner det i ryggsäcken och sätter sig
till rätta i tältet. Han tänker på hur långa de tre veckorna känts och hur mycket han längtar
efter sommaren. Att få gå efter stranden i Byviken med Sigrid. Han tänker på dansbanan
och barndomens somrar med solbränd hud och varma soliga sensommardagar i viken han
älskat sedan födseln.

    Så med ens är han där, på stranden i Byviken. Sigrid kommer gående emot honom
i en vit klänning. Det lyser om henne och hennes hår glittrar som guld i solens sken. Hon
är rund om magen och vackrare än någonsin förut. När hon kommit ända fram till honom
lägger hon en lätt hand på hans kind och kysser honom försiktigt. Hennes vackra blå ögon
lyser när hon tar tag runt hans arm och kramar den hårt. De går efter stranden, skrattar och

pratar om allt möjligt. Erik känner sig med ens väldigt lycklig. Han smeker Sigrids stora mage.

Plötsligt faller hon ihop på stranden, det rinner blod efter hennes ben och hon skriker av smärta och att någon måste hjälpa henne. Erik försöker desperat att lugna ner Sigrid som fortsätter att skrika och gråta. Hon tar sig om magen och Erik ropar efter hjälp, men ingen kommer. Han försöker hjälpa Sigrid att föda fram barnet så gott han kan. Blodet fortsätter att strömma ur henne och formar en cirkel runt dem i sanden. Så ser Sigrid upp på honom där han sitter vid hennes sida. Hon stirrar ut i ingenting och drar djupt efter andan. Ljuset i hennes blick slocknar, en lång utandning, hela hennes kropp slappnar av och sedan ingenting. Handen Erik håller i glider ur hans grepp och faller tungt ner i den mjuka sanden. Det blir plötsligt väldigt varmt och Erik känner att han håller på att brinna upp i sommarvärmen. Han får svårt att andas och hostar för att få luft.

"Erik, vakna! Det brinner!"

Det är Isak som skakar om Erik och skriker högt. Erik rycks bort från stranden och Sigrid. Plötsligt är han tillbaka i tältet igen.

"Erik, vi måste ut härifrån. Skynda dig."

Isak sliter upp honom och kryper hostande ut ur tältet. Erik lyckas i sitt yrvakna tillstånd få med sig sin ryggsäck och kryper efter Isak. Soldaterna försöker med gemensamma krafter att släcka elden med allt som finns att tillgå utan framgång. Elden sprider sig snabbt och snart är hela tältet bortom räddning. Lyckligtvis tar sig alla soldaterna ut ur tältet utan att någon större skada skett. Även de flesta tillhörigheter och vapen lyckas räddas men Erik som satt eldvakt och somnade under sitt skift känner en stor skuld över sitt misstag. De andra soldaterna verkar inte beskylla honom för elden. En del av dem anklagar sig själva i tron om att det var deras filt som startat branden. En filt brinner snabbt. Ingen vaken eldvakt hade inte hunnit släcka elden i tid.

KAPITEL 8

20:e december 1939, Holmön.

I den stora matsalen sitter Sigrid vid fönstret i en fåtölj och ser på snön som yr utanför. Det blåser kallt och decemberhimlen är mörk. Sigrid betraktar sitt ansikte som reflekteras i fönsterrutan av ljusen på bordet. Hon är blek och de ledsna ögonen gör henne en aning förvånad. Visst kunde hon känna sin saknad efter Erik men att det syntes så tydligt kom överraskande för henne. Läpparna är inte så röda som de brukar och hennes kinder inte lika barnsligt skära som förr. Det ser ut som att hon åldrats tio år sedan graviditeten tog sin början och kilo för kilo runnit av henne. Hon lutar sig fram och drar i fransarna vid kanten på den röda duken som omsorgsfullt lagts ut på det lilla bordet.

Dagarna går och Sigrid fortsätter att sitta där vid fönstret i matsalen och titta ut, väntandes på Erik som inte kommer. Snart slocknar hoppet men trots det kan hon inte låta bli att sitta där, för tänk om han skulle komma ändå. Erik hade lovat att skriva till henne men efter fyra veckor har hon inte hört ett ord från honom. Det bränner av rädsla i bröstet på Sigrid när snön yr utanför. Alma, kommer in med en kopp te till Sigrid som hon ställer ner framför henne på ett fat.

"Tack."

Sigrid ler kort mot Alma som går mot dörren där hon nästan krockar med Sofia.

"Oj, förlåt frökcn."

"Ingen fara Alma."

Sofia ler och Alma lämnar matsalen och går mot köket. Snart är hon tillbaka igen.

"Vill fröken också ha en kopp?"

Sofia skakar på huvudet och sätter sig i soffan bredvid Sigrids fåtölj.

"Sigrid, nu har du suttit här i snart en månad och bara stirrat. Jag förstår att du är orolig över Erik men du kan inte sitta här och vänta längre. Han kommer inte hem snabbare för det. Du måste fördriva tiden."

Sigrid fortsätter att titta ut genom fönstret. Sofia lägger en hand på Sigrids som drar åt sig den.

"Säg någonting Sigrid. Snälla."

Sigrid vänder ansiktet mot Sofia och spänner ögonen i henne.

"Erik är borta. Jag ska ha ett barn. Vad tycker du att jag ska säga Sofia?"

"Vad som helst. Berätta om barnet."

Sigrid lägger instinktivt handen på den nu vagt synliga magen och ser på den. Hon sitter tyst, men Sofia ger sig inte utan sitter kvar och väntar ut Sigrid.

"Jag vet inte, men jag tror att det är en flicka. Inte för att det spelar någon roll. Men det skrämmer mig lite."

Sofia ser förvånat på Sigrid.

"Varför det?"

"Jag vet inte. Jag tänker väl att det skulle vara lättare om det var en pojke. Barnet skulle slippa leva ett liv på andras villkor, kanske kunna få det bättre och …"

Sofia avbryter henne.

"Oavsett om det är en pojke eller en flicka så vet jag att det finns ingen som kan skada det där barnet så länge han eller hon har dig. Sigrid, du kommer bli en fantastisk mor. Du har det i dig."

Sofia nickar mot henne och ler uppfodranden. Sigrid skrattar till, kanske för första gången sedan hon satte sin fot i huset för snart en månad sedan.

"Du har kanske rätt Sofia. Jag är bara så rädd att Erik inte …"

Sigrid avbryter sig själv. Hon vill inte säga det högt, hennes värsta mardröm. I rädsla av att göra den till verklighet. Men Sofia förstår och Sigrid behöver inte säga ett ord till. Sigrid lägger en hand mot munnen och är på väg att börja gråta. Sofia reser sig upp, går till Sigrid och kramar henne.

"Jag vet Sigrid."

"Vad är det du vet Sofia? Varför har det inte kommit något brev? Varför har han inte skrivit? Tänk om han …"

"Jag önskar att jag kunde ge dig ett svar Sigrid, det gör jag verkligen. Men jag har inget."

Sigrid lutar sig mot Sofia och gråter en stilla gråt.

"Jag är så rädd att barnet ska behöva växa upp utan …"

Det tar emot för Sigrid att säga de sista orden. De vill inte komma ut ur hennes mun men till slut så får hon ut orden.

"… utan sin far."

"Det kommer att ordna sig Sigrid. Jag lovar."

Sigrid reser sig upp så häftigt att hon råkar slå till Sofia i ansiktet. Sofia lägger en hand framför näsan där slaget träffade och ger ifrån sig ett gnyende. Sigrid bryr sig inte om det.

"Du låter precis som Erik. Vet du det? Alltid så positiv och full med lösningar på världens alla problem. Men vad vet du om hur det är att vara ifrån den du älskar? Vet du över huvud taget vad det är du talar om?"

Sigrid går fram och tillbaka över golvet. Hon gråter ena sekunden och är arg i nästa. Sofia har fullt upp med att få näsblodet att sluta rinna efter slaget som Sigrid av misstag gett henne. Så ser Sigrid vad hon gjort och går fram till Sofia.

"Förlåt mig Sofia. Det var inte meningen."

"Det gör inget. Gå och hämta min näsduk är du snäll. Den ligger nog på skrivbordet i mitt rum."

Sigrid gör som hon säger, hon lämnar matsalen, går den korta korridoren mot trappan i rask takt.

Halvvägs upp för trappan stannar hon när hon får en konstig känsla i magen. Sigrid står stilla och känner efter en kort stund. Men sedan tänker hon att hon nog inbillade sig och fortsätter upp mot Sofias rum. Väl där hittar hon mycket riktigt näsduken på skrivbordet. Hon tar den, går ner för trappan och tillbaka in till matsalen. När hon kommer in sitter

Sofia framåtlutad på en stol men blodet har slutat droppa ur näsan. Och Ulrika som står böjd över henne talar lågt med Sofia. Hon får syn på Sigrid när hon kommer in i matsalen.

"Är du inte riktigt klok flicka?"

Sigrid ignorerar Ulrika och hjälper Sofia istället.

"Luta huvudet bakåt Sofia."

Sofia gör som Sigrid säger och Sigrid torkar blodet som runnit ner efter ansiktet och på händerna.

"Alma."

Sigrid ropar och efter en liten stund kommer Alma in.

"Hämta varmt vatten och en ren trasa är hon snäll."

Alma niger och försvinner ut. Snart är hon tillbaka igen med varmt vatten och en trasa att torka av Sofia med. Samtidigt fortsätter Ulrika att skälla på Sigrid.

"Mor snälla, det var en olyckshändelse."

Sofia försöker släta över Ulrikas ilska men får inget gehör.

"Sigrid. Lyssna på mig när jag talar till dig!"

"Mor, jag försöker hjälpa Sofia. Kan du vara snäll och vara tyst."

"Sigrid. Du tara inte till mig på det sättet. Hör du det?"

Ulrika går fram och sliter tag i Sigrids hår och håller det i ett fast grepp. Näsduken faller till golvet och Sigrid försöker få Ulrika att lossa greppet om henne.

"Mor, släpp mig är du snäll."

Sigrid talar lugnt och tydligt, vilket bara gör Ulrika ännu argare och hon drar snabbt ett hårt ryck i Sigrids hår innan hon lämnar rummet. Sigrid suckar och håller handen mot huvudet sedan hjälper hon Sofia att tvätta av sig. Alma torkar upp det blod som droppat ner på golvet.

När hon sitter på knä på och skurar ser hon att det dykt upp nya bloddroppar på golvet. Hon stannar upp i skurandet och ser sig om utan att hitta orsaken.

Mitt i den röra som Sigrid ställt till med känner hon hur det hugger till i magen. Hon stönar till av smärtan och blir tvungen att luta sig framåt och stödja sig mot bordet med ena handen och lägger den andra mot magen där smärtan kommit ifrån. Sofia ser genast att något är fel och reser sig upp.

"Sigrid? Vad är det?"

Sigrid skakar på huvudet.

"Nej, det är inget. Jag blev bara yr."

Alma och Sofia ser på varandra och sedan på Sigrid. En ny strålande smärta tar fart och Sigrid har svårt att stå upprätt men både Sofia och Alma upptäcker det och är snabbt framme hos henne. De håller henne i varsin arm.

"Hur är det med dig Sigrid?"

Alma tittar ner på golvet och upptäcker vart det nytillkomna blodet kommit ifrån. Hon försöker säga något till Sigrid men Sigrid ser på Sofia och känner hur hennes andning blir kort. Tankarna rusar i hennes huvud och hjärtat slår så hårt att hon kan ana hjärtats slag genom blusen. Det svartnar för ögonen och hon är nära att svimma när ytterligare en våg av smärta kommer över henne. Nu så intensiv att hon blir tvungen att skrika ut den. Ulrika som hört skriket kommer in i matsalen.

"Vad är det som pågår?"

Så får hon syn på blodet på golvet.

"Sigrid, du blöder."

Sigrid och Sofia tittar ner och ser blodet som runnit efter Sigrids ena ben. Sigrid tar tag om sin kjol och lyfter på den för att se bättre.

"Nej."

Sigrid viskar knappt hörbart och Sofia tar hennes händer i sina och leder henne ut ur matsalen mot trappan upp till hennes rum.

"Mor, ring efter doktorn!"

Ulrika går ut och Sigrids ben är nära att vika sig, hon stönar till och släpper greppet om Sofias händer.

"Sätt dig ner Sigrid."

Sofia hjälper henne ner på golvet ute i hallen. Paniken slår över Sigrid och hon lägger händerna om magen och försöker andas lugna, djupa andetag.

"Alma går och hämtar Johan."

Sofia sätter sig på knä framför Sigrid och försöker hjälpa och talar lugnande till henne. Alma springer iväg och snart kommer hon åter med Johan som varken tagit av jackan eller skorna som är täckta av snö.

"Bär upp Sigrid till sitt rum. Hon kan inte gå själv."

Johan nickar, tar ett stadigt grepp om Sigrid som har svårt att andas då paniken växer i henne. Johan lyfter upp henne och när han gör det så ser de hur Sigrids huvud åker bakåt då hon förlorar medvetandet. Sofia skriker till vid synen av sin systers bleka och nu medvetslösa ansikte och springer sedan upp för trappan före Johan och Alma. Johan bär försiktigt upp Sigrid till övervåningen, rädd att tappa eller orsaka henne mer skada. Väl uppe i hennes rum lägger han försiktigt ner Sigrid i sängen, backar och ger plats åt Sofia som går fram och tar hennes hand i sin. Rädslan sliter i Sofia när hon torkar bort en tår med baksidan av handen från sin kind.

"Det kommer att bli bra Sigrid. Vi tar hand om dig. Allt ska ordna sig till slut."

Sofia vågar inte riktigt tro på det hon säger men hoppas att Sigrid hör henne och att det ska få henne att känna sig lugnare. Efter en stund kommer Ulrika upp och visar doktorn till Sigrids rum.

"Doktor Rehn var på gården bredvid."

Doktor Rehn, är en man i övre medelåldern, med stor integritet och respekt hos öborna. Hans åsikt är viktig och om han säger något är det inte många som vågar säga emot eller tycka något annat. Han tar i hand med Sofia som niger och sedan går han fram till Sigrid.

"Tack och lov. Kommer hon och barnet att klara sig?"

Sofia frågar med gråten i halsen och håller hårt i Sigrids hand.

"Sofia, lämna plats åt doktorn."

Ulrika ser kallt på Sofia som gör som Ulrika säger. Doktorn svarar inte på Sofias fråga utan lägger en hand på Sigrids kind.

"Jag kommer att behöva varmt vatten och några rena trasor till att börja med."

Ulrika spänner blicken i Alma.

"Nå, vad väntar Alma på?"

Alma försvinner ut ur Sigrids rum. Snart är hon tillbaka igen med vatten i en skål som det ångar om och några rena linnetrasor som hon ställer ner på nattduksbordet bredvid Sigrids säng.

"Vill ni lämna rummet så jag kan göra mitt arbete."

Doktorn ser inte upp från Sigrid när han säger det, utan går istället runt sängen för att undersöka Sigrid. Ulrika går utan att så mycket som ägna en blick åt Sigrids håll. Johan lämnar rummet strax efter men Alma och Sofia dröjer sig kvar. Sigrid jämrar sig och Sofia stryker hennes kind.

"Sigrid, det kommer att bli bra."

Ulrika suckar irriterat.

"Sluta sjåpa dig, flicka. Gör som doktorn säger. Alma ser till att middagen är klar om en timme, och duka till doktorn också. Var i närheten om han behöver något mer."

Ulrika går ner för trappan till sitt sovrum. Alma gör som Ulrika sagt och försvinner snabbt ner för trappan och ut i köket.

Johan och Sofia blir kvar utanför Sigrids dörr när Sofia stänger den bakom sig. Hon försöker hålla sig från att gråta, skakar som om hon frös men ler mot Johan som ser på henne.

"Får jag?"

Han sträcker ut armarna mot henne. Sofia nickar stumt och Johan kramar om Sofia. Hon lägger händerna för ansiktet och gråter mot hans axel. Med ett stadigt tag håller han om henne länge. Till slut ser Sofia upp på Johan, tar fram sin näsduk som är röd av näsblod och skrattar till när hon ser på den.

"Den där är oduglig, ta min."

Johan tar fram sin näsduk ur fickan på de slitna arbetsbyxorna. Hon snörvlar till och torkar bort tårarna från kinderna, sedan lämnar hon tillbaka näsduken till Johan. Deras händer möts när han ska ta emot den. Sofia ler generat och sänker blicken när Johan håller kvar Sofias hand i sin och fortsätter att se på henne. Han drar henne intill sig i en ny omfamning och Sofia bemöter den. De står länge utanför Sigrids rum med armarna om varandra.

Först när dörren till Sigrids rum öppnas och doktorn kommer ut, släpper Johan och Sofia taget och tar ett snabbt steg ifrån varandra. Doktorn stänger dörren bakom sig och får syn på Sofia.

"Fröken Sofia, var har ni er mor?"

Sofia ser oroligt på doktorn som sammanbitet torkar bort blod från sina händer på en trasa.

"Hur mår hon?"

"Jag vill tala med er mor."

Doktorn gör inte en min för att avslöja vad som försiggår med Sigrid.

"Jag hämtar henne."

Johan ler mot Sofia som nickar. Doktorn och Sofia står kvar i korridoren. Sofia kan inte slita blicken från det som hon antar är sin systerns blod på doktorns händer och på trasan som han håller. Efter en liten stund kommer Ulrika och Johan tillbaka upp för trappan.

"Nå? Hur illa är det?"

Ulrika ser oberörd ut. Sofia känner hur det knyter sig i magen och kan knappt stå upprätt. Hon tittar på Johan som försiktigt ställer sig närmare. Sofia gömmer sin hand bakom ryggen och Johan tar den. Ingen av dem vill riskera att Ulrika ska lägga märke till deras närhet.

"Er dotter har haft en evinnerlig tur. Sofia har hjälpt sin syster på ett utomordentligt sätt. Hon borde bli sjuksyster. Tack vare Sofias sunda förnuft så kommer både Sigrid och barnet att överleva. Sigrids hjärta är svagt, som ni vet, och hon kommer att behöva mycket stöd och hjälp under resten av havandeskapet. Det skulle kunna sluta olyckligt om hon anstränger sig för mycket eller blir allt för upprörd. Hon måste vara rädd om sig."
Ulrika skakar på huvudet.

"Jag visste att den där Erik skulle skicka henne i fördärvet. Jag sa det till henne gång på gång. Men lyssnade hon? Nej då."

"Om det är någon som skickat Sigrid i fördärvet så är det du mor och inte Erik. Erik har gjort henne mer hel under det här året, än hon varit på väldigt länge. Han räddade hennes liv när han tog henne bort från ön, och från dig."

Sofia ser ilsket med tårar i ögonen på Ulrika som öppnar munnen för att säga något men ändrar sig och stänger den lika snabbt igen och förblir stum.

"Sofia, så där talar man väl ändå inte till sin mor?"

Sofia tar ett steg mot Sigrids stängda sovrumsdörr och lägger handen på det guldfärgade handtaget.

"Får jag gå in till henne?"

"Ja. Men hon har förlorat en del blod och är väldigt trött. Någon måste se efter henne tills hon återhämtat sig och jag tror att fröken är den som i första hand måste göra det."

Sofia nickar och kastar en blick på Ulrika innan hon går in till Sigrid och stänger dörren bakom sig.

Sigrid sover oroligt när Sofia kommer in till henne i det mörka rummet.

"Sigrid?"

Sigrid grimaserar av smärta, vrider på huvudet och jämrar sig tyst. En blöt trasa ligger över hennes panna och hon andas ytligt och ansträngt när Sofia tar hennes hand i sin.

Hela eftermiddagen och kvällen sitter Sofia vid Sigrids sida. Byter emellanåt ut linnetrasan på Sigrids panna mot en ny och baddar hennes ansikte och hals med stor försiktighet, precis som doktorn sagt åt henne att göra.

Framåt midnatt väcker Alma Sofia som sover vid sidan av Sigrids säng sittandes på golvet lutad över sängen med Sigrids hand i sin. Alma lägger försiktigt en hand på Sofias axel.

"Jag sitter hos henne. Gå ner och ät och gå sen och lägg sig. Jag väcker fröken om det händer något."

"Alma borde gå hem till sin man."

"Äsch då, han klarar sig. Jag sitter här i natt."

"Tack Alma. Du är en ängel."

Innan Sofia går vänder hon sig till Alma som ler och sätter sig på skrivbordsstolen som Sofia flyttat till kanten av Sigrids säng.

Nästa eftermiddag när mörkret fallit och Sofia tänt sänglampan i Sigrids rum så rör Sigrid lite på sig och Sofia känner en spänning släppa i kroppen och hon suckar av lättnad när Sigrid trött öppnar ögonen.

”Hej.”

Sofia tar linnetrasan, drar försiktigt i kragen på Sigrids nattlinne och baddar hennes panna, hals och övre bröstkorg försiktigt.

"Hej."

Sigrid sväljer, hennes läppar är spruckna och munnen torr. Hon formar ord som knappt går att höra trots den enorma tystnaden i huset.

"Barnet?"

Sofia ler lite.

"Sigrid, allt är bra. Du måste ta det lugnt. Du får inte anstränga dig för mycket."

Sigrid nickar knappt synbart och sväljer för att forma nya ord. Sofia förstår vad det är Sigrid vill.

"Är du törstig?"

Sigrid nickar. Sofia hjälper Sigrid att sätta upp sig i sängen innan hon tar vattenglaset från nattduksbordet och håller upp det mot Sigrids mun. Sigrid sväljer vattnet i små klunkar.

"Tack."

"Lägg dig ner igen. Du behöver vila."

Sofia hinner knappt säga orden innan Sigrid sjunker ner i sängen och somnar om. Sofia ler för sig själv och ställer ifrån sig vattenglaset på nattduksbordet. Hon kan andas ut. Sigrid kommer att bli bra igen.

Plötsligt hörs Ulrikas arga röst från nedervåningen. Nyfikenheten tar över och Sofia reser sig upp och går ut i korridoren på övervåningen.

"Vem tror du att du är egentligen va? Hur har du mage att komma hit såhär dags och tränga dig på?"

"Jag ville bara se efter min sonhustru. Du borde väl bli glad över att någon bryr sig om din dotter?"

Emmas röst är betydligt lugnare och mer sansad än Ulrikas, vilket bara gör Ulrika än mer upprörd.

"Sigrid får all den hjälp hon behöver. Hon behöver inget stöd av dig. Det är då ett som är säkert."

"Men snälla Ulrika. Det tycker jag vi låter Sigrid avgöra själv."

Sofia står och lyssnar på trappavsatsen. Tillslut uppmärksammas hon av Emma som ignorerar Ulrikas skrik och gap och vänder sig till Sofia som kommer ner för trappan.

"Godkväll Sofia. Hur står det till?"

"Godkväll Emma. Jo tack. Jag är en aning trött efter gårdagen. Hur mår …?"

"Sofia. Gå genast upp och se efter din syster."

Ulrika avbryter det lugna samtalet med skarp röst.

"Men mor. Jag kom just därifrån. Sigrid har vaknat till och jag har talat med henne. Allt är bra. Oroa dig inte."

Sofia ser ett uns av lättnad i Ulrikas ansikte innan Ulrika åter vänder sig till Emma.

"Så. Nu vet du. Försvinn härifrån. Jag vill inte ha dig här."

"Nåväl. Nu har jag fått veta vad jag ville."

"Emma vill inte följa med mig upp och hälsa på Sigrid?"

"Tack kära du, men jag tror nog din mor går i taket om jag tar ett enda steg till in i huset. Hälsa Sigrid från mig."

"Det ska jag göra. Tack för att du kom förbi. Det var vänligt av dig."

"Hej med dig. Be Sigrid komma förbi när hon har återfått orken. Du får gärna följa med henne om du har lust."

Emma ger Sofia en klapp på kinden och ler innan hon tar på sig de tjocka handskarna av ull, vänder och försvinner ut genom dörren.

När hon är borta vänder sig Sofia till sin mor.

"Jag går upp till Sigrid igen."

Ulrika skakar på huvudet och försvinner in i sitt rum utan ett ord. Sofia ser efter henne och skrattar för sig själv.

Kapitel 9

Januari 1940, Finland.

Min allra käraste Sigrid.

Att inte få vara hos dig är en plåga. Du ger mig den livskraften som jag behöver för att fortsätta framåt, det inser jag nu mer än någonsin. Varje vaken minut tänker jag på dig och barnet. Jag hoppas så innerligt att kriget ska ta slut och att jag snart ska få komma hem till dig igen.

Jag har lovat mig själv att om jag kommer härifrån med livet i behåll så ska jag aldrig mer lämna dig, aldrig någonsin igen ska jag släppa dig. Du och jag lovade varandra "i nöd och lust". Det här är vår nöd Sigrid. Men snart måste väl ändå nöden få ett slut och lusten återvända.

Det är så kallt att många av soldaterna har förfrusit tårna. Jag har klarat mig tack vare dina sockor. Du har räddat mitt liv flera gånger under den tiden jag varit här. Inte minst med din envishet om att jag skulle ta med mig tröjor och sockor hemifrån. Vad hade skett om jag vägrat?

Men det värsta av allt är att jag nog aldrig känt mig så levande som nu. Jag har fått en helt annan syn på livet och på mig själv. Om människan inte känner smärta tror jag att man skulle känna sig levande. Inte på riktigt.

I lastbilen på vägen hit mötte jag Isak, en man som kommit att bli min vän här i helvetet. Han har sagt att han ska följa med mig till Holmön efter kriget. Isak är inte som vi, han bär davidsstjärnan. Historierna han berättar om sin barndom och om sitt hem i Tyskland är en fruktansvärd plåga bara att höra om det. Hur han överlevt och orkat genomlida allt det han berättar om är för mig en gåta. Nazismen är en svart brinnande eld som livnär sig på judarnas plågor och suger deras blod som en igel.

Igår kom det en ny lastbil med soldater från Sverige, stackars pojkar. De har ingen aning om vad som väntar dem här.

Jag tänker på dig och barnet hela tiden, men jag tänker också på min mor, Sven och Eva. Jag ber Gud att Sven ska slippa uppleva dessa plågor.

Jag skrev ett brev till mor och fick ett långt svar om hur livet på Holmön ter sig i de tider som råder. Hon skrev mycket om ransoneringen och om hur dåligt kaffet smakar.

Men det gjorde mig än mer orolig för dig. Att mor svarar men att jag inte hört ett ord från dig, det gör mig rädd.

Eva pratade om att hon skulle åka hem till ön om kriget kom. Mor berättade i sitt brev att Eva är på väg hem, det känns tryggt att du kan vila mot Eva och söka hjälp hos henne.

Jag vet inte om mina brev når fram till dig, eller om de försvinner på vägen. Men jag fortsätter att skriva eftersom det ger mig tröst. Jag vill tro att du känner min längtan och kärlek. Jag hoppas åtminstone att breven kan skänka dig hopp. Hopp om att jag kommer hem till dig igen. För det måste vara så. Jag vet inte hur länge till jag står ut här i kylan utan din famn att somna i om kvällarna.

Jag vet inte hur länge till jag orkar somna till ljudet av bomber och gevärsskott, å andra sidan är jag också rädd för att sova. Jag är nästan mer rädd för sömnen än för de sovjetiska trupperna. Flera av soldaterna har somnat om kvällen och sedan inte vaknat upp på morgonen. Därför är jag rädd för att somna. Jag vill ju så gränslöst gärna få komma hem och uppleva vårt barn Sigrid.

Jag måste vila medan tiden ges mig. Godnatt min älskade.

Din Erik

Kapitel 10

Februari 1940, Holmön.

"Hur mår hon?"

Alma frågar Sofia som kommer ut från Sigrids rum med en halvtom soppskål och ett tomt vattenglas på en bricka. Sofia stänger dörren efter sig.

"Hon har mardrömmar. Men hon orkade äta idag och febern har gått ner. Hon är fortfarande väldigt blek men kan åtminstone tala med mig och fråga om vi hört något från Erik. Jag förstår inte varför han inte skrivit till henne. Är du säker på att det inte kommit något brev?"

Alma nickar och tar brickan från Sofia och de går tillsammans ner för trappan och ut i köket.

"Det är så konstigt. Det är snart tre månader sedan han åkte och inte ett ord har han skrivit till Sigrid."

"Tänk om det är som Sigrid säger, att han blivit skjuten."

Alma ser rädd ut. Sofia försöker att inte lyssna på Almas ord.

"Äsch, då skulle vi fått veta det i så fall."

Ulrika kommer in i köket. Hon går fram till hinken med matresterna som grisarna ska få, tar upp den och går ut ur köket igen. På vägen ut stannar hon.

"Mitt rum är hemskt dammigt Alma. Gör något åt det."

Ulrika passerar Sofia utan ett ord och försvinner ut till ladugården. Alma niger och ger Sofia en snabb blick innan hon går mot Ulrikas rum med en dammvippa som hon plockar ner från en krok i ett hörn av det stora köket. Hon går genom hallen och öppnar dörren till det stora sovrummet. Alma känner sig alltid nervös när hon ska gå in här. Det är precis som om hon gör något förbjudet när hon gläntar på dörren och stiger in i rummet. Hon skakar av sig känslan, öppnar ett fönster och börjar dammtorka på precis samma sätt som de senaste tio åren hon varit i Ulrikas tjänst. När hon kommer till det stora vackra skrivbordet av trä ser hon att en av lådorna i skrivbordet inte riktigt är stängda och en nyfikenhet väcks inom henne. Alma har alltid haft en barnsligt stark nyfikenhet, vilket hennes man, Johannes, alltid nämnt som en av de egenskaper som gjort att han bestämt sig. Men just i den här stunden blir Alma nästan rädd för sin nyfikenhet. Ändå ser hon sig omkring för att försäkra att hon är ensam i rummet innan hon drar ut lådan för att se vad som finns i den. Några öppnade brev, en klocka och en liten smyckesask. Alma tänker att det är märkligt att Ulrika sparat allt det här efter sin man i en skrivbordslåda. Hon tar upp ett av kuverten och granskar det. Hon vågar inte ta ut brevet ur kuvertet för att läsa det men ser något som gör att hon måste blinka flera gånger för att försäkra sig om att hon läst rätt. Står det...

Nej, det kan inte vara möjligt. Hon läser en gång till för att vara säker. Det står "Erik" som avsändare på baksidan av kuvertet. Bläcket är utkladdat så det är svårt att uttyda bokstäverna men hon är helt säker på att det är Erik det står. Det kryper i kroppen på Alma. Hon vänder på brevet och ser att det står "Sigrid" på framsidan, hon tar ut brevet ur kuvertet som redan är uppsprättat och läser den första raden för att vara helt säker: "Min älskade Sigrid ...". Vad gör ett av Eriks brev till Sigrid i Ulrikas skrivbordslåda? Hon tänker att det måste vara ett gammalt brev som Erik skrivit då han och Sigrid inte var gifta än och läser datumet då brevet skrevs. Men det hon läser gör henne rädd. "20:e december 1939". Det är skrivet för nästan precis två månader sedan.

Plötsligt hör hon hur någon kommer gående i korridoren utanför och lägger snabbt ner brev och kuvert i fickan på sin kjol och täcker över det med förklädet. Sedan stänger hon skrivbordslådan och fortsätter dammtorka skrivbordet.

"Alma, vad är det som tar sån tid? Hon har andra sysslor att göra också."

Ulrika står i dörren och ser irriterat på henne.

"Jag ville bara försäkra mig om att jag fått bort allt dammet frun."

Alma som gör sitt bästa för att se ut precis som vanligt. Ulrika skakar trött på huvudet och ber Alma lämna rummet. Alma niger och går snabbt förbi henne, ut i korridoren och in i köket för att hitta Sofia men hon är inte där. Hon kan andas ut. Men brevet bränner i fickan och nu börjar den otäcka känslan av skam göra sig tillkänna i bröstet.

Sofia sitter vid skrivbordet i Sigrids rum och läser en bok. Sigrid sover lugnt i sängen och Sofia slänger då och då en blick på henne för att se om hon vaknat eller om hon fortfarande andas. Sigrids långa bruna hår klibbar mot hennes svettiga ansikte och hals, då och då mumlar hon något ohörbart i sömnen. Sofia fortsätter att läsa när Sigrid utan förvarning vrider sig som om någon höll fast henne i sängen och hon skriker högt.

"Släpp mig! Jag vill inte! Erik!"

Sofia lägger ifrån sig boken och går med snabba steg fram till Sigrid som vrider sig och ropar allt högre i sömnen, fortfarande med illusionen om att någon håller fast henne.

"Erik! Hjälp mig! Hjälp mig, Erik!"

Sofia försöker väcka Sigrid som vrider sig än mer och sedan vaknar med ett ryck när Sofia sätter sig på sängkanten.

"Erik!"

"Det är ingen fara Sigrid. Det var en mardröm."

Sigrid andas snabbt och ser sig oroligt omkring. Hon sätter sig yrvaket upp i sängen och Sofia ger henne ett glas med vatten.

"Här. Drick lite."

Sigrid tar glaset men dricker inte, istället ser hon på Sofia. Det finns inte en skymt av feber i blicken längre, den är ren och klar.

"Jag är helt säker på att han är död. Jag vet det. Han kommer inte hem igen, Sofia. Han kommer inte hem. Åh herregud vad ska jag göra?"

Sigrid upprepar orden gång på gång. Sofia tar glaset ifrån Sigrid som är nära att tappa det i golvet.

"Ta det lugnt Sigrid. Andas. Det var en dröm. Du vet vad doktorn har sagt. Du får inte bli upprörd."

Sofia tar Sigrids hand i sin och tillsammans tar de några djupa andetag.

"Vad ska jag göra Sofia?"

Sigrid lutar trött huvudet mot Sofias axel. Sofia lägger varsamt ner henne i sängen igen.

"Det enda du kan göra just nu är att vila. Du vinner ingenting på att stressa upp dig."

Sigrid ser på Sofia med en blick så full av sorg att Sofia nästan börjar gråta av medlidande. Det knackar på dörren och Sofia reser sig upp.

"Kom in."

Sigrid talar så högt hon orkar. Alma kommer in men hon stannar i dörren.

"Hon har besök."

"Vem är det?"

"Eva."

Sigrid blir tydligt besviken över att det inte är Erik som kommit hem men sedan ser hon på Sofia. Eva är ändå det näst bästa.

"Visste du att Eva var tillbaka på ön?"

Sofia skakar på huvudet. Sigrid suckar men blir något lättare till mods över vetskapen om att Eva är tillbaka.

"Orkar Sigrid med ett besök, eller ska jag be henne komma tillbaka imorgon istället?"

"Jo visst orkar jag."

Sigrid sätter sig upp, Alma ler mot Sigrid och lämnar rummet för att hämta Eva.

"Sigrid, är du säker på att du orkar?"

Sofia ser osäkert på henne.

"Sluta Sofia. Jag orkar."

Eva är klädd i en blå sjuksköterskeuniform med vitt förkläde, håret är uppsatt i en hårt åtstramad knut i nacken. I handen har hon en väska som hon ställer ifrån sig på skrivbordet. Hon är, i motsats till Erik nästan svarthårig, men har samma ansiktsdrag och tydligt utstickande kindben som ger karaktär till det annars mjuka ansiktet. Hon är lång och smal, lika vacker som Erik är stilig. Hennes hårda yttre speglar inte alls hennes personlighet eller varma inre som Sigrid vet finns där. Hon går fram till Sofia och kramar om henne. Men när hon får syn på Sigrid stannar hon upp mitt i ett steg.

"Herregud Sigrid. Du är ju lika vit som snön här utanför."

Sigrid svarar inte utan tittar ner och lägger en hand på sin mage. Eva går fram till henne, sätter sig på sängkanten och tar hennes andra hand i sin.

"Det var dumt sagt av mig."

Eva tvekar innan hon fortsätter.

"Jag hörde att mor var förbi för ett tag sedan."

"Jo, det var tydligen en hemsk kaskad av ord som delades ut."

"Äsch. Mor kan nog hantera det."

Sigrid ler varmt mot Eva som skakar på huvudet.

"Om du vill kan jag se efter så att allt är bra med dig."

Sigrid tittar upp på Eva och skakar på huvudet.

"Vore inte det väldigt märkligt Eva? Jag menar vi har ju känt varandra ända sedan vi var små ..."

"Det är väl inte märkligt. Tvärtom, en trygghet eftersom vi vet vart vi har varandra. Sen att du väljer att gifta dig med min bror var väl kanske inte riktigt vad jag hade förväntat mig."

De skrattar men skrattet övergår i hosta för Sigrids del och Sofia som stått tyst under deras samtal går nu fram till dem, ger vattenglaset som står på nattduksbordet till Sigrid. Hon tar emot glaset och dricker lite. Hostan försvinner och Sigrid ger glaset till Eva som ställer det på nattduksbordet igen.

"Jag går ner en stund. Säg till om det skulle vara något."

Sofia går mot dörren. Sigrid nickar när Sofia försvinner ut och stänger dörren efter sig. Sigrid andas ut som om hon hållit andan alldeles för länge. Eva sitter kvar på sängkanten och tar hennes hand igen.

"Var nu ärlig Sigrid. Hur mår du?"

"Jag är lite trött men annars mår jag bra. Jag är nog snart på fötter igen."

Eva ser skeptiskt på Sigrid som undviker hennes blick.

"Om jag känner dig rätt så vill du inte visa hur dåligt du mår, inte framför Sofia. Du måste låta din syster hjälpa dig istället för att låtsas som att allt är bra.

Det kan vara farligt för dig. Du tänker för mycket på andra och för lite på dig själv. Svara ärligt Sigrid. Har du ont?"

Eva lägger sin hand på hennes mage och Sigrid blir, om möjligt, ännu blekare än förut.

"Jag har så fruktansvärt ont Eva. Men inte i magen, utan i bröstet."

Sigrid lägger en hand under sitt vänstra bröst och knyter den. Hon kastar ur sig orden. Eva säger ingenting, hon bara nickar sammanbitet och reser sig upp. Hon vet att Sigrid har ett svagt hjärta. Det har hon vetat ända sedan de var små och Sigrid inte orkade springa lika snabbt eller länge som hon själv. Sigrid har alltid varit tröttare och mer stillsam än andra i hennes ålder och nu när Eva utbildat sig till sjuksköterska har hon fått en större förståelse på ett djupare plan.

Eva hämtar sin väska vid skrivbordet och sätter sig på Sigrids sängkant igen. Hon tar fram ett stetoskop och ställer väskan på golvet bredvid sängen.

"Nu vill jag att du gör precis som jag säger."

Sigrid nickar.

"Luta dig framåt så jag kan lyssna på dina lungor."

Sigrid gör som hon säger och lutar sig fram så gott hon kan. Hon rycker till lite, verkar tycka att det är obehagligt, när Eva lyfter på hennes nattlinne och lägger det kalla stetoskopet mot hennes magra rygg där revben och ryggrad syns tydligt. Efter en stund drar hon ner nattlinnet igen och trycker försiktigt ned Sigrid i sängen. Eva drar bort täcket och lägger stetoskopet precis under Sigrids vänstra bröst, hon flyttar stetoskopet fram och tillbaka och lyssnar intensivt. När hon flyttar stetoskopet ner mot Sigrids mage, som nu blivit väldigt tydlig men inte alls stor, börjar Sigrid att andas allt ytligare. Om Sigrid inte hade varit sjuk och magrat av så mycket så hade magen inte alls varit lika uppenbar. Sigrid drar snabba andetag och känner hur paniken växer sig allt större i hennes kropp. Hjärtat slår så hårt i bröstet att Eva borde kunna höra det genom stetoskopet långt nere på hennes mage. Sigrid hör sin mors ord "En dag kommer Gud att straffa dig, vänta och se!" om och om igen i huvudet. Hon ser sig själv i den nedblodade sängen i Sävar, hon ser Furiren som kysser henne i köket, känner hans beröringar och hur han lyfter på hennes kjol. Hon ser Erik försvinna bort i lastbilen samtidigt som hon själv blir fasthållen av två soldater och sist ser hon blodet som rinner längs hennes ben i matsalen. Nu kan hon inte längre ligga stilla i sängen. Hon vrider sig som av smärta. Det kryper i kroppen på henne. Det känns som att hon ska dö om hon inte gör något, hon slår bort Evas händer, skriker högt och lägger sig på sidan i den mån det går. Hon drar upp knäna mot magen och slår armarna runt sig. Eva lägger ifrån sig stetoskopet, hon sitter kvar bredvid Sigrid i den stora sängen.

"Sigrid? Hör du mig?"

Eva tar tag om Sigrids ansikte med båda händerna.

"Se på mig."

Sigrid slutar att skrika och gråter mindre men hon förmår sig inte att se på Eva utan blundar hårt.

Sofia som hört Sigrids skrik kommer inspringande i rummet med andan i halsen. Eva tvingar Sigrid att se på henne och håller hennes ansikte bestämt mellan sina händer.

"Det är ingen fara. Jag tar hand om dig. Du är trygg. Du måste lugna ner dig."

"Vad är det som pågår?"

Eva kastar en snabb blick på Sofia men säger inget. Sigrid fortsätter att andas korta, ytliga andetag och nyper sig hårt i armarna att hon nästan börjar blöda när naglarna tränger in i huden. Hon ser inte Sofia som står bredvid sängen.

"Jag har så ont, det går inte längre. Eva, hjälp mig!"

Sigrid gråter så häftigt att orden knappt går att urskilja. Eva försöker ta hennes händer för att få Sigrid att sluta nypa sig i armarna men hon kämpar emot. Eva, som är betydligt starkare, kan efter en liten stund få tag i Sigrids händer och hålla dem hårt.

"Sigrid. Det går över, men du måste ta dig igenom det. Försök att ta några djupa andetag."

Sofia står som förstenad och bara stirrar på sin systers söndergråtna ögon och märken efter naglarna i armarna. Sigrid anstränger sig och får efter en lång stund, med Evas hjälp, ner andningen och pulsen till det normala igen. Tillslut sjunker Sigrid trött över på rygg i sängen igen och Eva talar lugnt till henne.

"Hur länge har du haft den här oron Sigrid?"

Sigrid försöker så gott hon kan att hålla ögonen öppna när tröttheten slår över henne.

"Sen i december."

Det är Sofia som svarar henne eftersom Sigrid nästan somnat av utmattning och febern som brinner i hennes kropp. Eva nickar och ser fundersam ut, sedan reser hon sig upp och bäddar ner Sigrid ordentligt i sängen med filtar och täcke. Hon stryker Sigrids kind och ler mot henne. Sigrid somnar och andas lugna djupa andetag. Hon är kallsvettig och det långa bruna håret ligger klistrat mot hennes hals och ansikte. Eva tar upp sin väska och lämnar rummet tillsammans med Sofia.

"Jag vet inte hur mycket du vet. Men Sigrid har väldigt ont och vad jag förstår så har du märkt av rädslan och mardrömmarna som kommer över henne emellanåt. Det enda vi kan göra för henne är att finnas här och trösta när hon behöver det, mardrömmarna kommer att gå över i takt med att febern försvinner. Rädslan kommer att lägga sig när hon fått bearbeta de händelser hon utsatts för och smärtan i bröstet kommer sig av hennes svaga hjärtmuskel. Men med tiden kan den läka om hon kan hålla hjärtrytmen stabil och inte överanstränga sig."

Sofia nickar och ser ut att förstå vad Eva säger när det tillsammans går ner för den breda trappan till nedervåningen.

"Jag sitter hos henne inatt, för säkerhets skull."

"Det är en god idé Sofia. Hör av dig om det skulle vara något. Du hittar mig hos mor eller i Affär´n som vanligt."

Emma har som vanligt fullt upp i Affär´n. Hon hämtar varor från lagret, fyller på, plockar ner från höga hyllor och samtidigt tar hon betalt av kunderna i den lilla lanthandeln, allt är som det brukar vara.

Hulda och Beda sitter vid affärens lilla cafébord med varsin kaffekopp i handen och viskar sinsemellan om de rykten och skvaller som går på byn.

När Emma står där, fullt upptagen ute på lagret, tystnar plötsligt tanterna och det ringer i den lilla klockan vid disken som ska uppmärksamma henne på att hon har en kund som väntar på att få betala.

"Ett ögonblick."

Hon ställer tillbaka varorna på hyllan, suckar och går in till sin väntande kund, samtidigt som hon torkar händerna på en handduk som hon haft nedstucken i kanten på sitt smutsiga förkläde. När hon höjer blicken för att möta kunden hoppar hjärtat över ett slag.

Framför henne står fyra soldater i uniform. Alla fyra har varsitt gevär över axeln. Den längsta av dem lutar sig över disken och ler förföriskt. Hulda och Beda viskar, sitter på spänn, med ögon och öron så fulla av förväntan på vad som ska ske härnäst att de skulle kunna explodera om rätt saker sades. Emma ger tanterna en vass blick och vänder sig sedan åter mot soldaten framför sig.

"Vad kan jag hjälpa herrarna med?"

Just när soldaten som ringt på klockan ska tala om vad det är de ska ha kommer Alma in i den lilla affären och blir stående i dörren när hon får syn på soldaterna. Några av soldaterna vänder sig om och får syn på henne där hon står. De flyttar sig åt sidan för att släppa fram Alma som tvekar i dörröppningen.

"Damerna först."

En av soldaterna flinar mot henne och Alma fortsätter att tveka när hon synar dem en efter en. Så fastnar blicken på soldaten längst bort. Han står gömd bakom de andra, verkar inte ha lagt märke till hennes närvaro utan står fortfarande lutad över disken i ett samtal med Emma. Almas hjärta sjunker i bröstet när hon ser soldaten. Minnen strömmar genom hennes huvud när hon stirrar på honom. Nu tvekar hon inte längre. Hon går bestämt mot disken och ställer sig bredvid soldaten.

"Karl-Henrik."

Han reagerar på hennes tilltal, rätar på sig och ser på henne.

"Alma, är det verkligen du?"

Alma bara nickar och hon väljer att inte svara Karl-Henrik. Istället vänder hon sig till Emma. Alma talar så lågt hon kan för att undvika att soldaterna och framför allt Karl-Henrik ska höra henne.

"Jag skulle behöva be dig om en tjänst. Johannes har inte fått ut någon lön den här veckan. Jag antar att det beror på kriget och ransoneringen. Kan du skriva upp vår skuld en vecka till?"

Hennes röst är gråtmild och hon förstår redan innan hon ställt frågan att hon inte kommer att kunna få någon mer hjälp av Emma och Emma skakar mycket riktigt på huvudet.

"Nej Alma, jag behöver pengarna. Kriget tar hårt även på mig och Affär'n. Jag är så ledsen."

Alma nickar och tar fram sin plånbok ur sin slitna handväska. Emma vet att Almas skuld växt under vintern, allt i takt med att kriget tagit alla pengar och lämnat folket på ön utan. Fisket under vintern var näst intill obefintligt och hela ön pratade om hur Holmön var en viktig plats för fiske och sjöfart. Många av de lokala fiskarna var tvungna att navigera i vattnen runt ön trots farorna som lurade. Det ryktades om tyska ubåtar. Fisket var också en viktig, om inte den enda, inkomstkälla för att hålla byarna på ön vid liv. Även fiskeverksamheten och salteriet påverkades av den ransoneringen som införts under kriget. Fisket och salteriet bidrog till att säkerställa tillgången av mat för befolkningen på ön.

Almas man, Johannes, slet hårt för den lilla summa pengar han kunde få och om han hade tur, fick han med sig en strömming eller två när han gick hem.

Frans, ägaren av salteriet, var generös på det sättet och visste mycket väl vilka som hade det sämre ställt än andra. Han hade ett gott öga åt sin brorsdotter Sigrid och hon hade lyckats få honom att gå med på att, i den mån det gick, ge en strömming extra till Alma och Johannes lite då och då.

Alma och sin sida fick ibland på nåder ta med sig matresterna från Ulrikas gård när hon gick hem för kvällen. Inget av det här var nyheter för Emma som försvinner bort i tanken en sekund.

"Jag betalar."

"Nej, Karl-Henrik, det får du inte. Det är inte din skuld."

"Det är det minsta jag kan göra för dig."

Det bränner till inom Alma. Att se Karl-Henrik igen efter så lång tid var oväntat och inte alls något hon ville kännas vid. Det känner Alma tydligt inom sig, men hon tänker inte visa det för Karl-Henrik. Speciellt inte när Hulda och Beda sitter där och ser ut att kunna göra vad som helst för att få ett saftigt skvaller. Hon tvekar men Karl-Henrik lägger bestämt upp pengarna på disken och Emma ser på Alma som nickar kort. Hon ser skamset på Karl-Henrik.

"Du hade inte behövt …"

"Jo, Alma, det behöver jag visst. Jag har saknat dig."

Emma tar pengarna och lägger dem i det låsbara kassaskrinet av plåt. Hon flackar med blicken mellan Alma och Karl-Henrik. Alma ler mot honom men sedan försvinner leendet och Karl-Henrik vänder sig till Emma.

"Jag skulle vela ha ett paket cigaretter också."

Han ser på Emma med uppfordrande blick och Emma kommer av sig och rycker till lite.

"Ja visst, självklart."

Han räcker över en ransoneringskupong och Emma tar emot den. Hon böjer sig fram och plockar fram ett paket cigaretter ur en av de många lådorna. En vissling från en av de andra soldaterna får Emma att snabbt resa sig upp igen. Ett obehag växer i hennes kropp. Hon räcker över paketet till Karl-Henrik som skrattande tackar.

"Vi ses."

Han ler mot dem och med resten av soldaterna i släptåg lämnar de Affär´n och försvinner ut i det kyliga februarimörkret som redan börjat sänka sig över ön. Alma ser ut genom ett av de stora fönstren och elden från en tändare flammar till då en av soldaterna tänder en cigarett när de försvinner längs vägen ner mot byn. Alma blir stående vid disken en stund innan hon ser på Emma och ler kort.

"Soldater på Holmön. Vart ska det sluta?"

Emma skakar på huvudet och lägger armarna i kors över bröstet.

"Det var en utomordentligt bra fråga."

"Hur kommer det sig att du verkar känna den där Karl-Henrik?"

Emma ser nyfiket på Alma.

"Äsch, det är inget märkvärdigt. Vi hade en sommarromans, men det är väldigt länge sedan nu. Långt innan jag träffade Johannes."

Alma knyter sin sjal tätare om sig, vinkar hej då till Emma och lämnar Affär´n för att sedan sakta gå mot byn, samma väg som soldaterna nyss gått.

"Skynda er."

Sofia rusar före och Johan springer så snabbt han förmår med den sjuka Sigrid i famnen.

Ljudet av hesa Fredriks stämma skär i öronen och när alla väl är inne i skyddsrummet, bakom ladugården, stänger Sofia dörren efter dem. Ljudet av hesa Fredrik dämpas men man kan fortfarande urskilja ljudet som blandas med Sigrids ansträngda andetag. Det doftar unket av den blöta jorden och gamla fuktiga tyger. Johan lägger ner Sigrid på den hårda träbänken som står mot skyddsrummets ena vägg. Hon är blek. Läpparna är torra, spruckna och ögonen är rödkantade. Med blanka ögon frågar Sofia.

"Hur är det med dig?"

"Jag fryser."

Rösten är tunn och spröd. Nästan obefintlig. Sofia hämtar en filt i andra änden av det lilla skyddsrummet och lägger den över Sigrid. Sedan sätter hon sig på knä framför den hårda träbänken.

"Så fort hesa Fredrik tystnar får vi gå in igen. Det dröjer nog inte länge."

Sofia ser sig om i det lilla rummet. Ulrika, Alma och Johan sitter på varsin stol och ser på henne. Alla sitter de och huttrar med varsin filt över axlarna. Alma ser oroligt på Sofia och Sofia förstår att Alma tänker på sin dotter och make. Ulrika ser för ovanlighetens skull väldigt orolig ut hon också. Hon reser sig upp, tar med sig sin stol och sätter sig vid Sigrids huvudände. Sofia flyttar efter så att modern ska få plats bredvid henne.

"Käre Gud. Ge mig kraft och mod att orka med denna svåra tid. Du som läker sjuka. Låt din värme och kärlek lysa över Sigrid. Hjälp henne att bli friskare och starkare för att orka med det som måste ske i denna vår svåraste tid. Genom Gud, vår herres nåd. Amen."

Sofia ser hur modern tvekar när hon lägger en hand mot Sigrids huvud och stryker hennes hår. Ulrika blundar och Sofia utbyter en snabb blick av förvåning med Alma.

Endast några få stearinljus finns att tillgå som ljuskälla. Ljusen kastar långa otäcka skuggor mot de ojämna väggarna och Sofia kan se hur systern somnar under moderns lätta beröring. Hennes andning blir tyngre och bröstkorgen höjer och sänker sig med lugna taktfasta andetag.

KAPITEL 11

3:e mars 1940, Finland.

Bland skottlossning, granater, skadade soldater, blod och död skriver Erik ett
brev till Sigrid. Han sitter med sin slitna pappersbit och blyertspennan i handen. En hög
smäll får det att ringa i öronen och så regnar jord och snö ner över honom och de andra
soldaterna i skyttegravens mörker. En man långt borta skriker av smärta men Erik skriver.

Älskade Sigrid.

Våren är på väg. Jag känner det i luften, den är klarare och vinden är inte lika bitande
kall längre. Nätterna är inte lika plågsamt långa och dagarna för med sig mer ljus.

Jag har suttit i en skyttegrav de senaste två veckorna för att hjälpa de skadade så gott jag
kan. Men hela tiden har jag hört din röst i mitt huvud. Jag hör dig ropa efter mig.

Det smäller av gevärsskott och granater i stort sett dygnet runt. Ibland så nära att det
flyger snö från granatens explosion över mig och de andra soldaterna. Kriget tär mer på
mig än jag vill erkänna. I skyttegravarna finns det inte mycket annat än blod och död. Jag
kan bara föreställa mig hur det är i de tyska koncentrationslägren. Vilken fruktansvärd
plåga.

Men jag ska skona dig från detaljerna om den vedervärdiga platsen.

Jag har lovat dig att alltid vara sann och nu i tider av krig är inget undantag, snarare är
det en större anledning till att vara just sann.

> *Därför har jag en bekännelse. Jag ljög om det där administrationsarbetet jag*
skrev om, det var bara något jag hittade på för att du inte skulle oroa dig.

Men nu kan jag inte leva i den lögnen längre eftersom att jag har blivit skjuten och inte
kan skriva på egen hand. Jag är dock inte allvarligt skadad.

Jag hann som tur var ner i skyttegravens skydd igen innan nästa skott avlossades och jag blir väl omhändertagen av en sjuksköterska i en sjukstuga utanför Torneå. Isak har lovat att hjälpa mig med mina brev tills handen är bra igen. Därför kanske du inte känner igen handstilen i mitt brev. Oroa dig inte. Jag kommer inte att dö av den här skadan. Jag ska göra allt jag kan för att få komma hem, om det så krävs att jag ska bli skjuten i den andra handen också. De kan skjuta mig hur mycket dom vill, så länge jag lever är min enda sanna plats på jorden i dina armar. Hur ska jag kunna skydda dig från smärtan när jag inte får vara hos dig? Kan du säga mig det?

Sigrid, jag önskar så att du kunde ge mig ett tecken på att du lever och mår väl. Snälla Sigrid skriv tillbaka till mig, bara några få ord. Så jag vet att du lever. Jag har en oroväckande känsla i kroppen att något hänt dig. Säg att jag har fel, kära du. Jag ber dig om ett livstecken.

Din Erik.

KAPITEL 12

Mars 1940, Holmön.

En solig vårdag i mitten av mars knackar det på dörren till det stora gårdshuset.

Alma har hört knackningen och lämnar bestyren i köket. Utanför står en dam i övre medelåldern som Alma aldrig sett förut, vid sin sida har hon en liten flicka. Flickan är rädd, mager och klädd i smutsiga, alldeles för tunna kläder för att vara ute i den kalla snön. Hon gömmer sig bakom damen som lägger en beskyddande hand om flickans huvud.

"Goddag. Vad kan jag hjälpa er med?"

Alma ser nyfiket på den lilla flickan, ler och vänder blicken till damen framför sig.

"Goddag vi söker fru Ulrika Eriksson, har vi kommit rätt?"

Kvinnan bryter på finska och ser vänligt på Alma. Hon är prydligt klädd i en varm vinterrock och kängor. Hon har en väska över ena axeln. Alma tänker att det är en markant skillnad mellan det lilla barnet och kvinnans klädsel.

"Får jag fråga vad ni heter?"

"Fröken Liv Karlsson."

Alma nickar.

"Ett ögonblick så ska jag hämta frun."

Alma släpper in dem i hallen och stänger dörren bakom dem. Sedan går hon mot Ulrikas sovrum i andra änden av den enorma hallen. Hon knackar försiktigt på dörren.

"Ja."

Ulrikas röst hörs inifrån rummet. Hon sitter vid det stora skrivbordet och gömmer snabbt undan ett papper när Alma kommer in.

"Ni har besök frun. En fröken Liv Karlsson."

Ulrika nickar och reser sig upp från det stora skrivbordet, rättar till kjolen och går för att möta kvinnan i dörren. Alma stänger dörren till hennes rum bakom Ulrika och följer efter henne till hallen där Liv och flickan står och väntar. Flickan ser sig storögt omkring i det fina hemmet. Kristallkronorna glittrar högt uppe i taket i mitten av hallen. Där kan man se hela vägen upp till andra våningens tak. Trappan och övervåningen är avgränsat med ett vackert trästaket och flickan kan inte förstå hur man fått upp kristallkronorna så högt upp.

"Goddag."

Ulrika ser förvånat på barnet som ser sig omkring framför henne och sedan på Liv.

"Hur kan jag hjälpa er?"

Liv ber Ulrika om att de ska få kliva in och sätta sig ner och tala om saken. Ulrika nickar och Alma hjälper Liv med sin kappa. När Alma vill ta väskan håller hon den hårt i handen, sedan visas hon och flickan in genom den stora hallen till den ännu större matsalen med tillhörande bibliotek av Ulrika. Där sätter hon sig i en av de stora fåtöljerna och Liv sätter sig i soffan framför den stora eldstaden som brinner. Flickan tittar upp i det höga taket på den kristallkrona som hänger här, betydligt lägre men ändå väldigt högt upp ovanför det långa matbordet. Medan hon håller hårt i Livs hand.

"Hämta en kopp te åt oss var och ett glas saft till flickan."

Alma nickar. Ulrika ler mot flickan som blygt hoppar upp i Livs knä och gömmer ansiktet mot hennes kropp. Liv fyller i Ulrikas frågetecken efter en liten stund.

"Det här är Raija, hon är fem år gammal och …"

Ulrika nickar och i samma stund kommer Alma tillbaka med tekoppar och ett saftglas på en bricka som hon ställer ner på bordet framför dem sedan niger hon och lämnar rummet. När Alma gått och stängt dörren till hallen bakom sig fortsätter Liv berätta.

"Raija är ett av de många …"

Raija viskar något i Livs öra, Liv ler och stryker hennes kind. Hon tar saftglaset från brickan och ger den försiktigt till Raija som dricker några klunkar. Sedan ställer Raija noga tillbaka glaset på brickan. Ulrika ser på när flickan gör det, rädd att hon ska spilla på den fina mattan.

Sigrid dyker upp i dörröppningen, hon stannar och ser mellan Ulrika, Liv och Raija.

"Jag visste inte att vi hade besök."

Sigrid tar Liv i hand och sätter sig i soffan bredvid Liv och Raija.

"Fortsätt, fröken Karlsson."

"Ni kan kalla mig Liv. Som jag precis sagt till er mor så är det här Raija."

Liv ser på Sigrid när hon säger det och lägger en hand runt Raijas axlar. Sedan fortsätter hon.

"Raija är ett av många barn som kommit hit från Finland. Hon behöver ett hem och en familj som kan ta hand om henne tills kriget är över."

Ulrika ser på Sigrid som ler. Hon ser förvirrat fram och tillbaka men fastnar med blicken på den söta flickan som hela tiden suttit i Livs knä och gett Sigrid osäkra blickar.

"Och nu vill ni att jag ska ta hand om henne?"

Sigrid frågar med en något hoppfull röst och ler större mot Raija. Liv ser på Sigrid och Raija tittar blygt upp på henne igen.

"Ja, det är precis vad vi skulle önska men …"

Ulrika avbryter henne.

"Vi har inte tid att ta hand om ett barn."

"Mor, du kan inte mena att du inte vill hjälpa flickan?"

"Jag har inte tid, jag har en gård att sköta …"

"Men …"

"Och du, har inte kraft nog att göra det. Du ska ta det lugnt innan ditt eget barn kommer, du behöver vila."

"Sofia och jag kan hjälpas åt. Jag kan hjälpa till så mycket jag orkar. Det är bra att få någon att bry mig om. Så jag får någon annan att tänka på än Erik."

Sigrid ser på Raija och sedan på Liv. Hon ler.

"Hon tvingades lämna sina föräldrar i Finland."

Liv håller om Raija och Ulrika tar upp sin tekopp. Dricker lite.

"Jag vet inte, Sigrid."

Ulrika ser osäker ut men Sigrid ger sig inte.

"Mor, se på henne. Hon är ju mager som en sticka, och alldeles för tunt klädd för att vara ute i kylan. Hon behöver, precis som fröken Karlsson säger, någon som bryr sig om henne. Hon behöver oss. Vi kan ge henne mat och förse henne med kläder hon behöver."

Ulrika ger med sig efter en stunds tvekan.

"På ett villkor, Sigrid, och det är att du och Sofia tar hand om henne och inte jag. Jag har inte tid med en flicka som springer omkring här hemma. Men du måste ta hand om dig själv också och be om hjälp när det blir för tungt. Ett barn behöver konstant tillsyn Sigrid."

Sigrid nickar, ser på Raija och Liv sätter ner flickan mellan sig och Sigrid. Ulrika reser sig upp.

"Ursäkta mig."

Hon ställer ned koppen på brickan och lämnar matsalen. Efter en stund av stilla tystnad reser sig Sigrid upp och går mot dörren ut i hallen och ropar upp mot övervåningen.

"Sofia, kom ner är du snäll."

Sigrid går tillbaka till soffan och sätter sig ner igen. Liv säger något till Raija som Sigrid inte förstår och Raija flyttar blicken från Liv till Sigrid där hon sitter i soffan. Raija ser osäker ut men sedan bestämmer hon sig för att godta det Liv sagt henne och ler försiktigt mot Sigrid.

"Äiti."

Sigrid ser oförstående på Raija. Liv ler och nickar mot Raija.

"Äiti är det finska ordet för mor. Jag är osäker på om hon kallar dig för mor eller om hon saknar sin mor i Finland men ja, det är en början."
Sigrid skrattar. Raija tar försiktigt Sigrids hand, Sigrid blir förvånad över den plötsliga beröringen men låter Raija hålla den. En varm känsla sprider sig genom Sigrids kropp.

"Jag har sett det framför mig så många gånger. Hur mitt barn säger mor för första gången. Men aldrig någonsin kunde jag ana mig att det skulle vara på finska."

Hela tiden ser Sigrid på Raija. Hon lägger en hand på hennes kind och stryker den försiktigt, redan helt förälskad i det lilla barnet som trots fem års ålder lätt skulle kunna misstas för tre. Sigrid kan se hur kriget påverkat och gjort den lilla flickan väldigt ont. Sofia kommer in i matsalen och får syn på Sigrid.

"Sigrid, ropade du på mig?"

Sigrid ser på Sofia och Sofia upptäcker Raija som nu sitter med Sigrids hand i sin och undersöker den. Hon följer linjerna i Sigrids handflata med fingrarna och verkar väldigt upptagen med det.

"Ja, det gjorde jag. Det här är Raija, hon ska bo hos oss ett tag. Hennes föräldrar skickade henne hit till Sverige för att hon skulle komma undan kriget."

Sofia går fram till Raija som ser oroligt på Sofia. Liv försäkrar Raija om att Sofia är snäll och Raija verkar godta hennes förklaring. Flickan sitter tyst en stund, men sedan går hon tillbaka till att undersöka Sigrids hand. Hon vänder på den och stryker ovansidan av den.

"Hon blir lugn av händer. Jag vet inte varför."

Liv tar väskan som står vid hennes fötter och öppnar den. Hon plockar upp en nallebjörn i tyg och några få smutsiga små klänningar som hon ger till Sofia. Sofia sätter sig i fåtöljen bredvid henne och granska klädesplaggen noga. Hon tar nallebjörnen och håller den framför sig. Raija får syn på den och släpper Sigrids hand, hoppar ner från soffan och går tveksamt fram till Sofia som sträcker fram nallen till henne.

"Varsågod."

Raija verkar vilja svara henne. Hon ser osäkert på Liv som uppmanar henne med att nicka.

"Tack."

Liv nickar och berömmer Raija som försiktigt ler under lugg innan hon går tillbaka till soffan och sätter sig nära Sigrid och visar henne nallen. Sigrid talar tyst med Raija som verkar förstå lite av vad hon säger.

"Hon har kämpat hårt för att lära sig språket, och är duktig. Hon lär sig snabbt."

Liv ser länge på Raija och Sigrid.

"Hur långt har du kvar?"

Sigrid ser på henne och ler när hon lägger en hand på magen.

"11 veckor."

Liv nickar och undrar försiktigt.

"Jag förstod det på din mor som att det varit ganska jobbigt för dig."

Leendet försvinner från Sigrids läppar. Hon skrattar nervöst.

"Ja, helt enkelt har det nog inte varit."

Livs påstående gör att Sigrid börjar ifrågasätta sitt val att ta hand om flickan. Men oron försvinner när hon ser in i Raijas stora blå ögon som liknar hennes egna och Raija ler mot henne innan hon tar Sigrids hand igen.

"Och Erik, är det din man?"

"Ja. Han … han reste till Finland, som frivillig."

Sigrid ler uppgivet mot Liv som nickar och reser sig upp, Sofia följer hennes exempel och de tar i hand. Sigrids blick faller tillbaka på Raija så fort hon sagt det. I ett desperat försök att slippa tänka på Erik tar hon flickan i famnen.

"Det finns så många barn där ute i kylan som behöver hjälp. Jag är väldigt tacksam över att ni tar er an Raija. Hon är ett mycket ängsligt barn. Men jag tror att du och din syster kan få henne att känna sig trygg här. Tack."

Liv släpper Sofias hand och Sigrid som fortfarande är uppslukad av barnet rycker till när Liv står framför henne. Hon släpper ner Raija på golvet och reser sig mödosamt upp, Raija ser mellan Liv och Sigrid med en orolig blick. Men Sigrid lägger en hand på hennes kind och stryker den till tröst.

"Raija."

Liv sätter sig på huk framför Raija och ger henne en lång kram, sedan säger hon något på finska igen som får Raija att börja gråta. Liv reser sig åter upp och Raija klamrar sig fast vid Liv som lyfter upp henne i famnen. Raija gråter när Sofia tar henne ifrån Liv. Sigrid går först ut i hallen och de andra följer efter henne. Hon hjälper Liv med kappan. Innan Liv går stryker hon Raijas kind.

"Hejdå Raija."

Så öppnar hon ytterdörren och går ut på verandan. Sofia följer efter henne och låter Raija vinka farväl till Liv. När hon kommer tillbaka in ser Sigrid på Raija vars ögon är rödsprängda av tårar, och hennes hjärta brister av ömheten till det lilla barnet som hon känt i knappt en timme. Men trots den korta tiden har barnet satt sig så hårt i hennes hjärta att Sigrid vill gråta av medlidande till flickan. Sigrid tar Raija från Sofia och Raija verkar nöjd över det för hon lägger armarna om halsen på Sigrid och gråter i hennes famn.

Den dagen lämnar Sigrid inte Raijas sida för en sekund. Hon sitter vid eldstaden i matsalen med Raija en hel timme gråtandes i knät. Efter den långa timmen av gråt leker Raija sittandes på golvet med nallen hon haft med sig i den ena handen och en dock som Sigrid hämtat på sitt rum i den andra. Dockan har Sigrid haft sedan hon var liten och Raija är väldigt försiktig när hon klappar dockans blonda hår.. Raija ser emellanåt upp på Sigrid för att försäkra sig om att hon fortfarande är kvar. Sofia går upp på vinden och hittar några små barnklänningar som kanske kan passa Raija och en gammal dammig barnsäng som Johan hjälper henne att släpa ner. Tillsammans bär de in sängen i Sigrids rum och placerar den i ena hörnet av det stora rummet inte så långt från Sigrids säng. Sofia skurar sängen skinande ren och bäddar den med omsorg medan Alma tvättar de smutsiga klänningarna som Sofia fått av Liv. Ulrika lägger ingen vikt vid barnet eller Sigrid över huvud taget. Hon går omkring som en tyst skugga och övervakar allt som sker i huset. Tänker att måtte detta gå väl så Sigrid slipper fler olyckor.

Några kvällar senare när Sigrid tillslut lyckats få Raija att somna i sin säng och går ner för att sätta sig och läsa i matsalen hör hon Ulrika och Sofia prata där inne och stannar utanför för att lyssna.

"Tror du verkligen att det här är en så bra idé, Sofia?"

"Ärligt talat så vet jag inte. Men Sigrid verkar övertygad om det. Jag tycker att vi ska låta henne hållas. Tills vi har någon anledning att bevisa motsatsen. Det är trots allt hennes eget val att ta hand om flickan."

"Jag hoppas att du vet vad du ger dig in på Sofia. Du kommer att göra det mesta av jobbet med flickan, det hoppas jag att du förstår. Och sen när Sigrids barn kommer så får du nog räkna med att göra allt när det kommer till Raija. Men flickan är förhoppningsvis borta till dess."

"Du skulle sett hur Sigrid såg på henne mor. Hon är verkligen helt förälskad i den där flickan, jag tror att Raija kommer att få lika mycket kärlek av Sigrid som hon skulle fått av sin egen mor. Men jag är rädd."

"Vad är du rädd för?"

"För att det ska ta för hårt på Sigrids hjärta och att hon ska anstränga sig för mycket." Nu orkar Sigrid inte lyssna mer så hon går in i matsalen, tar en av böckerna i bokhyllan bakom fåtöljerna och sätter sig i soffan, lutar sig tillbaka och öppnar boken. Sofia och Ulrika avbryter sitt samtal och tystnar i samma sekund som hon kommer in.

"Låt inte mig störa ert samtal. Prata ni."

Sofia reser sig från det stora matbordet och sätter sig i soffan bredvid Sigrid. Ulrika sätter sig i en av de stora fåtöljerna.

"Sigrid. Vet du vad du gör?"

Sofia tar oroligt Sigrids hand men Sigrid rycker åt sig den.

"Vad mitt hjärta klarar och inte klarar är upp till mig att avgöra. Jag vet vad jag gör. Jag kunde inte förmå mig att skicka ut Raija i kylan igen. Hon behöver någon på sin sida."

Sigrid ser mellan Sofia och Ulrika.

"Förstår inte ni att jag måste hjälpa henne?"

Sofia försöker säga något men Ulrika hinner före.

"Sigrid, det finns andra, friska människor, som kan ta hand om henne. Du måste tänka på dig själv och ditt barn i första hand."

Sigrid fnyser och lägger ifrån sig boken.

"Raija är mitt ansvar nu. Hon är mig lika kär som det här barnet."

Sigrid lägger en hand på magen och fortsätter.

"Hon behöver oss, om ni inte kan förstå det så är det er ensak, men jag måste hjälpa till så gott jag kan. Vi är omgivna av ett krig om ni har glömt det."

Hon funderar en kort stund innan hon fortsätter.

"Jag kanske inte kan strida vid fronten, men jag kan hjälpa ett barn vars far förmodligen gör det och det är bättre än ingenting. Förstår inte ni att det handlar om liv och död. Jag tar in Raija och bryr mig om henne för att jag inte längre står ut med att ständigt vara orolig och rädd. Hon är mer rädd än jag, Raija är ett barn och ska inte behöva vara ensam."

Ulrika och Sofia sitter tysta. Allt som hörs i huset är sprakandet från elden och tickandet från den stora klockan på väggen. Sigrid ser mellan sin mor och syster.

"Att du inte skulle tycka om det, det förstod jag med en gång mor. Men jag trodde att jag åtminstone skulle ha ditt stöd Sofia."

Sigrids ögon fylls med tårar men hon orkar inte visa hur ledsen hon blivit över att hennes syster inte är på hennes sida.

"Om ni ursäktar mig så har jag ett barn att ta hand om."

Sigrid reser sig upp, lämnar matsalen och går upp till Raija för att se efter om hon fortfarande sover. Hon suckar djupt och samlar kraft innan hon långsamt tar sig upp för trappan. Det börjar bli allt svårare med den nu stora magen ivägen. Men hon klagar inte, barnet lever och växer. Allt är precis som det ska, ändå kan inte Sigrid låta bli att tänka på den dagen hon ska försöka driva barnet ur kroppen och hur hon ska orka med det, när hon inte ens kan gå upp för en trappa utan att bli andfådd. Hon hade hört Sofia fråga Ulrika om det inte vore bättre för Sigrid att flytta ner till undervåningen. Så att Sigrid skulle slippa gå i den långa trappan. Men Ulrika hade svarat att det var uteslutet att hon skulle lämna ifrån sig sitt rum till Sigrid. Hon slår ifrån sig tanken när hon hör att Raija gråter. Sigrid går in till henne och tar Raija i famnen, sätter ner henne på sin egen säng och låter Raija lägga sig ner under täcket med sitt lilla blonda huvudet mot den stora kudden. Sigrid lägger sig bredvid henne och låter Raija hålla hennes hand. Med den andra handen stryker Sigrid försiktigt Raijas rygg. Men Raija rycker till som om Sigrid slagit henne så Sigrid slutar med det och smeker hennes kind istället. Hon nynnar tyst på en gammal nattvisa hon hört som barn och efter en stund somnar Raija. Sigrid ler för sig själv och känner hur barnet i hennes mage rör på sig, och med ens känner hon sig lycklig. Är det tack vare Raija? Sigrid funderar en stund. Hon är friskare än hon varit på länge, inte alls lika trött och har med tiden på ön lärt sig vart hennes hjärta sätter sina gränser och hur mycket hon klarar av. Hon känner sig som Raijas mor och det fyller henne med ett ljus.

Alma fingrar på brevet i klänningsfickan. Kunde hon verkligen gå emot sin husmor? Hon förstod att Ulrika gömt breven men vad hon inte förstod var varför. Vad kunde hon vinna på det? Tänk om Ulrika märkt av att brevet saknades och tänk om hon förstod att det var Alma som tagit det. Vad skulle hända då? Hon skulle med all säkerhet få lämna sin tjänst i så fall och det hade Alma inte råd att riskera. Hon sitter länge i köket och funderar på vad hon ska ta sig till. Väger för- och nackdelar precis som hon gjort ända sedan hon fann brevet. Men utan att komma någon vart den här gången heller. Höga röster från matsalen får Alma att bestämma sig. Hon ville vänta tills Ulrika gått och lagt sig sen skulle hon berätta om brevet hon funnit för Sigrid.

Sofia sitter länge kvar i soffan, hon låter brasan i eldstaden brinna ut innan hon går upp till sitt rum. Hon stannar utanför den bastanta trädörren in till Sigrids rum och lyssnar. Det är tyst där inne, hon gläntar på dörren och tittar försiktigt in. Raija sover i Sigrids säng med Sigrid tätt bakom sig hållandes en arm runt henne. Sofia ser på Sigrid som ler i sömnen och tänker för sig själv att det kanske kan göra Sigrid gott att ha Raija där, om bara Erik ville komma hem. Hon stänger dörren tyst och går mot sitt rum. I korridoren möter hon Alma.

"Alma, vad gör hon här så här dags? Hon borde gått hem för länge sedan."

"Det är något jag måste tala om för Sigrid."

Alma ser hemskt rädd ut och tvekar lite.

"Sigrid sover, men Alma kan berätta för mig. Vi går in på mitt rum."

Sofia tar med sig Alma in till sitt rum och stänger dörren bakom dem. Hon sätter sig på sängen medan Alma står tyst vid dörren. Sofia väntar på att Alma ska säga något men när hon inte gör det så blir Sofia tvungen att börja.

"Vad är det Alma?"

"Jo, jag ..."

Alma tvekar.

"Jag hittade det här brevet."

Snabbt räcker Alma över brevet, rädd för att hinna ångra sig. Sofia tar emot det och ser på Alma.

”Hon kan väl bara ge det till Sigrid imorgon. Vad är det som brådskar?”

Sofia räcker tillbaka brevet till Alma som inte tar det.

”Läs avsändaren.”

Sofia vänder tveksamt på brevet och stelnar. Hon stirrar på namnet och sedan ser hon på Alma.

”Har Alma läst brevet?”

”Nej, det har jag inte vågat.”

”Men det är ju öppnat.”

Sofia tvekar men sen tar hon upp brevet ur kuvertet och läser brevet.

”Vad skriver han?”

”Han är inte vid fronten, han är satt i administrationsarbete. Tack gode Gud.”

Sofia lägger en hand på bröstet men ser plötsligt fundersam ut.

”Om inte Alma läst … Var hittade Alma brevet?”

Alma ser ner på sina händer.

”Alma?”

”I er mors skrivbordslåda. Den var öppen och brevet stack upp. Jag gick bara in för att städa åt frun.”

”Tack, Alma behöver inte förklara sig. Fanns det fler brev?”

”Jag tror det. Men jag vet inte om de också var till Sigrid eller inte.”

Sofia nickar och vänder på brevet. Alma tar några steg mot Sofia.

”Gå hem Alma. Vi ses imorgon. Jag ska tala med mor.”

”Fröken Sofia …”

”Oroa sig inte, jag säger att jag hittade brevet.”

Alma nickar och går tillbaka till dörren. Sofia vet att det skulle få förödande konsekvenser för Alma om Ulrika fick veta att det var hon som hittat breven.

”Tack.”

Sofia nickar och Alma lämnar rummet. Sofia reser sig upp efter henne och går argt ner för trappan mot Ulrikas rum, sedan hejdar hon sig och går tillbaka upp och in till sig istället. Hon tänker att det är bäst att ta det med mor när hon fått sova och är mer utvilad, så hon inte säger eller gör något förhastat. Men Sofia har svårt att somna den kvällen. Hon tänker på Sigrid och hur Ulrika kunnat hålla något så avgörande hemligt för Sigrid.

En morgon ett par dagar senare sitter Emma och Eva tysta i köket. Radion står på och varenda nyhetsrapport är en spänd tystnad blandad av oro och förhoppning över vad som skett under natten och gårdagen. Men inget hade kunnat förbereda dem på vad radion nu skulle upplysa dem om den här dagen.

Den 13:e mars klockan 11 på förmiddagen hade striderna upphört. Kriget mellan Finland och Sovjet har äntligen nått sitt slut.

De ser på varandra. Eva tar sin mors hand över bordet. Emma sitter fastfrusen, håller Evas hand hårt och stirrar i bordet framför sig. Tårarna hotar att svämma över när hon tänker på sonen. Den överväldigande känslan av lättnad blandas med oron. Inget brev på flera veckor, inga livstecken hade de fått av Erik. Skräcken över att Finland förlorat och att Erik lika gärna skulle kunna vara död som på väg hem gör att varken Emma eller Eva vågar hoppas för mycket. Men Eva försöker trösta trots att hon inte ens själv kan tro på orden för mycket.

"Ta inte ut sorgen i förskott mor. Om han är …"

Hon har svårt att ta ordet i mun, sväljer och försöker på nytt.

"Om han är … död, så hade vi fått veta det."

"Hur kan du vara säker på det?"

Emma ser hjälplöst på Eva som skakar på huvudet. Det vet hon inte. Men hon vill tro att Sigrid skulle berättat för dem om så var fallet.

"Herregud Erik. Varför ska du vara så plikttrogen?"

Ulrika hade vid frukosten sagt att hon skulle gå till salteriet och tala med Frans om framtiden och Sofia såg sin chans. Hon ser sig om i korridoren. Det är tyst. De enda ljuden kommer från Raija som leker med sin nalle på golvet i matsalen och Alma som slamrar med disk i köket.

Ulrika avskydde att få in solljus om mornarna i sängkammaren så gardinerna var ännu fördragna när Sofia smiter in och tyst stänger dörren bakom sig. Alma hade sagt att breven fanns i en skrivbordslåda och Sofia bestämmer sig för att börja där. När hon gått igenom hela skrivbordet utan att röra om så det syntes har hon fortfarande inte hittat några brev. Mor måste ha flyttat på dem. Sofia letar i garderoben, under sängen, i den stora chiffonjen och i lådorna på sängbordet. Inget bev. Att modern skulle lagt in breven i en av böckerna i bokhyllan ute i matsalen kändes otänkbart. Där skulle vem som helst kunna hitta dem. Så kommer hon på det. Faderns kontor.

Ulrika hade förbjudit döttrarna att gå dit och varken Sigrid eller Sofia hade varit in där sedan han försvann åtta år tidigare. Sofia lyssnar med örat mot dörren. Tystnad. Hon smiter ut ur sängkammaren igen och i samma sekund ser hon Alma komma gående från köket mot henne. Hon blinkar och låtsas inte se Sofia som tacksamt ler och försvinner i en väldig fart upp för trappan.

KAPITEL 13

12:e april 1940, Finland.

Älskade Sigrid.

Kriget här i Finland har äntligen fått sitt slut! Men jag måste erkänna att jag nog undanhöll en del av sanningen i mitt förra brev. Men då visste jag inte hur allvarligt det skulle bli. Jag har fått blodförgiftning av såret i handen och kommer nog inte ta mig härifrån på ett tag.

Jag ska göra så gott jag kan för att överleva även om jag är väldigt trött. Men det beror nog till största del på att jag inte har någon ordentlig säng att sova i och att det inte finns tillräckligt med mat. Men hur det än slutar så måste du lova att leva, för min skull.

Minns du att du sa att "om du dör så har jag inget att leva för". Det är inte sant Sigrid. Du har många som behöver dig i livet. Du har mycket att leva för.

Lev för vårt barns skull, lev för Sofia och för att få se solnedgången över Byviken en gång till. Lev för att få smaka de första jordgubbarna i trädgårdslandet när sommaren kommer och för att få höra den första fågelsången om våren. Lev för oss. Lev för mig.

Jag älskar dig mer än livet självt och om det går så långt att jag dör av blodförgiftning så måste du leva för oss båda. För jag kommer aldrig att lämna dig, inte ens i döden. Jag följer dig, vart du än går. Jag finns i solens strålar om sommaren, jag finns i vattnet som omsluter dig när du tar årets första dopp i havet, jag finns i vinden som smeker din kind, jag finns i vårt barn och jag finns i ditt hjärta. Sigrid, låt inte vår kärlek vara forgaves, snälla du. Jag vill att du försöker att förstå. Oavsett om jag lever eller dör, så har jag lovat dig till döden skiljer oss åt. Något som jag tyvärr inte kommer kunna hålla. Eftersom jag kommer att älska dig mycket längre än så. För alltid.

Din Erik.

På baksidan av Eriks brev finns några korta rader nedskrivna.

Erik är mycket allvarligt sjuk. Han vill inte att jag ska skriva till dig. Men jag gör det eftersom jag anser att du förtjänar att få veta vad som hänt. Han ska få komma hem, så fort han blir tillräckligt stark för att klara av transporten.
Jag följer med honom när han åker och meddelar dig så snart jag vet något mer. Tappa inte hoppet.

Hälsningar, Isak.

KAPITEL 14

April 1940, Holmön.

"Är mor helt från vettet!"

"Skrik inte Sofia. Du väcker ju hela huset."

Ulrika tystar Sofia som halv springer in i matsalen och slänger Eriks brev framför Ulrika på matsalsbordet.

"Du är inte riktigt klok. Hur kan du göra så här mot Sigrid? Du vet hur orolig hon är över Erik och så sitter du här och läser hans brev till Sigrid i hemlighet. Du har ju fortfarande inte sagt något till henne om brevet!"

"Nej, jag har inte sagt något. Var hittade du brevet förresten?"

"I din skrivbordslåda."

Ulrika reser sig upp.

"Och vad har du i min skrivbordslåda att göra?"

"Det spelar ingen roll, du hade inte stängt skrivbordslådan och jag hittade det."

"Tänk om det stått något hemskt i brevet? Hur tror du Sigrid hade reagerat då?"

Sofia går fram och tillbaka över golvet i matsalen medan Ulrika sätter sig vid bordet och dricker ur en tekopp.

"Hon kommer aldrig att förlåta dig."

"Må så vara, jag har skonat henne från mer oro än du anar."

"Vad menar du?"

Sofia ser oroligt på Ulrika som ger henne iskallt blick utan att röra en min. Sofia lutar sig fram över bordet med händerna stödda mot bords kanterna.

"För Guds skull mor. Säg något!"

"Han är skadad."

Sofia lägger märke till ett knappt men ändå tydligt ryck i Ulrikas mungipor när hon säger det. Hur kunde modern le åt detta? Det bränner av ilska inom Sofia.

"Ge mig breven mor."

Ulrika sitter kvar.

"Ge mig breven! Annars hämtar jag dem själv."

"Det ger du fan i! Hör du det flicka?"

Ulrika ser lika chockad ut som Sofia över orden som flugit ur hennes mun. Hon reser sig sedan upp och går ut ur matsalen. Snart är hon tillbaka med två brev i handen. Hon kastar dem ovanpå det första brevet och sätter sig ner för att fortsätta äta sin frukost.

"Så, breven är ditt ansvar nu. Gör vad du vill med dem."

"Sigrid förtjänar att få veta."

"Veta vadå?"

Sigrid kommer in i matsalen med Raija i handen. Hon ser mellan Sofia och Ulrika. Någonting i systerns ögon får henne att släppa Raijas hand.

"Om inte mor berättar så gör jag det."

"Berättar vad? Vad är det som har hänt?"

Ulrika fortsätter att äta sin smörgås och dricka sitt te utan ett ord. Sofia ser på Sigrid.

"Sätt dig ner Sigrid."

"Du gör mig rädd Sofia. Vad är det som har hänt?"

Sigrid känner hur hjärtat slår hårt i bröstet, hennes ben viker sig nästan under henne när hon sätter sig mittemot Ulrika vid det stora matsalsbordet och lyfter upp Raija i knät. Sofia står framåtlutad över breven och skakar på huvudet.

"Vad är det där? Sofia?"

Ulrika skjuter ifrån sig sin tallrik med smörgåsen på och reser sig upp.

"Varför går inte du och jag ut i köket och ser efter vad Alma gör."

Ulrika sträcker ut en hand mot Raija som hoppar ner från Sigrids knä och tar Ulrikas hand efter en viss tvekan. När de försvunnit tar Sofia breven i handen och sätter sig bredvid Sigrid.

"Sigrid. Mor har undanhållit brev."

Sigrid tvekar men tar breven och läser på det översta kuvertets fram och baksida.

"Herregud! De är från Erik."

Sofia nickar. Sigrid tar ett djupt andetag och tar upp det första brevet ur kuvertet. Men hon kan inte förmå sig till att vika upp det och börja läsa. Hon ser Eriks handstil på kuvertet. Den är ostadig på ett sätt som den aldrig tidigare varit. Bokstäverna är snirkliga men det ligger något obehagligt över sättet han skrivit hennes namn.

"Jag kan inte Sofia."

Sigrid släpper brevet på bordet igen. Tankarna virvlar runt som en storm inuti hennes huvud.

"Han lever och har skrivit tre brev till dig."

"Det är inte därför jag inte kan läsa dem."

Sofia ser frågande på Sigrid som lagt händerna på bordet och nu håller blicken fäst på breven. Som om hon tror sig kunna se rätt igenom det vita pappret.

"Jag kan inte läsa dem, för jag vet inte vad som står i dem och om det är något illa så …"

Sofia lägger en hand på Sigrids och tar det brev som Sigrid tagit ur kuvertet. Hon håller upp det framför sig.

"Får jag läsa det?"

Sigrid nickar och Sofia läser tyst det första brevet. När hon läst klart lägger hon brevet uppvikt framför Sigrid.

"Läs Sigrid. Det är inget farligt."

Sigrid ser på Sofia som nickar. Hon tar brevet, tvekar några sekunder innan hon vänder blicken mot brevet och börjar läsa. Sigrid gråter högt medan hon läser Eriks första brev. När hon läst klart lägger hon ifrån sig det.

"Såg du datumet? Det var samma dag som jag blev sjuk."

Sofia nickar. Sedan upprepar Sofia processen med det andra brevet och lägger det framför Sigrid som läser det också. Men när Sofia läst det tredje brevet lägger hon inte ner det framför Sigrid utan håller i det hårt.

"Sigrid. Nu vill jag att du kommer ihåg att andas, det här brevet är inte lika stillsamt som de andra har varit, men han är vid liv."

Sigrids ögon spärras upp och hon håller hårt i bordsskivan men hon nickar och försöker att hålla sig samlad.

"Erik skrev det här brevet för tre veckor sedan. Vill du att jag läser det för dig?"

Sigrid nickar och försöker koncentrera tankarna på att Erik är vid liv. Sofia läser. Hon läser om hur Erik blivit skjuten och att Isak hjälper honom att skriva. Hur Erik ljög om sin uppgift och om hur han ber Sigrid att skriva ett brev och ge honom ett tecken på att hon lever och mår bra. När Sofia har läst klart sitter Sigrid och stirrar ner i bordsskivan. Hon andas djupa andetag för att hålla illamåendet i schack, men smörgåsen som Ulrika lämnat på bordet gör det omöjligt att hålla illamåendet inom sig. Sigrid reser sig upp och går ut. Sofia följer efter henne ut på verandan.

Sigrid känner hur magen vänder sig och hon håller hårt i det vitmålade räcket när hon lutar sig över det och hostar. Sofia stryker hennes rygg och hela Sigrids inre vill brista. Hon ser Erik framför sig i en sjukhussäng, blodig och blek när hon torkar sig runt munnen och sätter sig ner på bänken som står mot räcket hon precis stått lutad över. Sofia sätter sig bredvid henne och håller hennes hand i sin. Hon gråter hjälplöst med handen framför munnen för att inte skrika ut orden.

"Hur kunde hon? Hur kunde mor hålla det här hemligt? Jag förstår inte."

"Sigrid, det var Alma som hittade breven. I en av mors skrivbordslådor. Men jag sa till mor att jag hittat dem. Det är viktigt att du inte avslöjar Alma."

"Jag måste skriva till Erik."

Sofia följer med Sigrid när hon går in igen.

"Tror du att det är nödvändigt? Om han snart får komma hem, menar jag."

"Och om han inte får det, vad händer om han dör? Jag måste skriva."

Hon går in i matsalen och tar breven. Sofia sätter sig i en av fåtöljerna vid eldstaden. Sigrid ska precis lämna matsalen när Alma, Ulrika och Raija kommer in från köket. Raija får syn på Sigrid, springer fram och ger henne en kram.

"Vill Sigrid ha frukost?"

Alma frågar och Sigrid svarar utan att ägna en blick åt Ulrika som kallt tittar på henne.

"Tack Alma men jag är inte hungrig."

Sigrid lutar sig fram och lägger händerna runt Raijas kinder och smeker dem.

"Har du ätit något hjärtat?"

Raija nickar och Alma fyller i att Raija ätit ordentligt med gröt inne i köket.

"Tack Alma. Kan du passa henne en stund. Jag måste skriva ett brev."

Först nu ser Sigrid på Ulrika. Blicken är full av ilska och svek men blicken hon får tillbaka är värre. Ulrika ser ohjälpligt tillfreds ut. Det värker i bröstet och Sigrid sväljer. Hon tar sig för bröstet och blundar. Fokuserar på andningen och känner hur pulsen ekar i huvudet.

"Ja visst. Hur är det fatt? Mår Sigrid inte bra?"

"Jodå. Jag fick en känning bara. Det går snart över."

Sigrid ler mot Raija och Alma. Flickan verkar inte särskilt nöjd över att måsta skiljas från Sigrid igen, men följer med Alma utan att protestera när hon lyfter upp Raija.

När de gått och stängt dörren till köket brister det för Sigrid.

"Hur kunde du?"

Ulrika svarar inte, hon ser tillfreds ut och Sigrids ilska verkar inte bekomma henne.

"Du har ingen skam i kroppen över huvud taget."

"Sigrid snälla lugna ner dig, tänk på ditt hjärta."

Sofia reser sig upp ur fåtöljen och går fram till henne men Sigrid hör inte vad Sofia säger utan fortsätter att skälla på Ulrika som tar emot Sigrids ord med likgiltig min.

"Förr var du en kärleksfull mor. Men när Tor och far försvann och jag och Sofia hade behövt dig som mest. Då blev du ett monster och det har du varit ända sedan dess!"

Ulrika går runt bordet fram till Sigrid och spänner ögonen i henne. Sigrid står kvar med gråten i halsen.

"Nu håller du tyst! Du tror att du vet allt om mig och mitt liv. Man kan inte leva enbart på kärlek Sigrid. Det lärde jag mig när er far försvann. Han var mitt allt. Jag stängde av alla känslor, all kärlek jag hade kvar. Det gjorde så fruktansvärt ont. Jag visste att jag aldrig någonsin skulle överleva om jag förlorade er också. Det gjorde jag för er skull. Jag har alltid älskat er, men jag har inte vågat visa det. För om jag tillät mig själv att känna det och om ni sedan försvann så …"

"Så vaddå? Vad skulle du möjligtvis ha att förlora på att älska oss?"

Ilskan och sveket brinner i Sigrid. Men för första gången på väldigt länge ser Sigrid och Sofia hur deras mor får tårar i ögonen och rösten skär sig när hon harklar sig och fortsätter.

"Du påstår att jag gjort dig illa men jag ville skona dig från smärtan, om Erik skulle dött vid fronten. Jag har känt den smärtan Sigrid, att förlora den man som du håller av mest av allt i hela världen. Jag har gjort allt för dig och Sofia, allt!

Men ingen av er verkar se eller förstå det. Ni tror att jag är ett monster och det kanske jag har blivit. Men i så fall har jag blivit det av sorg och inte av hat eller elakhet."

Ulrika ser mellan sina döttrar och lämnar sedan matsalen med snabba steg och stänger dörren bakom sig. Sigrid står kvar. Sofia ser lika chockad ut som Sigrid känner sig.

"Jag behöver luft."

Sigrid lägger händerna på magen och lutar sig framåt för att kunna andas lättare. Sofia lägger en arm runt henne och tar med henne ut på verandan utanför huset igen. Hon tar med Sigrids kappa och lägger den över hennes axlar när de sätter sig på bänken utanför huset. Sofia talar lugnande till henne och Sigrid försöker fokusera på ljudet av fågelkvitter och solen som värmer i nacken.

När de suttit där en stund och landat efter händelsen i matsalen ser de Eva komma gående längs vägen mot huset. Eva ser direkt att något är fel och skyndar sig fram.

"Vad är det som har hänt?"

Sigrid svarar inte.

"Det är Erik, eller hur?"

Eva drar efter andan när Sofia nickar. Eva sätter sig handfallen på bänken på andra sidan av verandan.

"Herregud. Vad ska mor …?"

Eva vill inte ta orden i sin mun men Sofia avbryter henne.

"Nej Eva. Han är inte död. Utan skadad."

Eva andas ut men Sigrid fnyser. Hon är så full av känslor att något annat än gråten måste ut.

"Hur ska jag kunna lita på att det han skriver är sanning, när han ljuger för mig. Det värsta är att jag inte ens kan vara arg på honom. För tänk om han faktiskt är skadad allvarligt. Då skulle han ha ljugit men jag skulle också bli så rädd att jag inte skulle kunna hitta ilskan. Åh Erik, var är du?"

Sofia håller om henne medan hon gråter. Eva sitter kvar en stund på bänken och låter Sigrid gråta ur sig det värsta. Innan hon reser sig upp och sträcker ut en hand till Sigrid.

"Sigrid, det är nog bäst att vi går in nu. Så du inte blir kall."

"Hur kan du vara så lugn Eva? Det är din bror vi talar om."

"Sigrid, vi kan ingenting göra. Det finns ingen anledning för mig att vara orolig. Hade han varit här och jag hade varit den som skött om hans skador. Då hade jag kunnat oroa mig. Men nu kan jag inte det för jag har ingenting med att göra om han överlever eller ej."

"Hur i hela friden kan du säga så? Tänk om han dör."

"Om han dör kommer jag bli förkrossad, det vet du. Men än så länge lever han och det är det du måste tänka på. Kom nu så går vi in."

Eva sträcker ut en hand och Sigrid tar den efter en viss tvekan. Men Sofia sitter kvar på bänken.

"Gå ni, jag kommer om en stund."

Sigrid och Eva går in i hallen och stänger dörren bakom sig.

Sofia sitter på verandan och ser ut över åkern. När Johan kommer gående över gårdsplanen får han syn på henne och går fram.

"Sofia? Varför sitter du här?"

Sofia skakar på huvudet och skrattar för sig själv.

"Jag har precis visat några brev från Erik för Sigrid som mor gömt för henne"

"Låter inte som ett särskilt roligt uppdrag."

Johan sätter sig ner bredvid Sofia.

"Hur mår du?"

Sofia ser upp på honom och ler men brister sedan ut i gråt.

"Förlåt mig. Jag har verkligen ingen anledning att sitta här och tjuta."

"Det är okej Sofia."

Johan tar hennes hand i sin och Sofia slutar plötsligt att gråta och ser upp på Johan som torkar en tår från hennes kind med sin näsduk. De ser länge på varandra. Sofia bryter tystnaden.

"Igår var det fjärde flyglarmet på två veckor. Det är obehagligt att det sker så ofta."

"Ja. Du har rätt, flyglarmen är inget man längtar efter precis."

Så blir hon plötsligt rädd när hon ser på honom. Vad håller hon på med?

"Jag måste …"

Sofia gestikulerar mot dörren och Johan reser sig upp han också. Så nickar han innan han går ner för trappan till verandan och sneddar över gårdsplanen mot ladugården igen. Sofia ser efter honom och kan inte låta bli att le innan hon går in.

Eva tar med sig Sigrid till hennes rum där hon försiktigt lyssnar på barnet och på Sigrids hjärta.

"Tror du att Erik kommer tillbaka igen?"

Eva svarar först inte. Hon väger sitt svar noga för att inte orsaka några katastrofer å Sigrids vägnar.

"Jag kan inte förmå mig att tro något annat."

Sigrid ligger stilla i sängen och låter Eva undersöka henne. Eva mumlar tyst för sig själv, hon tar försiktigt runt Sigrids handled. En lång stund sitter Eva tyst och ser på sin armbandsklocka. Hon känner Sigrids puls och räknar hjärtslagen. När hon till slut ser Sigrid i ögonen igen är Sigrid rädd.

"Eva, är det något som inte är som det ska?"

"Nejdå. Allt är precis som det ska vara. Du måste bara försöka ta det lugnt och inte bli upprörd. Jag vet att det är svårt, med tanke på situationen vi befinner oss i. Men, för din och barnets skull så måste du försöka."

KAPITEL 15

Maj 1940, Holmön.

Från ingenstans hörs plötsligt det öronbedövande ljudet av hesa Fredriks stämma. Ljudet tränger in i benmärgen på Sigrid och rädslan slår över både henne och Sofia. De ser förskräckt på varandra, reser sig upp från trädgårdsstolarna och springer mot huset. När de närmar sig öppnas ytterdörren av Alma som håller Raija i famnen. Raija skriker och vrider sig för att komma ur Almas grepp och ta sig till Sigrid. Att stanna för att ta emot Raija mitt på gårdsplanen vore oförsiktigt och rent av korkat så Raija får helt enkelt stå ut med att vara i Almas famn en liten stund till. Tillsammans springer de till skyddsrummet vid ladugårdens baksida. Där väntar Johan redan på dem och strax bakom kommer Ulrika.

"Inte nu igen."

Hon suckar och verkar inte ha någon brådska alls. Det må vara femte gången på två veckor men man vet aldrig vad som ska hända när flyglarmet ljuder. Kanske är det allvar den här gången, tänker Sigrid när hon ser sin mors lugna steg. Ljudet skär fortfarande i öronen och när dörren slår igen bakom dem, och Alma tänt den enda fotogenlampa som finns i rummet, dämpas ljudet något. Raija gråter hejdlöst och Sigrid som fått henne i famnen vaggar henne fram och tillbaka. Det ligger en fuktigt unken doft av jord i det lilla utrymmet.

Efter nästan två timmars evigt skrikande från hesa Fredrik blir det äntligen tyst och Sigrid funderar på om hon blivit döv, precis som alla de tidigare gångerna hesa Fredrik skrikit de senaste månaderna.

Det första flyglarmet kom i början av februari och sedan dess har ytterligare ett tiotal flyglarm ljudit över ön. Varje gång känner Sigrid en lika skräckinjagande, hjärtskärande och förkrossande hjälplöshet när hon ser på Raija som gråter och skakar av rädsla i hennes famn. Raija hade gråtit i sömnen varenda natt sedan hon kom till Sigrid och säkert långt innan det. Men för var gång Sigrid väcker henne från mardrömmarna som plågar henne blir Raija mer och mer lugn och trygg i Sigrids närvaro och de senaste veckorna hade mardrömmarna inte varit lika intensiva. Nu känner Sigrid en rädsla över att flyglarmet ska få mardrömmarna att återkomma och göra Raija lika rädd som förut. Hon nynnar tyst på en gammal psalm och försöker verka så trygg som hon möjligt för Raijas skull.

Men en solig vårdag tio dagar senare leker Raija utanför det stora gårdshuset. Hennes blonda hår flyger runt huvudet på henne som en sol när hon springer fram och tillbaka och snurrar runt, runt. Sigrid kan inte låta bli att le när hon ser på Raija som bara för några veckor sedan inte ens ville gå utanför husets väggar på grund av rädslan över kriget och flyglarm. Nu leker hon i gruset på gårdsplanen som om hon aldrig gjort annat i hela sitt liv. Sigrid vill så gärna gå ner till henne och leka med henne men hennes mage tillåter henne inte det.

Istället sitter hon på balkongen ovanför verandan i en fåtölj som Johan burit upp åt henne och tittar på Raijas lek på avstånd. Hennes hjärta slår volter varje gång hon hör flickans skratt och det brister lika fort när hon hör henne gråta.
Hon skrattar och skakar på huvudet när Johan som kommer gående från ladugården och får syn på henne. Han springer fram och lyfter upp Raija över huvudet som skriker av skratt och Johan skrattar han också när han snurrar runt med henne i famnen. Sigrid lutar sig tillbaka och stryker sig över magen.
"En dag ska du också leka sådär. Som jag längtar efter dig."
Hon ler för sig själv när Sofia kommer ut på balkongen och avbryter Sigrids tankar.
"Tänk den som fick vara sådär bekymmerslös."
"Raija har nog mer mörker i sig än vi vet om Sofia."
Sigrid fortsätter att stryka över sin stora mage och Sofia sätter sig ner bredvid henne på en snirkligt designad järnstol vid det lilla matchande bordet.
"Johan. Släpp ner flickan och gå in och ät istället. Maten är klar sedan länge!"

Ulrika kommer gående från husets baksida och Johan släpper ner Raija för att sedan gå in i huset. Raija hittar snabbt något nytt att leka med, en nässelfjäril som hon skrattande börjar jaga. Hon springer så fort att hon halkar i gruset och flyger omkull mitt på gårdsplanen. Sigrid reser sig upp för att se vad som hänt när Raija brister ut i gråt och blir sittandes en lång stund på gårdsplanen. Ulrika har bevittnat händelsen från ladugården där hon nu kommer gående över gårdsplanen. Men istället för att trösta går hon förbi och struntar totalt i flickan som söker hennes uppmärksamhet. När Raija inte får något gehör av Ulrika reser hon sig snabbt upp och springer in i huset. Sigrid som sett alltihop skakar på huvudet.

"Om mor ändå kunde visa Raija lite ömhet."

Hon ser på Sofia som också skakar på huvudet. De ska precis gå in i huset igen när Raija kommer utspringande på balkongen. Hon springer rätt fram till Sigrid som sätter sig ner och trots att det är ganska lite plats för Raija att sitta på så låter Sigrid henne försiktigt krypa upp i hennes famn. Hon tröstar och pussar på Raija med moderlig ömhet. Sofia sitter kvar och ser på Sigrid som blundandes håller Raija i famnen tätt intill sig med näsan i Raijas hår. Hon nynnar på en gammal barnvisa och håller en beskyddande hand runt hennes huvud. Den andra håller hon runt Raijas lilla kropp för att hon inte ska ramla ur hennes knä. Sofia funderar på hur älskat Sigrids egna barn kommer att bli om hon älskar Raija såhär mycket. Men sedan tänker hon att för Sigrid spelar det ingen roll om hon fött barnet eller inte. Raija är lika mycket hennes som det barn hon bär på.

Sofia börjar bli orolig inför förlossningen. Tänk om Sigrids hjärta inte klarar av det. Hon reser sig upp och lämnar balkongen med en gnagande oro i bröstet. Hon är på väg ner till köket när hon möter Johan i hallen och stannar upp eftersom de håller på att krocka i dörren. Hon ler mot honom.

"Har du ätit redan? Jag tänkte att jag skulle göra dig sällskap."

"Jag sitter gärna kvar en stund till om du vill prata."

Johan ler mot Sofia och rör lätt vid hennes hand. Hon rycker till och drar försiktigt undan den.

"Vi kanske kan sätta oss i trädgården? Det är så fint väder."

Johan nickar glatt åt Sofias förslag och öppnar ytterdörren åt henne. Hon tackar och går före honom ut på verandan. Tillsammans går de ner för trappen och runt till husets baksida där de sätter sig vid de stora vitmålade trädgårdsmöblerna av trä mittemot varandra med det stora bordet mellan sig.

De pratar om allt möjligt och Johan berättar om varför han inte varit vid fronten som de andra männen.

"Jag skadade ena knät när jag var liten i en olycka och sedan dess har jag haltat. Knappt märkbart men ändå tillräckligt för att inte få strida vid fronten. Även om jag gärna skulle göra det för Finlands sak. Min mor kommer därifrån och jag skulle så gärna vilja se landet"

"Jag skulle nog tycka att det vore trevligare att åka dit av andra orsaker än för att strida vid fronten."

"Jo givetvis. Men om jag hade fått möjligheten hade jag tagit den."

"I så fall är jag glad att du skadade knät när du var liten."

Sofia ler och Johan ser på Sofias hand som ligger vilande mot bordet framför honom. Han lägger sin hand ovanpå hennes och Sofia ser ner på deras händer och sedan upp i hans ögon. Hon rycker åt sig handen och reser sig upp.

"Jag måste gå tillbaka in till mor och Sigrid."

Johan reser sig upp han också. Han tar hennes hand och drar henne intill sig. Så kysser han henne mitt på munnen med händerna runt hennes ansikte och i ett kort ögonblick blundar hon och kysser honom ömt tillbaka. Sedan inser hon vad som sker och snabbt backar hon undan.

"Vad tar du dig till? Tänk om mor skulle se oss."

"Äsch, så får hon väl se oss då. Jag är inte rädd för henne."

"Det borde du vara", Sofia skrattar och tar några steg bort från Johan som håller hennes hand. Sofia drar åt sig den när hon upptäcker Sigrid som kommer gående över gräsmattan mot dem och hon sänker blicken.

"Tack för samtalet fröken, det var trevligt."

Han ler mot henne, talar högt när han passerar Sigrid och försvinner runt husknuten.

"Fröken? Borde han inte kalla dig för Sofia vid det här laget. Eller kanske till och med för min älskade?"

"Sluta Sigrid. Bara för att du är gift och kär betyder inte det att alla andra också svävar omkring på romantiskt rosa moln."

Sofia ångrar det hon sagt så fort orden lämnar hennes mun. Så taktlöst av henne att stå där och säga att Sigrid är gift och kär när Erik är ute och dessutom skadad vid fronten. Men Sigrid bara skrattar och Sofia ser generad ut när de går bredvid varandra mot husets framsida.

I dörren möter de Eva som varit till Affär´n och tillbaka igen för att hämta den väska hon kommer att behöva vid förlossningen. Hon har fått låna gästrummet i huset sedan några nätter tillbaka eftersom tiden snart är inne för Sigrid att föda.

När kvällen kommer sätter sig Sigrid och Eva på verandan utanför huset i kvällssolen. När de suttit där en lång stund kommer Sven cyklande mot dem. Eva reser sig upp och går för att möta honom på grusplanen. Han ser sammanbiten ut och ger Eva två brev när han kommer fram till henne och kliver av sin cykel.

"Här är breven som kom igår med båten."

Sven talar tyst för att Sigrid inte ska höra honom och räcker över de två breven.

"Se till att Sigrid sitter ner när hon läser sitt brev. Det är inte direkt goda nyheter. Mor fick också ett. Hon var nära på att svimma när hon läste det."

"Vad har hänt?"

"Jag vill inte gå in på några detaljer."

Eva vänder på brevet och läser sitt eget namn på det ena och "Sigrid" på det andra. Hon öppnar sitt eget, läser det och stoppar sedan ner det i fickan på kjolen.

"Vad ska vi göra? Kunde vi inte en endaste gång få goda nyheter om Erik."

"Jag måste tillbaka till Affär´n, mor är förkrossad. Ta hand om dig Eva. Hälsa Sigrid."

Sven vinkar åt Sigrid och ler innan han cyklar tillbaka efter grusvägen samma väg som han kommit. Eva går tillbaka till verandan med Sigrids brev i handen.

"Värst vad han hade bråttom?"

"Ja, det var mycket att göra på Affär´n. Han kom med ett brev till dig."

Eva räcker över brevet till Sigrid. Orden hon läste nyss vill inte lämna näthinnan. Tårarna bränner bakom ögonlocken och hon brister ut i gråt. Sigrid ser oroligt på henne med sitt oöppnade brev i knät.

"Men Eva, vad är det?"

"Vi går in, kom."

Eva torkar tårarna och tar Sigrids ena hand i sin. Sigrid lägger ner brevet i fickan på kjolen och reser sig mödosamt upp. Det är svårt och tungt att resa sig med den stora magen men det går lättare med Evas hjälp. De går tillsammans in i det mörka huset och lämnar solskenet utanför, bakom sig. Sigrid går in i matsalen och Eva stannar i trappan för att ropa efter Sofia. Medan hon väntar på att Sofia ska komma ner växer en oro i kroppen på henne. Tårarna tränger sig på igen. Då kommer Sofia ner springande för trappan. Hon ser på Eva att något hänt och Eva tar fram sitt brev och ger det till henne.

"Det är Erik."

Sofia tar brevet och läser, allt eftersom hon läser blir Sofia mer och mer rädd för fortsättningen. Hon slutar läsa när hon hör ett krasch av glas som splittrats och sen ett kort men högt skrik. Sofia släpper brevet och rusar in i matsalen där ljuden kommit från.

Sigrid står med sitt brev i handen och framför henne på golvet ligger ett krossat vattenglas. Sigrid stirrar på brevet hon har i sin hand och den andra handen ligger framför hennes mun. Hon drar efter andan och lutar huvudet bakåt för att få ner luften i lungorna. Det bränner i bröstet och hon ser oroligt på Eva som snabbt kommer fram till henne. Hennes hand som hon tidigare haft över munnen ligger nu knuten under hennes vänstra bröst och hon lutar sig framåt istället. Alma kommer in från köket med Raija i handen.

"Vad är det som händer?"

"Mor!"

Raija släpper Almas hand och rusar mot Sigrid som inte är i skick att ta emot Raija. Raija kramar Sigrid som släpper brevet på golvet och står med hårt knutna händer. Blundandes och försöker ta så djupa andetag hon kan. Sofia går fram till Raija och lyfter upp henne i famnen.

"Raija, var försiktig, det är glas på golvet."

Sigrid öppnar ögonen igen, tar ett djupt andetag och går fram till Sofia och Raija. Hon lägger händerna runt Raijas lilla ansikte och smeker hennes kinder. Försöker sig till ett leende.

"Hjärtat. Jag lovar att allt kommer att bli bra igen men du måste sova inne hos Sofia i natt, okej?"

"Jag vill inte det. Jag vill vara hos dig."

"Jag förstår det. Men det går inte just nu."

Sigrid försöker hålla känslorna och smärtan i schack för att inte skrämma Raija. Men Raija förstår att något håller på att hända och blir väldigt orolig. Sigrid stelnar plötsligt till och blundar en kort stund. Något är fel, det hugger till i magen, nu ser hon allvarligt på Alma.

"Ta med dig Raija och gå ut i köket är du snäll."

"Ja visst, men ..."

"Du får ta hand om flickan."

Alma står tyst en sekund innan hon snabbt går fram och tar Raija från Sofia. Sedan försvinner hon ut i köket med Raija skrikande i famnen av missnöje. Sigrid ser ner på den vätska som sprider sig över det vackra välpolerade trägolvet.

Eva och Sofia ser på Sigrid som drar djupt efter andan. Hon lägger händerna över magen när hon känner hur fostervattnet rinner efter benen. Sofia och Eva tar tag i varsin arm om Sigrid och leder henne ut i hallen där Sigrid stannar. En värk växer sig allt större inom henne. Hon lutar sig framåt och stödjer sig på Eva som lugnt står kvar med Sigrids hand i sin och väntar ut den smärtsamma värken, innan de tillsammans går mot trappan. När de efter en lång stund tillslut kommer upp på övervåningen måste Sigrid stanna igen då en ny värk kommer över henne. Hon drar efter andan och håller hårt i Eva och Sofias händer.

"Kom ihåg att andas Sigrid."

Eva andas djupt med Sigrid där de står i hallen på övervåningen utanför Sigrids sovrum. Sofia står tyst och håller Sigrids hand i sin. Hon tackar Gud för att Eva är där och har förberett allt inför förlossningen.

I den febrila aktiviteten utanför hennes rum förstår Ulrika att nu har tiden kommit för Sigrid att driva ungen ur kroppen. Hon suckar där hon sitter vid sitt skrivbord. Tänker på de förlossningar hon själv genomgått med Sigrid och Sofia och hur hon själv, med ett friskt hjärta, var nära att gå åt i barnsängsfeber under förlossningen med den yngsta. Hon skjuter bort tanken och reser sig upp. Hon går fram till ett av de stora fönstrena, stannar och lägger en hand över bröstet. Hon öppnar fönstret på glänt, sedan sätter hon sig vid skrivbordet igen och stödjer armbågarna mot skrivbordsskivan. Hon knäpper händerna och sluter ögonen.

Kapitel 16

31:a maj 1940, på resande fot genom Västerbotten.

Käraste Sigrid.

Isak har berättat som sin hustru som tragiskt nog gått bort under hans frånvaro. Jag hoppas verkligen att du lever och mår väl. Varje gång Isak talar om sin hustru känns det som att någon sätter en kniv i bröstet på mig och tankarna går direkt till dig och barnet. Jag undrar hur ni mår och vad som sker i den värld där min Sigrid lever och andas. Snart är jag hemma i den världen igen hos min vän, mitt hjärta, min älskade hustru.

Jag har aldrig varit så glad över min egen dumdristighet. Jag är fortfarande väldigt trött och Isak och en av de andra soldaterna delar på körningen då jag har en sådan smärtan i handen att det skulle vara direkt livsfarligt om jag satte mig bakom ratten. Inom några dagar är jag hemma hos dig igen. Efter två månader i sjuksäng känns det så skönt att äntligen kunna stå på egna ben. Jag längtar så efter dig. Så många gånger som jag önskat mig hem de senaste månaderna och nu när det är verklighet så känns det som en dröm. Sigrid, jag har sagt det förr, du har räddat mitt liv. Det är för din skull jag måste leva, det är för din skull jag måste komma hem. Sen ska jag aldrig lämna dig igen. Inte för en sekund.

Hur skulle man kunna döda en man vars hjärta inte finns i hans bröstkorg? Jag förstår nu att jag inte kunde dö under min frånvaro eftersom mitt hjärta är och alltid har varit hos dig. Du har gjort mig odödlig. Det kanske låter ogudaktigt men må så vara. Jag kan inte se det på något annat sätt. Det är i sanning så det känns just nu i skrivandets stund. Jag kommer hem snart. Jag lovar.

Din Erik.

KAPITEL 17

1:a juni 1940, Holmön.

Sigrid står med händerna lutande mot skrivbordet i det stora sovrummet.

Emellanåt känner hon knappt av den enorma smärtan som river i hennes nedre del av mage och rygg. Varje gång smärtan gör sig påmind inom henne är den mer intensiv än gången innan, men ingenting händer. Timmarna går och kvällen blir natt, Sigrid svettas och fryser om vartannat där hon går genom det mörklagda rummet. Hon tänker på Erik, tänker att de kanske kan lämna livet tillsammans. Hon i barnsäng och han av blodförgiftningen som han skrev om i sitt brev. Så slipper de vara utan varandra länge till. Sedan blir hon rädd. Sigrids egna tankar har skrämt henne men hon glömmer den snart när en ny värk smyger sig på. Hon försöker att andas djupt och ta kontroll över andningen som Eva instruerat, men smärtans intensitet gör det nästintill omöjligt att tänka klarsynt.

Eva och Sofia har lyckats få av Sigrid kjol och blus, i bara underklänningen och en stickad sjal över axlarna går Sigrid nu långsamt fram och tillbaka genom rummet. Eva följer henne hela tiden med blicken och Sofia försöker hjälplöst få henne att sätta sig ner för att vila innan det är dags. Men Sigrid bryr sig inte om henne utan fortsätter att gå fram och tillbaka över golvet och puttar undan Sofias försök.

"Sigrid, var snäll och gör som Sofia säger. Vila en stund. Du kommer att behöva all kraft du kan få."

Eva går fram till Sigrid som försöker trycka bort henne, men snart ger Sigrid upp och låter sig försiktigt ledas till sängen. Hon sätter sig mödosamt på kanten av den och biter ihop när en ny värk sköljer över henne. Sofia och Eva hjälps åt att ta bort täcken, madrass och lakan ur sängen. Sigrid lägger sig ner på rygg i den med endast en fårskinnsfäll vänd med ullen neråt mot träet som skydd och ett par kuddar bakom ryggen.

Hon håller hårt i Sofias hand, när nästa skov av smärta får Sigrid att halvt sätta sig upp och skrika mellan smärtorna.

"Jag kan inte. Inte utan Erik."

"Du är inte ensam. Men du blir så illa tvungen att klara det utan Erik."

Sofia ser på henne och Sigrid verkar finna tröst i Sofias ord för hon sjunker ner, något lugnare i sängen och låter huvudet vila mot kudden, som Sofia låtit ligga kvar vid huvudänden, en stund innan nästa värk sätter stopp för lugnet och Sigrid lutar sig fram än en gång. Eva är snabbt framme hos henne och kan konstatera att tiden är inne för Sigrid att börja krysta.

Ulrika sitter en trappa ner med Raija i knät och läser i en bok i matsalens bibliotek när det knackar på dörren. Ulrika sätter ner Raija i soffan bredvid sig och går för att öppna dörren. När hon går ut i hallen och öppnar dörren står Liv utanför, kvinnan som lämnade Raija i Sigrids i armar. Ulrika tar Livs kappa och hatt och hänger noga upp dem på tamburmajoren.

"Vad bra att du kunde komma så snart efter mitt brev. Det uppskattar vi verkligen."

Tillsammans går de in i matsalen och Raija springer fram för att krama Liv när hon får syn på henne. Liv besvarar kramen och sätter sig i soffan med Raijah i knät.

"Jag ska gå rakt på sak. Jag vill att du tar med dig Raija här ifrån. Sigrid har inte orken till att ta hand om två barn och som jag sa när Raija kom hit så har jag inte tiden som hon kräver."

"Har du talat med Sigrid om det här?"

Ulrika nickar och lägger händerna omsorgsfullt i knät.

"Vi har kommit överens om att det bästa för Raija är att bli flyttad till en annan familj som har tid för henne."

"Du skrev om detta i ditt brev men jag hoppades att ni skulle hinna ändra er innan jag kom hit."

"Vi förstår mycket väl att vi inte kan ändra oss i efterhand. Men det blir bäst såhär."

"Var är Sigrid?"

"Hon är upptagen på annat håll."

Ulrika ser mot trappan för att försäkra sig om att Sigrid inte kommer ner. Men hon syns inte till och Liv ser misstänksamt på Ulrika. Hon väljer att hålla sina tankar för sig själv.

"Jag skulle behöva Raijas saker i så fall, så vi kan ge oss av. Jag har en del andra barn att ta hand om."

"Jag ska hämta dem, vänta här."

Ulrika reser sig upp och går mot trappan och Sofias rum där Raijas saker finns, nu när Sigrid inte är kapabel till att ta hand om Raija. Liv sitter lugnt kvar med Raija i famnen och väntar tills Ulrika kommer tillbaka med en liten väska fylld med Raijas kläder och hennes nallebjörn. Raija som suttit tyst under samtalet, strykt Livs hand och inte kunnat hänga med i samtalet ser på väskan och blir genast rädd. Hon hoppar ner från Livs knä och springer till Ulrika som lyfter upp henne i famnen.

"Du ska få följa med Liv. Hon ska ta hand om dig och se till att du får en ny mor."

"Men mor lovade. Jag vill inte åka."

Liv reser sig upp, tar Raijas väska och går till hallen. Ulrika följer efter henne med Raija som gråter i famnen.

När de kommer ut i hallen möter de Alma som kommer inifrån köket med en dammvippa i handen.

"Fröken Karlsson. Vad gör ni här?"

Ulrika ser strängt på Alma som ser förvånat på Liv men säger inget utan lägger ifrån sig dammvippan och hjälper Liv med kappan och hatten. När Liv tagit på sig kappan ställer hon ifrån sig väskan och tar Raija från Ulrika. Raija gör motstånd och vill absolut inte åka från huset.

"Mor lovade!"

"Raija du förstår, mor och jag vill att du åker."

Raija skriker på hjälp från Almas håll men Ulrikas blick på Alma får henne att agera mot sina instinkter att ta barnet ifrån Liv. Alma vill gå upp till Sigrid och Sofia med flickan men istället står hon stum i hallen när Raija slutar att kämpa emot och följer med Liv. Raija tar på sig sin lilla kappa och vinkar till Alma som höjer handen till svar och ler sorgset när Raija går tillsammans med Liv ner för trappan till huset. Ulrika vinkar och stänger dörren efter dem.

"Inte ett ord om detta, inte till någon. Hör du det?"

"De kommer att märka att hon är borta, det förstår väl frun?"

"Då kommer det att vara för sent, du är min piga och du gör som jag säger. Förstår du det?"

Alma nickar och Ulrika försvinner in i sitt rum. Alma står kvar i hallen efter det att Liv och Raija försvunnit. Det måste skett ett misstag. Så får hon plötsligt en idé och springer efter Liv och Raija som går efter den breda björkallén ner mot byn. Noga med att Ulrika inte ska se henne duckar hon under fönstret förbi hennes sovrum. De stannar när de hör Alma ropa efter dem. När hon kommer fram och har berättat om sin idé, nickar Liv.

"Tanken är god Alma. Jag lovar att undersöka saken men jag kan tyvärr inte lova något."

Alma förstår det mycket väl och tackar Liv innan hon går tillbaka till köksbestyren inne i herrgårdens stora kök.

Alma är hela tiden på spänn när hon diskar tallrikarna efter lunchen. Emellanåt hör hon rop efter Erik som blandas med gråt och hjärtskärande skrik från övervåningen. Det påminner henne om förlossningen med Kerstin, hennes egen dotter. Sofia och Eva har ätit i skift sedan gårdagen. Vilket har gjort att Alma måste ha varm mat redo i köket dubbelt så ofta än hon är van vid. Hon bestämmer sig för att gå ut i ladugården med matresterna för att få lite lugn och ro för en stund. Hon lägger ifrån sig diskborsten, torkar händerna på förklädet och lämnar köket för att sedan gå ner för verandan, över gårdsplanen till den stora ladugården med matrest-hinken i handen.

När hon kommer in genom den stora porten ser hon till sin förvåning att Karl-Henrik sitter på en pall i ett hörn borta vid höet. Han tittar upp och ler mot henne när hon kommer in och Alma går fram mot honom. Den fräna doften av djurens avföring som blandas med hö och jorden från golvet sticker i näsan och hon harklar sig.

"Karl-Henrik. Vad gör du här?"

Han går fram till Alma som stannat en bit ifrån honom. För en sekund ser Alma Karl-Henrik som den han var för länge sedan när deras kärlek blomstrade, långt innan hon träffade Johannes och följde honom hit till ön. Karl-Henrik ler när han långsamt går förbi och stänger porten efter Alma. En oroväckande känsla lägger sig tung över henne när han, istället för att svara, försiktigt stryker bort håret från hennes nacke. Med den andra handen tar han ett stadigt tag runt hennes midja bakifrån. Alma stelnar till som ett skrämt rådjur, står blixt stilla, när han sakta drar händerna efter hennes smala kropp, först runt midjan, upp över armarna, sedan vidare in under hennes armar mot hennes byst och bröstkorg. Alma står som paralyserad. Han luktar starkt av sprit och cigaretter.

"Har du druckit?"

Alma blundar hårt och vet inte vad hon ska ta sig till när han plötsligt vänder runt henne. Hon ger ifrån sig ett högt skrik av smärtan när hennes rygg våldsamt träffar den ojämna träväggen i ladugården. Luften går ur henne och hon tappar hinken med matresterna. Alma försöker slita sig loss från Karl-Henriks hårda grepp. När han lossar på greppet och för in en hand under hennes kjol ser Alma sin chans. Hon tar sats och knuffar Karl-Henrik med full kraft ifrån sig och han vacklar till. I sitt onyktra tillstånd hinner han inte få tag i henne innan hon kommit utom räckhåll. Alma springer mot den stora, tunga porten. Men den blir hennes fiende när den inte ger efter för henne. Alma ser sig om efter en annan möjlig flyktväg när han närmar sig. I stundens hetta kan hon inte hitta något nytt sätt att fly på. Inget annat än att be om nåd.

"Snälla Karl-Henrik. Låt mig vara."

Hon backar så långt hon kan men mot porten tar det stopp. När Karl-Henrik kliver fram blixtrar det till framför ögonen på Alma och i nästa sekund bränner en örfil mot kinden.

"Tror du att du har något att säga till om? Va? Tror du det? Du är ett tjänstehjon och dessutom kvinna. Du ska lyda. Det förstår du väl? Din äckliga lilla slyna."

Han håller hennes haka i ett fast grepp och Alma drar huvudet åt sidan för att bli av med den. Han tar tag och drar henne med sig mot höet. Karl-Henriks händer rör sig girigt efter hennes kropp och snart har han sin ena hand under hennes kjol samtidigt som han håller fast henne med den andra.

"Karl-Henrik, snälla. Jag gör vad som helst bara du släpper mig."

Alma lyckas få ut orden utan att staka sig allt för mycket men Karl-Henrik fortsätter att skratta när han lutar sig nära och viskar något på ett främmande språk i hennes öra.

"Heil mein Führer und das Vaterland."

Något som Alma inte förstår men som hon någonstans djupt i sitt inre ändå kan tolka sig till dess betydelse, ärad vare ledaren och fäderneslandet. Orden gör henne ännu mer skräckslagen. Hon skriker gällt och gör nya försök att slå sig fri från Karl–Henrik som ger henne en örfil med baksidan av handen och hårt trycker han sedan sin hand mot hennes mun för att få henne att bli tyst. Almas tankar snurrar snabbt i huvudet. Hon ser sig om för att hitta en utväg igen men innan hon vet ordet av drar han ner henne på det smutsiga jordgolvet, lyfter hennes kjol och innan hon hinner protestera har han slitit av henne underbyxorna. Paniken växer sig allt större inom henne. Den ena suddiga bilden byts ut mot den andra, i ett virrvarr av tankar och minnen så slutar hon göra motstånd och ligger utmattad stilla och blundar.

Plötsligt är han inne i henne. Hon biter sig hårt i kinden för att få det onda att övergå till kinden men smärtan i underlivet tar över. Han andas tungt med ansiktet vid hennes öra, håller fast henne hårt med båda händerna när han stönar högt av njutning. Hon skriker till av smärtan som får ögonen att tåras men han bara fortsätter, kysser hennes kind och Alma viker undan huvudet. Hon kan inte förmå sig till att röra sig mer än så. Ligger stilla och låter honom stöta in i henne gång på gång medan smärtan blir allt värre inom henne. Hon andas tungt, hör hjärtats slag i öronen, gråter och blundar hårt. Hoppas vid Gud att det snart ska vara över. Smärtan gör henne bedövad. Det måste vara en mardröm som hon när som helst ska vakna upp ur. Utmattad tänker Alma att nu dör jag. Tankarna går till dottern. Hur skulle hon kunna överleva utan sin mor?

Så drar han sig ur henne. Någon sliter bort Karl-Henrik från henne och en annan man står vid hennes sida. Alma ligger kvar på jordgolvet och stirrar på mannen som står framåtlutad över henne. Han säger något, men rädslan är så stor i Almas kropp att hon inte kan ta till sig orden. Paniken skenar och hon börjar skrika igen när mannen rör vid hennes ena arm. Hon slår ut med armarna för att skydda sig själv. Ska han också ge sig på henne?

Det gör han inte. Istället lugnar han ner henne, hjälper henne att sätta sig upp och Alma förstår först nu att hon inte längre blir fasthållen. Hon kan röra sig igen och ser sig omkring. Porten står på vid gavel och Karl-Henrik syns inte till. Bara mannen som räddat henne, han som står framför henne där hon nu sitter mot väggen med armarna om knäna och med andan i halsen.

Han är lång och smal. Den högra handen är hårt omlindad av någon slags smutsigt bandage. Han är något yngre än hon själv. Har en sliten soldatuniform, är väldigt mager i ansiktet och blont rakt hår. Alma känner hur det bränner i hennes kropp, hon skakar av chock och rädsla. Smärtan i livet vill inte ge vika och Alma känner att hon nog blöder, men hon vågar inte känna efter när mannen ser på henne. Alma ser upp på honom och plötsligt känner hon sig inte längre rädd. Med snälla ögon ser han på Alma och ler försiktigt.

"Hon behöver inte vara orolig, han kommer inte tillbaka. Det ska vi se till."

Han sträcker ut sin omlindade hand mot Alma som tvekar innan hon tar den och han hjälper henne upp på fötter. De grinar båda illa när hon tar hans utsträckta hand och han hjälper henne upp. Med skakiga, ostadiga ben ser hon på mannen framför sig.

"Förlåt. Gjorde jag er illa?"

Han skakar på huvudet och Alma släpper hans hand. Hon borstar av sig smutsen från jordgolvet och rättar till sin kjol, ser sig om för att hitta sina underbyxor. Sedan inser hon att det nog inte spelar någon roll om hon hittar dem eller inte, de kommer ändå att vara obrukbara.

Ladugården är sval i jämförelse med solskenet utanför och dammet från det smutsiga jordgolvet har fått hela ladugården att färgas i ett grådaskigt dis. Genom den nu öppna porten flyger det in ett par svalor som försvinner upp under en av takbjälkarna där de förmodligen har byggt sig ett bo. Sin trygga plats på jorden. Ironiskt nog, tänker Alma.

"Vill ni vara vänlig och vända er om?"

Mannen ser förbryllat på Alma men gör som hon säger utan att protestera. Alma vänder sig med ryggen mot honom och känner efter om det som hon känt, stämmer.

Hon lyfter på kjolen, för försiktigt in en hand under kanten av den och känner efter. Ger ifrån sig ett lågt stönande när smärtan river i henne. Så ser hon på sin hand och suckar av lättnad. Där finns inget blod. Hon vänder sig tillbaka till mannen som räddat henne.

"Tack."

"Det finns inget att tacka för, vi gjorde bara vad varje man med sunt förnuft skulle gjort … Ni heter Alma, eller hur?"

"Hur visste ni det? Har vi setts förut?"

"Ja, det har vi nog. Sigrid har talat gott om henne."

Mannen vänder sig tillbaka mot Alma och sträcker fram handen för att hälsa. En hoppfull tanke glittrat till i hennes sinne. Alma tar den omlindade handen, lätt den här gången, för att inte orsaka honom än mer skada.

"Erik. Och det där är Isak."

När Erik och Alma tar i hand kommer Isak gående genom porten till ladugården. Isak är en ganska lång och bastant man i övre medelåldern. Han har mörkt kort hår med gråa inslag vid tinningarna, bruna ögon och en bred haka. Ett ärr syns tydligt ovanför det högra ögonbrynet. Han borstar bort smuts från sin uniform och ser sig omkring. Snart får han syn på Erik och Alma och går fram till dem.

"Vilket jävla svin. Är ni okej?"

Han bryter på ett främmande språk och Alma försöker lista ut vilket när hon nickar men ingenting säger. Isak tar henne i hand och ler. Alma anstränger sig för att hålla sig från att gråta och när hon ser upp på Erik och Isak igen går det upp för henne vilka männen som räddat henne egentligen är.

"Jag kände inte igen honom."

Det är Erik, Sigrids Erik.

"Jag vill be er att inte yttra något om det som hänt. Han vet hur snabbt rykten sprids på den här ön och jag vill inte att Johannes …"

Almas ögon fylls med tårar när hon snuddar vid tanken på vad Johannes kommer att få höra om ryktena sprids. De båda männen nickar.

"Självklart Alma. Det här stannar mellan oss."

Alma tackar dem. Sedan tar hon med sig Erik och Isak mot huset. På väg över gårdsplanen berättar hon om Sigrid som ligger i barnsäng och hur oroliga de varit. Alma nästan springer över gårdsplanen ivrig att få berätta för Sigrid vem som kommit hem igen. Samtidigt som smärtan i henne gör det svårt att röra sig obehindrat. När de kommer in i hallen möter de Johan.

"Alma. Jag var precis på väg ut för att se efter om du var okej. Du var borta så länge. Vad har hänt?"

Alma går fram till honom och klappar Johan lätt på kinden men hon säger inget. Istället torkar hon tårarna.

"Johan. Erik är hemma."

Erik går fram till Johan, de tar i hand.

"Jag kände knappt igen dig. Sigrid kommer att bli överlycklig. Om ni ursäktar så måste jag skynda mig ut i ladugården innan frun får reda på att jag stått här till ingen nytta."

Han ser menande på Alma som försöker skratta.

"Johan, kan du ta med hinken med matresterna in igen? Jag råkade välta ut den tidigare."

Hon ler nervöst och Johan nickar. Han tar snabbt Isak i handen och presenterar sig innan han försvinner ut genom dörren och Alma säger åt Erik och Isak att vänta i hallen. Hon går mödosamt upp för trappan men stannar halvvägs när Ulrika kommer ut från matsalen med handen strax under det vänstra bröstet. Hon går mot sitt sovrum och ser väldigt sammanbiten ut men stannar när hon får syn på Erik och Isak.

"Erik. Sigrid kommer att bli så glad att se dig. Vem är din vän?"

"Det här är Isak."

Ulrika synar honom uppifrån och ner och ser inte speciellt imponerad ut när han sträcker fram sin hand för att hälsa, så får hon syn på Alma i trappan och Erik ser sig oroligt sökande omkring.

"Vart är Alma på väg? Sigrid behöver all kraft hon har åt att driva ungen ur kroppen. Laga middagen istället. Jag tar hand om det här."

Alma tvekar en sekund men går sedan tillbaka ner till hallen och niger.

"Det var hemskt vad smutsig hon är. Gå och tvätta av sig. Jag vill inte att hon hanterar maten när hon ser ut sådär."

Ulrika ser äcklat på Alma.

"Ja frun."

Alma niger, står kvar i hallen och ser efter Ulrika som tar med sig Erik och Isak till matsalen. De ser på varandra och sedan på Alma som sänker blicken när de går iväg.

Snart lämnar även Alma hallen. Hon går långsamt mot badrummet vägg i vägg med Ulrikas sovrum. Väl där stänger hon dörren bakom sig och vrider runt låset till dörren. Hon andas ut. Några sekunder står hon och djupandas precis innanför den låsta dörren till badrummet. Det vita handfatet ser nästan otäckt rent ut när Alma går fram till det och ser in i spegeln. Där möter hon sin egen blick och ryggar tillbaka när hon ser sitt smutsiga ansikte. Ett rött märke från örfilen hon fått bränner fortfarande på kinden, håret har åkt ur sin uppsättning och det finns tydliga spår efter hennes randiga ansikte där smuts och tårar blandats. Hon sväljer, skakar på hand när hon försiktigt vrider på vattenkranen och det kalla vattnet strömmar ur den. När hon blöter händerna och ser hur det rena vattnet färgas grått av damm och smuts från jorden på golvet i ladugården går det långsamt upp för Alma vad det är som hänt henne. Hon fyller händerna med det rena vattnet, lutar sig fram och tvättar av ansiktet, ser hur smutsen rinner av henne när hon återigen möter sin egen blick i spegeln. Hon tvättar ansiktet igen och igen, men skammen inom henne går inte att tvätta bort med tvål och vatten. Den ligger kvar som en hinna av fett på huden. Det smärtar i ryggen när hon böjer sig fram. Alma vänder sig om, drar av sig blusen och underklänningen. Drar ner dragkedjan på kjolen i ett försök att se hur hennes nakna rygg ser ut. Sår från ladugårdsväggen som Karl-Henrik tryckt upp henne mot har tagit form, skrapsår i varierande storlek skiner röda mot hennes bleka hud. En del blöder lätt, andra har bara skrapat bort det yttersta hudlagret men svider desto mer. Alma sväljer hårt och blundar, tar på sig underklänning och blus sedan drar hon upp dragkedjan på kjolen igen. Så sjunker hon ihop på golvet i badrummet. Gråten väller fram över henne där hon sitter. Johannes kommer att skämmas ihjäl över att hans hustru legat hos en annan man. Alma bestämmer sig för att han aldrig någonsin kommer att få veta vad som hänt henne. Hon sitter kvar en stund på golvet med armarna om sig.

Sigrids skrik från övervåningen väcker henne ur tankarna. Hon torkar sitt ansikte med en ren trasa, som hon tar från en hylla i det stora badrummet. Reser sig upp, lägger snabbt frisyren till rätta och sedan en sista blick i spegeln för att se till att allt ser okej ut innan hon haspar av, öppnar dörren och går ut i korridoren igen. Från matsalens bibliotek kan hon höra Erik och Isak samtala när hon går förbi utanför mot köket.

"Var är Sigrid? Hur är det med henne?"

Erik ser sig oroligt omkring och som på en given signal hör de alla ett skrik av smärta från övervåningen. Erik får slåss med sitt inre för att inte rusa upp till Sigrid men han lyckas hålla sig från det.

"Som jag sa så behöver hon all den kraft hon har för att driva ungen ur kroppen. Men så snart det är gjort får du gå in till henne."

Ulrika ler ett påklistrat leende mot Erik och Isak.

"Frun svarade inte på frågan. Hur är det med henne?"

"Det ser illa ut men vi får hoppas på det bästa. Hon har både Sofia och Eva hos sig."

Erik nickar. Det är tur i oturen att Eva är där.

"Var snälla och sätt er ner. Ni måste vara helt slut efter den långa resan."

Isak och Erik sätter sig i varsin av de stora fåtöljerna men Erik finner ingen ro. Han sitter och skakar otåligt på ena benet. Länge sitter de tysta innan Ulrika lämnar dem i matsalen och stänger dubbeldörrarna bakom sig för att de ska slippa höra Sigrids hjärtskärande skrik av smärta. Erik reser sig upp, går fram och tillbaka över det välpolerade golvet och pratar för sig själv. Isak iakttar honom från fåtöljen och snart stannar Erik och stirrar på honom.

"Jag kan inte vara kvar här."

"Kom med här. Vi går ut och tar en aning frisk luft."

Isak tar med sig Erik ut ur huset, bort från gården och tillbaka ner mot Byviken. Hela vägen ner till viken talar Isak om hur glad han är över att slippa sova i en bil i natt, eller på marken i ett tält. Desto längre bort från gården de går desto mer avlägsna blir tankarna på Sigrid och snart har Isak lyckats få Erik på andra tankar.

När de tillslut står vid dörren till Emmas lilla stuga blir Erik plötsligt illa till mods. Han vet att hans mor ovetandes väntar där inne och förstår plötsligt att han inte bara lämnade Sigrid när han åkte. Han lämnade även sin mor och sina syskon. Men det kan inte hjälpas, nu står han här, vid liv. Han öppnar dörren och går in i den välbekanta hallen. Det doftar svagt av såpa och nybakat bröd. Radion står som vanligt på i köket och Erik hör sin mor sucka där inne, hur hon bläddrar i tidningen som förmodligen ligger framför henne på bordet och bredvid den en stor kopp med kaffe och så fotogenlampan på andra sidan.

"Smutsa inte ner är du snäll, jag har precis städat."

Erik skrattar tyst för sig själv och ler mot Isak som precis stängt dörren efter dem. Han lyfter ett finger och placerar det framför munnen i tecken åt Isak att vara tyst.

Han går in och ställer sig i dörröppningen till köket, lutar sig mot dörrkarmen med händerna i fickorna, efter att han ställt ner sin stora ryggsäck bredvid sig. Ser på sin mor där hon sitter vid köksbordet med tidningen utsträckt framför sig. Hennes hår är noga uppsatt, de vänliga ögonen rör sig snabbt över tidningens rader och så den typiska rörelsen av munnen som läser varje ord i en tyst viskning precis som vanligt.

"Tänk att det var precis det jag väntade mig att du skulle säga. Mor är sig lik."

Emma tittar upp snabbt upp från sin tidning för att sedan titta ner i den igen. Men så stelnar hon till. En lång stund sitter hon tyst och ser ner i tidningen innan hon vågar höja blicken och se på honom med uppspärrade ögon. Hon håller andan i vad som känns som en evighet.

"Tack gode Gud. Erik."

När chocken släppt tar hon sig med snabba steg runt bordet och kastar sig i sonens famn.

"Min älskade pojke. Om du visste hur jag oroat mig."

Emma tar Eriks ansikte mellan sina händer. Erik är betydligt längre än sin mor och Emma måste ställa sig på tå för att nå. Nu gråter Emma och Erik är nära att börja gråta han också när Sven kommer in genom dörren.

"Vad är det som försiggår?"

Så får han syn på Erik och skakar på huvudet när han går fram till sin bror.

"Frivilligkåren? Du är den största idioten jag känner till, vet du om det?"

”Ja, jag vet.”

Erik och Sven skrattar när de snabbt kramar om varandra. Isak står tyst i ett hörn av den mörka hallen och iakttar händelsen. Erik gestikulerar mot honom för att presentera Isak som tar ett steg mot Emma och Sven.

”Mor, Sven. Det här är Isak.”

Emma torkar sina tårar med sitt förkläde, ler och tar Isak i hand.

”Emma Kristersson.”

”Isak Molotov.”

Det bränner till inom Isak när Eriks mor tar hans hand. Isak ser på Emma och försöker minnas vad Erik har sagt om sin far men han kan inte komma på det. Ögonen är hasselbruna och håret lockigt rödlätt. De få rynkorna runt hennes ögon och vid mungipan ger karaktär till hennes mjuka ansikte och så de bleka läpparna. Han känner hur den här kvinnan väcker något hos honom. Något som han för länge sedan glömt bort hur det känns och som gått förlorat.

Sedan tar han även Sven i hand. Resten av dagen sitter Erik och Isak vid köksbordet hos Emma och pratar.

Emma sitter bredvid sin son och kan inte riktigt förstå att han kommit hem till henne igen. Eriks vän Isak verkar trevlig och Emma erbjuder honom sovplats på vinden tills han hittat något eget. Isak tackar och tar emot hennes erbjudande.

”Alma, kom hit med varmt vatten och rena trasor! Skynda dig!”

Det är sent på kvällen, nästan midnatt när Eva ropar mot nedervåningen där hon står vid kortsidan av Sigrids säng. Hon stryker armen över pannan för att bli av med svetten som lackar. Sofia håller i Sigrids hand och baddar hennes panna med en ren linnetrasa. Hon säger några tröstande ord emellanåt men Sigrid vill inte lyssna. Hon jämrar sig där hon halvligger i sängen med flertalet kuddar bakom ryggen. Krafterna har sinat för länge sedan, hela hon är blöt av svett men Sigrid försöker desperat hitta kraften till att krysta ännu en gång.

”Sofia, hjälp mig. Jag orkar inte mer. Jag är så trött.”

I över ett dygn har hon kämpat med smärtan. En smärta som känns som att det ska ta livet av henne i vilket ögonblick som helst. Hon trycker på men faller in och ut ur medvetslösheten. Sofia ser hjälplöst på Eva som försöker hålla Sigrid vid medvetande med löften om att det snart ska vara över. Sigrid vrider sig och orkar inte gråta längre. Smärtan är så överväldigande att hon skakar. Stumt skriker hon ut sin frustration och smärta över det envisa barnet som vägrar att komma till världen. Eva vrider och lirkar för att få loss barnet som fastnat och tillslut lyckas hon.

Alma kommer in i rummet med allt de som Eva bett henne hämta, hon haltar när hon går och verkar ha väldigt ont, men hon gör sitt bästa för att dölja det. Ställer ner det emaljerade fatet som hon fyllt med hett vatten på en stol bredvid sängen och trasorna lägger hon på golvet.

"Vad har hänt? Alma ser helt förstörd ut."

"Bry sig inte om mig. Det ordnar sig."

Alma tvekar där hon står. Men sedan bestämmer hon sig för att trotsa frun och går fram till Eva. Hon viskar något i hennes öra. Eva stannar upp och viskar knappt hörbart tillbaka.

"Är det sant?"

Alma nickar och Eva drar en suck av lättnad. Först när Sigrid ger ifrån sig ett jämmer av smärta kommer Eva tillbaka till nuet och återgår till att hjälpa Sigrid. Almas ord fick henne att glömma bort sig för en stund. Alma och Eva delar en blick av samförstånd, sedan lämnar Alma tyst rummet och stänger dörren bakom sig.

"En sista gång Sigrid, sen är det över."

Eva är en aning ställd över nyheten hon fått av Alma men Sigrid, helt ovetandes, samlar de sista krafterna hon har kvar och krystar. Smärtan drar i henne och hon skriker högt när hon greppar sängkanten med ena handen och håller Sofias hand hårt i den andra. Svetten rinner efter hennes ansikte, ner över halsen och bröstkorgen. Tillslut känner hur hennes inre slappnar av och smärtan ger efter. En total tystnad lägger sig över rummet som nyss var fyllt av skrik. Så hör Sigrid ljudet som hon så länge längtat efter. Ett annat skrik än hennes eget. Ett gällt och skört, alldeles nytt skrik.

En kort sekund stannar Sigrids värld, all smärta försvinner ur hennes kropp och tröttheten är som bortblåst. Hon andas häftigt när hon faller tillbaka på rygg i den hårda sängen. Sofia som hållit hennes hand släpper den och baddar istället Sigrids svettiga panna. Hennes hjärta bankar i bröstet och hon kan ana dess slag genom det tunna tyget i underklänningen. Hon vill inte säga något om smärtan som är på väg att ta över hennes kropp igen. Men när Sofia ser på henne kan hon inte låta bli att säga sanningen. Hon tar Sofias hand i sin och drar henne intill sig. Talar lågt för att Eva inte ska höra henne.

"Jag har så ont Sofia. Snälla, låt mig hålla mitt barn. Bara en liten stund."

Sofia nickar och släpper hennes hand för att fortsätta badda Sigrids svettiga panna. Håret ligger klistrat mot hennes hals och ansikte men det är inget hon bryr sig om just nu.

Eva tar emot barnet, tvättar med linnetrasor och varmt vatten för att sedan klä det i kläderna, som legat på skrivbordet som nu förvandlats till ett skötbord, och sedan den filt som Emma gett till Sigrid ett halvår tidigare.

"Det är en flicka Sigrid. Hon är helt frisk, så vitt jag kan se."

Sigrid ger ifrån sig ett ömkligt ljud och Eva går omsorgsfullt fram med det lilla barnet i famnen och håller fram flickan så att Sigrid kan ta emot henne. Sigrid har försiktigt satt sig upp på sängkanten så att Sofia ska kunna lägga tillbaka madrass och lakan i sängen när hon får sin dotter i famnen. Hennes lycka är så överväldigande att tårarna tränger fram. Smärtan är inte lika distinkt som tidigare och hon känner sig mycket lättare än förr. Äntligen får hon möta de barn som hon så länge längtat efter. Sigrid ser med en kärleksfull blick på den skrikande illröda flickan.

"Jag vet min älskling."

Sigrid gråter när hon försöker trösta barnet. Snart slutar hon skrika och öppnar ögonen.

"Hej min vän."

Sofia berättar tyst för Eva vad Sigrid precis sagt henne och Eva skakar på huvudet och går fram till Sigrid som inte har tid att se på henne. En kort stund sitter Sigrid med barnet i famnen och utan att slita blicken från barnet viskar hon.

"Hon ska heta Anna."

Sigrid ler. Men mitt i euforin över barnets ankomst känner Sigrid hur hennes armar sakta men säkert inte orkar hålla barnet uppe längre. Hon orkar inte ens gråta, orkeslösheten och den enorma tröttheten hinner ikapp och tar över hela hennes kropp. Smärtan i bröstet stiger till ett omänskligt lidande och hon kan inte längre hålla smärtan inom sig. Sigrid drar efter andan och stönar högt ur sig smärtan.

"Åh Gud hjälp mig."

Sofia är snabbt framme hos henne när både hon och Eva upptäcker hur Sigrid tappat all färg ur ansiktet. Sofia tar barnet från hennes armar och Sigrid sjunker motvilligt ner i sängen. Eva går snabbt fram och ser på Sigrid som kämpar för att hålla ögonen öppna. Hon tar Sigrids ansikte mellan sina händer och skakar det försiktigt.

"Sigrid. Håll dig vaken, snälla rara Sigrid. Du får inte somna."

Eva ser för första gången rädd ut och Sofia känner hur den klump hon haft i magen växer allt mer när hon vänder sig bort från Sigrid med barnet i famnen. Hon vågar inte längre se på.

"Sigrid, hör du mig?"

Sigrid får fram ett svagt stönande ljud, Eva nöjer sig med det och hämtar sitt stetoskop för att lyssna på Sigrids hjärta. Hon behöver inte lyssna länge för att förstå allvaret i situationen och informerar Sigrid om vad som försiggår i hennes kropp.

"Sigrid. Du får inte skrämma mig sådär. Du och ditt hjärta behöver vila men det låter som det ska. Sov du, vi tar hand om Anna. Jag ska bara se efter så att allt är bra med dig. Allt kommer att bli bra. Förstår du mig?"

Sigrid nickar och stänger ögonen. Eva stryker hennes kinder. Sedan hämtar hon ett täcke och lägger det över Sigrid som skakar av köld. Mer än så behövs inte för att Sigrid ska sluta kämpa emot sömnen och efter bara någon sekund sover hon tungt. Eva går fram till Sofia som håller Anna i famnen. Hon suckar av lättnad.

"Det senaste dygnet har tagit hårt på Sigrid. Hennes hjärta är mycket svagt, och det är väldigt viktigt att Sigrid inte anstränger sig alls den närmaste tiden. Jag blev rädd att hon fått en hjärtattack men så var inte fallet, tack och lov. Jag stannar hos Sigrid i natt. Men jag behöver din hjälp med flickan. Måste kolla så att allt ser bra ut med Sigrid också."

Sofia nickar, tar upp en kudde från golvet och vänder sig bort från Sigrids säng igen. Sätter sig vid skrivbordet i andra änden av rummet, placerar kudden framför sig på skrivbordet och lägger försiktigt ner flickan på den. Sedan sitter hon där och talar lågt med barnet medan Eva undersöker Sigrid för vad som för Sofia känns som hundrade gången. När Eva är klar med sin undersökning och hon och Sofia tillsammans lämnar rummet för en stund kan Sofia andas ut. Eva håller barnet när Sofia brister ut i gråt av lättnad över att förlossningen gick väl och samtidigt av oro över Sigrids hjärta.

"Hon måste överleva. Hon kan inte dö nu. Hon har klarat sig så här långt. Eva, säg att hon kommer att klara sig."

"Hon kommer att klara sig Sofia. Hon behöver vila, det behöver du också. Gå och lägg dig. Alma kan ta flickan en timme."

Sofia nickar, torkar tårarna, går in i sitt sovrum och stänger den mörka trädörren efter sig. Eva går tillbaka in till Sigrid med Anna i famnen. Hon stänger dörren och lägger ner barnet i den gamla trä vaggan som Johan hämtat ner från vinden.

"Mor behöver bara vila, sen kommer allt att bli bra. Du ska få se."

Eva vaggar barnet långsamt när hon talar lugnt till henne för att trösta. Men kanske lika mycket för att övertala sig själv om Sigrids överlevnad och tillfrisknande.

När Sofia kommer in i sitt rum känner hon hur något inte riktigt är som det ska. Först tänker hon att det är sömnbristen som får henne att inte kunna tänka klart men snart ser hon att det saknas något. Var är Raija? Flickan är bra på att gömma sig och gjorde det gärna men detta var annorlunda. Hon letar i hela rummet och märker att hennes saker är borta. Bara Sigrids gamla docka finns kvar. Den som Raija alltid tog med sig vart hon än gick. Någonting är fruktansvärt fel.

"Mor?"

Sofia går ut i korridoren och ropar mot nedervåningen. När hon inte får något svar springer hon ner för trappan och knackar på Ulrikas dörr.

"Mor?"

Ulrika öppnar dörren efter en stund. Hon knyter bandet runt midjan på en vit morgonrock av siden.

"Vet du vad klockan är flicka?"

Sofia ser sig oroligt omkring i den mörka korridoren.

"Vet du vart Raija är?"

"Ja. Fröken Karlsson var här i eftermiddags och tog henne med sig."

"Varför det?"

"För att jag bad henne."

KAPITEL 18

Juni 1940, Holmön.

Det är sen kväll när Sofia lämnar Sigrids rum med Anna på armen. Sigrid har ännu inte vaknat upp efter den långa förlossningen, kampen och energin att värka fram flickan har gjort Sigrid väldigt ont och Sofia ser oroligt på barnet när hon går mot den breda trappan ner mot hallen. I korridoren utanför Sigrids rum möter hon Alma som genast kommer fram för att få se på barnet som inte är ett dygn gammalt ens. Flickan sover lugnt i Sofias armar och Sofia försöker få fram ett leende mot Alma men Alma ser på Sofias tillgjorda leende och förstår att allt inte står rätt till. Nog hade de allihop vetat att det skulle ta hårt på Sigrid, men hur hårt det skulle visa sig ta hade nog ingen riktigt kunnat ana.

"Hur är det med henne?"

Eva, som är helt slut efter att ha hjälpt Sigrid oavbrutet under hela förlossningen, stänger dörren till rummet och avbryter Sofia som just ska till att svara Alma.

"Sigrid är svag. Nästan omöjlig att väcka, men tack och lov slår hjärtat regelbundet och så vitt jag kan se kommer hon att hämta sig bra om hon bara får tillräckligt med vila."

Sofia och Alma nickar. Med sig har Eva ett vitt emaljerat djupt fat fyllt med vatten som färgats rött av blod som hon ger till Alma.

"Tack och lov."

När hon lämnar över det, fångar en långsam rörelse hennes uppmärksamhet. Någon står i dunklet nedanför trappan. En man. Eva står en stund och stirrar på mannen osäker på om det är hennes enorma trötthet som spelar henne ett spratt eller om det verkligen är hennes bror som står där.

"Sofia? Ser du också Erik i hallen?"

Jo, visst ser Sofia Erik. Hon drar efter andan och mer behövs inte. Eva rusar ner för den långa trappan.

"Erik!"

Kjolen flyger runt benen på henne och klackarna på hennes skor slår hårt mot det mörka träet i trappan. När hon kommer ner slänger hon sig i hans famn och Erik fångar upp sin syster. Eva gråter av lycka när hon klamrar sig fast vid sin bror och kysser hans kind.

"Jag har aldrig blivit så glad över att se en människa i hela mitt liv. Tack gode Gud att du är välbehållen."

Han ser blekare ut än vanligt och är betydligt magrare än hon minns sin bror, men i stort sett är han sitt vanliga jag när hon synar honom uppifrån och ner.

"Har du varit hos mor?"

"Ja, jag kom därifrån nu. Jag sov där inatt, men så fort jag vaknade gick jag hit."

"Och mor tjatade om att …"

Erik ser på Eva och de utbrister simultant.

"Du måste äta ordentligt!"

De skrattar. Men Eva tystnar när hon ser broderns hand.

"Får jag se?"

Eva tar tag och ska precis linda upp bandaget när Erik trycker undan hennes händer. Han får syn på Sofia och Alma som kommer ner till dem.

Han går fram med blicken fäst på det lilla knytet i Sofias famn. Inlindat i barnfilten hans mor sytt åt honom en gång för länge sedan.

"Erik, det här är Anna."

Sofia lämnar försiktigt över flickan och Erik håller henne i sin famn. Den överväldigande känslan när han tar sitt barn i famnen gör honom tårögd. Han tvingas blinka bort tårarna och skäms över sin emotionella reaktion. Men han känner Annas värme och vet att hon i sanning är deras. Hans och Sigrids kärlek förkroppsligad i ett litet barn. Det finns inga tveksamheter om att flickan är Sigrids när hon vaknar, öppnar ögonen och ser på Erik. Det blir uppenbart för honom att det är Sigrids blåa ögon som Erik ser. Sigrid, min älskling. Instinkterna tar över hans kropp och han lämnar över barnet till Sofia igen.

"Jag tänker gå in till henne."

Han ser på Eva som går fram för att försöka stoppa honom när han med snabba steg går mot trappan upp till Sigrids rum. Hon ställer sig i vägen och sträcker ut sin hand mot honom.

"Erik. Hon förlorade så mycket blod under förlossningen. Sigrid är skör och behöver vila. Snälla, försök att förstå."

"Jag har inte sett min hustru på över ett halvår. Nästan sju månader Eva! Hur ska jag kunna vänta?"

Eva tvekar och ser ut att överväga situationen. Eriks närvaro skulle mycket väl kunna stärka Sigrid, men den skulle lika gärna kunna utsätta hennes hjärta för fara om hon blir för överväldigad av hans ankomst. Efter en stund av noga övervägande nickar hon sammanbitet.

"Gå in till henne. Men försök låta bli att väcka henne. För hennes välmående skull."

Han nickar och tar den långa trappan till övervåningen i några få kliv. Snart står han utanför hennes stängda dörr. Erik känner hur allt det han överlevt under den långa tid han varit borta, att nästan brinna inne i ett tält, att bli skjuten i handen och sedan blodförgiftningen i såret. All den smärta och den rädslan har varit värt varenda sekund. För just det ögonblicket när hans hand nu greppar det guldfärgade handtaget in till Sigrids stängda sovrum och med stor försiktighet trycker han ner handtaget.

Den tunga trädörren ger ifrån sig ett svagt knarrande när han öppnar den. Med tysta steg går han in i det dunkla rummet och ser sig om. På nattduksbordet står en lampa. Dess varma sken lyser över den sovande Sigrid. Bara en blick på henne, där hon ligger i den stora sängen, behövs för att Erik ska fyllas av samma varma känsla som alla andra gånger han sett på henne. Hans ömhet är starkare än någonsin förut och han vill så gärna kunna skydda henne från världens alla hemskheter och faror. Allt det som rivit och slitit i honom försvinner och kvinnan som finns i hans drömmar, kvinnan som vandrat vid hans sida, som han älskar så djupt och som nu är mor till deras kärleksbarn. Hon sover lugnt och fridfullt i den stora sängen framför honom. Sängen får henne att se liten ut, nästan som ett barn.

Sedan Erik kom tillbaka till ön har han känt att det saknats något men nu när han ser henne så vet han att här är han hemma. Eriks hem har aldrig funnits på en given plats.

Hans hem finns hos Sigrid var hon än befinner sig. Och nu blir det tydligare än någonsin förut. Det långa lockiga, bruna hår flyter ut över kudden, det välbekanta ansiktet med den enda rynkan vid mungipan över en annars helt slät hud. Allt känns så familjärt och tryggt. Ett vagt blåmärke skymtar på underarmen strax nedanför armvecket där hon ligger med händerna på täcket och armarna vilandes efter kroppen. Hon är blek som ett lakan, läpparna är torra och spruckna men trots det tänker Erik att hon nog aldrig varit så vacker som nu, när han nu går fram och sätter sig på hennes sängkant.

Samtidigt som Erik försvinner upp för trappan mot Sigrids rum står Eva och Alma kvar nere i den stora hallen när Sofia går in i biblioteket med Anna på armen.

"Du bad om min hjälp igår Alma?"

Eva ser på Alma som blir blek och ser sig omkring för att försäkra sig om att ingen ska höra dem.

"Vi går in i köket."

Eva följer Alma till köket. Där häller Alma ut vattnet i diskhon och ställer ifrån sig fatet hon haft i händerna. Sedan blir hon stående i ett hörnet av det enorma köket. Eva går fram och sätter ner henne på en stol vid det lilla köksbordet intill fönstret. Alma suckar och verkar leta efter de rätta orden när Eva sätter sig ner mittemot henne och spänner ögonen i henne. Alma försöker säga något men avbryts av sina egna tårar. Efter en stund av stilla gråt får hon tillslut fram ord och berättar allt om den hemska händelsen i ladugården under gårdagen. Hon snyftar och ser ohjälpligt liten ut vid bordet. Eva sitter, under hela den hemska redogörelsen, tyst och nickar emellanåt för att visa att hon lyssnar. När Alma tillslut tystnar lägger Eva sina händer ovanpå Almas. Alma som skamset suttit och tittat ner på dem ser förvånat upp på Eva som lägger huvudet på sned och ler sorgset mot henne.

När Evas händer nuddar vid Almas tänds en svag låga av en oförklarlig känsla inom henne. Är det början till en vänskap? Eller kanske något mer? Eva kommer av sig lite, men finner sig snabbt igen.

"Alma. Självklart ska jag hjälpa dig med …"

Orden kommer aldrig att falla lätt ur hennes mun, även om hon har hjälpt andra kvinnor i samma situation förut.

När de sitter där och samtalar kommer Ulrika instormande i köket. Eva drar åt sig sina händer som om hon precis gjort något otillåtet. Ulrika får syn på dem vid bordet och går raskt fram. Alma reser sig snabbt upp, grinar illa när det hugger till i ryggen, men Ulrika verkar inte se det eller också ignorerar hon det.

"Alma har verkligen inte tid att sitta här till ingen nytta när det finns så mycket som ska göras."

"Frun, det är mitt fel. Jag bad henne sitta ner en stund. Alma såg så hemskt sliten ut."

Ulrika ser förvånat på Eva som plötsligt tagit tjänsteflickan i försvar.

"Om fröken Kristersson inte har något emot det så vill jag gärna ge mitt tjänstefolk direktiv om vad som ska göras, eller inte göras, själv."

"Om frun inte visste om det så är Alma, och Johan också för den delen, lika mycket värda som hon själv. De är tjänstefolk som kanske inte har det lika väl ställt som frun men de är inga djur och förtjänar sannerligen att bli bemötta med lika mycket värdighet och respekt som hon själv och jag."

Eva har lärt sig hur Ulrika fungerar och studerat henne ända sedan hon var liten och först lärde känna Sigrid. Hon vet, att om man vill få Ulrikas respekt så ska man för det första, helst vara man. Men framför allt våga säga ifrån. Ulrika stirrar på Eva och utan att blinka eller vika med blicken säger hon.

"Du blir mer och mer lik din mor. Ta det som du vill."

Sedan vänder hon sig till Alma.

"Om fem minuter vill jag ha en tekopp stående på mitt skrivbord. Vem av er som ser till att det sker, det bryr jag mig inte om."

Ulrika tystnat och Eva ser hur hon sväljer, för att sedan börja hosta. Hon försvinner ut ur köket då hostattacken inte verkar vilja lugna ner sig och Eva skakar på huvudet. En tanke kommer över henne. Var Ulrika sjuk? Den senaste tiden hade hostattackerna kommit väldigt ofta och hon hade haft ett besynnerligt kroppsspråk. Nästan som om hon hade ont.

Alma tar några steg mot spisen för att göra som Ulrika sagt men Eva stoppar henne och sätter försiktigt ner henne på stolen igen.

"Jag gör det. Sitt du."

Hon går runt den lilla köksön i kökets mitt och fram till spisen för att koka tevatten i en kastrull. Hon tar fram en stor blommig kopp och ett matchande fat ur det stora vitrinskåpet och en bricka som hon placerar koppen på. Medan Eva väntar på att vattnet ska börja koka tar hon fram te från en plåtburk i skafferiet. Alma ser skamset på medan Eva gör hennes sysslor och Eva svär för sig själv över Ulrikas fruktansvärda sätt att hantera sina anställda. När vattnet kokar i kastrullen på spisen och Eva hällt upp det i tekoppen så räcker hon över brickan till Alma.

"Det är nog bäst om du går in med brickan."

Eva ler och får syn på en tår som rinner längs Almas kind.

"Sluta tjuta och gå in med brickan istället."

Evas hårda tonfall får Alma att skärpa till sig. Trots att Eva är betydligt yngre än Alma känner hon sig som en storasyster när hon torkar bort Almas tårar med sin näsduk och nickar åt henne att gå.

"Tack Eva, men jag hade kunnat …"

"Jag vet, men ibland behöver även du en paus Alma. Vi kan fortsätta prata senare."

Trots att Sigrid är sjuk och Erik vet att han inte bör väcka henne, så kan han inte låta bli att gå fram, sätta sig på hennes sängkant och försiktigt röra vid hennes kind.

"Sigrid?"

Hon mumlar i sömnen och rör en aning på huvudet. Erik fortsätter att smeka hennes kind, tar hennes ena hand i sin och kysser den lätt.

"Sigrid min vän."

Hon suckar, jämrar sig och öppnar trött ögonen. Erik håller hennes hand så hårt han vågar och stryker bort en hårslinga från hennes ansikte med sin fria hand när hon sömndrucket ser upp på honom. Hon stänger ögonen och öppnar dem igen.

"Erik? Säg att jag inte yrar."

Han ler och skakar på huvudet. Sigrid blundar en lång stund och ser sedan upp på honom igen.

"Jag är här. Jag är hemma nu."

Sigrid som fram tills nu legat helt stilla lyfter långsamt en darrig hand och rör vid hans ansikte. För att försäkra sig om att det hon ser är verkligt drar hon försiktigt handen över hans kinder, upp över ögonbrynen, kindbenen och ner över munnen och halsen. Den enorma tröttheten gör att hon inte kan vara riktigt säker på att det hon ser verkligen stämmer överens med verkligheten, men hon väljer att tro sina ögon. Hon skrattar till, ler, känner hur tårarna rinner efter hennes kinder. Erik torkar dem med handen och lutar sin panna mot hennes.

" Jag trodde aldrig att jag skulle få se dig igen."

Hon andas tyngre när hon kysser hans hand och blundar, koncentrerar sig på känslan av hans hand i hennes. Försiktigt kysser han henne mitt på munnen och ser på när hon trött faller tillbaka mot de stora vita kuddarna.

"Sov en stund till. Du behöver det."

Sigrid bryr sig inte om Eriks ord och fortsätter.

"Har du sett henne?"

Han nickar.

"Hon har dina ögon."

Sigrid ler.

"Jag har gett henne ett namn"

"Anna."

Sigrid tar Eriks hand i sin och håller den nära sin bröstkorg. Skör som en porslinsdocka ligger hon där i sin säng och Erik vågar knappt andas, än mindre röra vid henne.

"Anna Eva Sofia. Så får hon ett eget namn och två släktnamn, Eva efter din syster, mor och mormor. Sofia efter min syster och farmor."

"Sigrid, det är perfekt. Eva sa åt mig att jag inte skulle väcka dig… "

"Jag är glad att du gjorde det."

Avbryter Sigrid och innan hon sluter ögonen igen och släpper hans hand. Erik ler tillbaka mot henne, stryker försiktigt hennes kind och nickar. Så öppnar hon ögonen igen och ser plötsligt rädd ut mitt i tröttheten.

"Erik?"

"Ja, Sigrid."

"Jag är så kraftlös."

"Jag vet kära du. Jag ser det."

"Men jag vill inte somna."

"Är du rädd?"

Sigrid nickar och en stilla tår rinner efter hennes kind. Erik lutar sig fram och kysser henne ömt på munnen igen.

"Det är bra att vara rädd Sigrid. Det betyder att du fortfarande har något att leva för."

"Tänk om jag inte vaknar igen."

"Det gör du. Jag har inte älskat dig klart."

Erik ser oroligt på Sigrid, men hans ord gör henne lugnare.

"Gud ska veta att jag har saknat dig så mycket att jag trott att hjärtat ska brista emellanåt. Men att du skulle behöva komma hem till den här röran… Herregud, förlåt mig Erik."

"Du har inget att be om ursäkt för. Du ska komma ihåg det. Jag blir alltid lika förundrad över ditt mod och din skönhet. Jag tänker ofta att ingen människa kan väl vara så vacker som du är i mina tankar. Men sen kommer jag hem och ser på dig och du är ännu vackrare än vad jag minns dig. Du har en vacker själ."

Han fortsätter att stryka hennes kind när Sigrid tar hans hand i sin och lugnt somnar om. Hennes händer släpper långsamt greppet om hans när hon slappnar av och somnar.

Erik sitter länge och stryker Sigrids hår. Han kan inte hjälpa det men han gråter emellanåt och tänker att han aldrig mer ska lämna hennes sida. Inte för en sekund. Inget ont ska någonsin få hända henne igen. Det är ett mantra som gått runt runt i hans huvud ända sedan han blev tvungen att åka. Sigrid mumlar i sömnen och Erik sitter tyst vid hennes sida. Han lutar sig fram och kysser hennes panna. Ur den ena framfickan på de slitna byxorna tar Erik fram ett brev. Han stryker med handen över det och lägger det på nattduksbordet. Sedan reser han sig upp och lämnar rummet för att gå ner till Eva och Sofia igen.

KAPITEL 19

Juli 1940, Holmön.

En månad efter Annas födelse har Sigrid börjat få lite mer färg i ansiktet och
är något piggare. Hon sitter upp i sängen emellanåt men behöver fortfarande en hel del
sömn. Febern har sjunkit och hon yrar inte lika mycket som tidigare. Men tröttheten håller
henne i ett järngrepp.

Erik har bett Emma komma på besök för att träffa barnet och Emma hade till allas
förvåning gått med på att lämna över ansvaret av Affär´n till Sven och Isak för en
eftermiddag. Ulrika hade inte tyckt om förslaget men efter mycket om och men hade hon
tillslut gått med på att bjuda in Emma. Även om hon själv inte tänkte delta vid middagen.

"Kom in och sätt dig Emma."

Sigrid ler när Erik leder in sin mor i rummet och Sigrid nickar mot sängen. Eva, som
suttit på sängkanten vid hennes sida, reser sig upp för att ge Emma sin plats. Sigrids långa,
bruna, lockiga hår glänser i de få solstrålar som tar sig in genom gardinerna. Hon hade
precis hunnit svepa in flickan i filten som Emma sytt och nu håller Sigrid Anna i famnen
och ser på Emmas gråtfärdiga blick.

Emma tar några försiktiga steg och sätter sig på sängkanten. Sigrid söker hennes blick och
Emma möter den när Sigrid försiktigt räcker över flickan. Filten och barnet i samhörighet
drabbar Emma hårt. Sigrid lutar sig trött tillbaka i sängen och iakttar tyst scenen mellan
farmor och barnbarn.

Länge sitter Emma med flickan i famnen och verkar alldeles betagen av barnets
närvaro. Men när flickan öppnar ögonen och ser på Emma knyter det sig i magen. Flickans
ögon är Sigrids, det är inte tal om något annat, stora och blåa. Men näsan och munnen. De
var Oskars och definitivt Eriks.

Plötsligt är Emma förflyttad tillbaka i tiden. Hon ser Erik som nyfödd i sin famn. När hon tittar upp på Erik som står framför henne med händerna i fickorna, så ser hon sin Oskar. Det varar bara i några sekunder men det var tillräckligt.

"Hon är så lik Oskar."

Erik ler mot Emma som fortsätter.

"Som jag önskar att han var här."

"Kära mor, inte behöver du gråta."

Eva tar fram sin näsduk och räcker den till Emma men hon skakar på huvudet och fortsätter att se på barnet i sin famn.

"Hon är så vacker Sigrid."

Emma vänder blicken till Sigrid som ler trött.

"Hon ska heta Anna Eva Sofia."

Emma ser på flickan och sedan på Eva.

"Vill du ta henne är du snäll?"

Eva tar försiktigt barnet från Emma som reser sig upp och stryker Sigrids kind. Plötsligt får hon svårt att andas. Det blir för mycket för henne. Barnet och likheten mellan henne och Oskar. Erik, som kommit hem från fronten. Känslorna överrumplar henne och den enda lösningen är att fly.

"Ta hand om dig kära du."

"Men Emma inte ska du väl gå redan, du kom precis. Alma har dukat upp middag i matsalen."

Sigrid ser på Emma som med snabba steg redan är halvvägs genom rummet.

"Jag måste tillbaka till Affär'n."

"Sven och Isak skulle ta hand om den idag mor."

Erik tar några steg mot henne. Emma stannar i dörren och vänder sig mot dem.

"Jag är hemskt ledsen men jag kan inte stanna. Ni får ursäkta mig."

Med snabba steg går hon genom korridoren och Sigrid hör hur hennes steg försvinner i korridoren och sedan ner för trappan. Hon ser på Erik och nickar åt honom att följa efter Emma. Eva och Sigrid ser på varandra och sedan hör de Erik ropa efter sin mor.

"Mor vad är det med dig?"

Vad Emma svarar hinner de inte höra förrän ytterdörren på nedervåningen smäller igen och sedan blir det tyst.

När Erik kommer tillbaka en stund senare är han blek i ansiktet och ser sig förvirrat omkring.

"Vad är det Erik?"

Evas röst är ohjälpligt orolig och Sigrid ser mellan syskonen. Eva räcker över barnet till Sigrid och sätter ner sin bror på stolen vid skrivbordet.

"Jag tror att mor håller på att bli galen av sorg. Hon säger att hon är rädd för mig."

"Vad är det du säger Erik? På vilket sätt skulle hon vara rädd för dig?"

"Hon säger att jag är så lik far att hon ibland ser honom istället för mig. Jag förstår inte alls hur det går ihop. Så lika är vi väl ändå inte?"

Eva och Sigrid ser på varandra och sedan på Erik.

"Jo Erik, du är väldigt lik far. Men jag förstår fortfarande inte varför hon skulle bli rädd."

"Tror du jag förstår det då?"

"Jag ska gå och tala med henne."

Eva kramar om Sigrid och kysser sin bror på kinden till farväl och lämnar sedan rummet. Erik sitter kvar en lång stund och ser tomt framför sig.

"Du behöver sova Sigrid. Du ser hemskt trött ut min vän. Jag tar barnet och går ner med henne till Sofia."

Sigrid nickar och ger Anna till Erik.

"Jag kommer tillbaka och sitter hos dig tills du somnat."

När Erik suttit hos Sigrid i över en timme börjar hon vrida på sig. Hon hade sovit en längre stund men Erik kunde inte gå ifrån henne.

Med ens stönar hon till i sömnen som av smärta när hon vrider sig allt mer. Så skriker hon plötsligt till och sätter sig upp i sängen. Hon ser sig oroligt omkring och får syn på Erik som håller hennes ena hand. Sigrid drar åt sig den och slår armarna runt sig.

"Var är mitt barn?"

"Sigrid. Lugna ner dig."

Sigrids röst ökar i intensitet och snart gråter hon i panik samtidigt som hon skriker. Hon sliter sig ur Eriks försök till omfamning och stirrar på honom med en frånvarande blick. Erik blir rädd, förstår att hon nog fortfarande drömmer och tar Sigrids ansikte mellan sina händer.

"Sigrid vakna. Du yrar."

"Rör inte vid mig. Hör du det? Du rör mig inte!"

Sigrid fortsätter att skrika och trycker undan Eriks händer med full kraft.

"Sigrid. Du måste vakna nu!"

Han tar ett stadigt tag runt hennes axlar och skakar om henne försiktigt. Sigrid rycker till. Hon andas snabbt, får inte fram några ord utan börjar istället gråta. Erik sätter sig nära, drar henne intill sig och håller om en förvirrad Sigrid.

"Det är ingen fara Sigrid. Jag är här. Det var en mardröm. Du bara yrar."

"Vad är det som händer? Något är fel."

"Vad är det som är fel?"

"Jag vet inte. Det är bara fel."

Erik reser sig upp och ska precis lämna rummet för att hämta Eva när Sofia kommer in med Anna på armen.

"Jag hörde dig hela vägen från matsalen. Vad är det som händer?"

När Sofia ser sin systers rädsla går hon genast fram med barnet och sätter sig på Sigrids sängkant men Sigrid tar inte flickan från Sofia. Hon ser på barnet, som gurglar i Sofias famn. Hon räcker över Anna, men Sigrid bara skakar på huvudet och vänder bort ansiktet utan ansats till att ta emot barnet. Istället slår hon armarna runt sig igen, blundar och drar några djupa andetag. Sofia reser sig upp och lägger försiktigt ner flickan i vaggan som står vid sängens fotände.

"Det var en dröm."

Sigrid skakar lätt på huvudet men fortsätter att blunda. Eva kommer inrusande i rummet. Hon tar stolen från skrivbordet, går raka vägen fram till Sigrid och sätter sig bredvid sängen. Erik står en bit ifrån dem och iakttar händelserna. Eva tar Sigrids ena hand och Sigrid tittar upp på henne.

"Vad har hänt Sigrid?"

"Jag vågar inte ta i henne."

Eva ger Sofia en blick och hon nickar försiktigt. Sigrid ser mellan dem och förstår att något verkligen är fel på riktigt, det är inte bara en känsla inom henne.

"Vad är det? Eva?"

"Jag hade hoppats på att du skulle återhämtat dig mer innan jag säger det men ..."

"Är det här verkligen en bra idé?"

Erik avbryter henne och Eva ser ut att överväga situationen. Hon ger honom en svag nickning som tecken på att han ska sätta sig bredvid Sigrid. Han följer sin systers gest och håller Sigrids hand när Eva fortsätter.

"Hon behöver få veta."

"Vad? Vad är det jag ska veta?"

Sigrid flackar med blicken mellan Sofia, Eva och Erik. Hjärtat rusar. Eva suckar och berättar vad som hänt.

"Ulrika har skickat iväg Raija"

"Vad är det du säger? När då?"

"När du födde Anna. Jag är så ledsen. Ingen kunde hindra henne."

"Ni har alltså hållit detta ifrån mig under en månads tid. Varför?"

Sigrid känner hur världen rasar runt omkring henne. Hjärtat rusar i bröstet och plötsligt gör hon ett desperat försök att resa sig upp ur sängen. Men Erik sitter i vägen och håller henne kvar. Hon kämpar emot men Erik håller fast henne. Hon kvider till av smärta en sekund, hennes andning är ansträngd, men hon fortsätter ändå att försöka ta sig ur Eriks grepp och upp ur sängen.

"Sigrid, sluta! Du kan inte resa dig upp. Du orkar inte."

"Jag kan inte stanna här ... Jag måste skydda henne. Hon är så liten och ... hjälplös."

Orden går nästan inte att uttyda mellan de hackiga andetagen.

"Lyssna på mig, Sigrid. Det är för sent. Hon är borta."

Sigrid stelnar till och slutar att kämpa mot Erik som håller i henne hårt. Hon ser mellan dem.

"Varför gjorde ni inget? Hur kunde ni låta mor komma undan med detta?"

Sofia tar några steg fram. Så faller Sigrids huvud framåt när hon ser in i Eriks ögon för tröst. Tungt träffar hennes huvud Eriks axel och han lägger varsamt händerna om henne. Hon kan inte gråta, inte skrika eller tala, hon sitter bara tyst och andas häftigt i Eriks famn. Efter en stund, när Sigrids andning är något lugnare igen, ser hon upp på honom. Hon vill säga något men ångrar sig och lägger sig tillrätta på sidan i sängen med ansiktet vänt bort från Erik och de andra.

"Var snälla att ta med er Anna och gå härifrån."

"Jag tror det är bättre att jag stannar hos dig. Du ska inte vara ensam nu."

"Jag vill vara ifred. Gå."

Sigrid rör inte på sig när Erik försöker få henne att vända sig mot dem. Sofia gör som Sigrid har sagt och lämnar rummet. Eva och Erik ser på varandra och gör en tyst överenskommelse om vem av dem som ska stanna kvar i rummet för att försöka få Sigrid på andra tankar. Erik lutar sig fram och ger Sigrid en kyss på kinden innan han går och lämnar Eva och Anna kvar i rummet hos Sigrid. Eva går fram till vaggan och tar Anna i famnen, medan hon gör det, säger hon uppfordrande.

"Du kanske skulle försöka mata henne? Hon är nog hungrig."

Sigrid suckar och sätter sig upp i sängen. Hon drar upp nattlinnet över det ena bröstet och sträcker ut armarna för att ta emot flickan. När hon tar Anna i famnen och placerar henne vid sitt bröst känner Sigrid för första gången sig som en mor. Visst har hon tröstat, pussat och älskat Raija. Men det här är en annan sorts moderskap, en annan sorts kärlek. Lika stark, men så annorlunda. Sigrid ser på Anna som ligger tryggt i hennes famn och tårarna gör sig än en gång påminda. Tankarna på Raija och var hon nu kan befinna sig får Sigrid att andas snabbare igen. Smärtan i att inte veta vart hennes barn är, gör henne blind för alla andra känslor. Anna känner av spänningen i rummet och gnyr lite, men Sigrid hyssjar och tillslut kommer Anna till ro vid bröstet och suger girigt.

"Hämta mor. Jag behöver få veta vart Raija är."

Eva nickar och lämnar rummet. Innan Sigrid vet ordet av sitter hon för första gången ensam i rummet med Anna i famnen. Hennes mjuka, varma blick får Sigrid att le utan att tänka på det. Oron försvinner när hon ser in i flickans stora blå ögon. När Anna är mätt lägger Sigrid långsamt ner flickan bredvid sig i sängen och sedan sjunker hon ner med ansiktet nära Annas.

Den ljusa juli morgonens sol skiner in genom spetsgardinernas blommönster och formar en strimma ljus längs trägolvet bredvid sängen. Den idylliska bilden på Sigrids näthinna speglar inte alls känslan som brinner inom henne. En dryg timme efter att Eva gått kommer Ulrika in i Sigrids sovrum. Hon får syn på Sigrid och Anna där de ligger tätt tillsammans i sängen. Sigrid sätter sig upp när hon hör hur dörren öppnas men låter Anna ligga kvar bredvid sig i sängen. Hon kan se att flickan väckt något ömt hos modern och viskar för att inte väcka Anna som precis somnat vid hennes sida.

"Visst är hon vacker?"

Sigrid ser förälskat på barnet och Ulrika känner en plötslig sorg komma över henne. Hon påminns om sonen när hon ser på Sigrid och Anna. Men Sigrid avbryter hennes tankar.

"Mor. Jag vill veta vart Raija är."

Hon ser upp på Sigrid och skakar på huvudet.

"Du behöver inte oroa dig för det. Raija är inte längre ditt ansvar."

Sigrid känner hur ett illamående växer. Oron över Raijas plötsliga försvinnande och den hemska handling som Ulrika utsatt Raija för genom att ta ifrån henne den trygghet som hon funnit i Sigrid. För att inte tala om den kärlek som Sigrid känner för flickan och som nu gör henne stum av rädsla för en sekund. Men snart utbrister hon med upprörd röst. "Hon är ju mitt barn. Hur kan du säga så? Jag har kanske inte fött henne men i mitt hjärta är hon lika mycket min dotter som Anna är. Jag har sagt det förut …"

"Raija åker hem till sin mor i Finland så fort kriget är över. Till dess får hon bo hos någon annan. Dessutom skulle du aldrig klara av två barn i ditt tillstånd. Jag vet hur det är, tro mig."

"Det är väl skillnad, du hade ingen hjälp, det har jag. Jag har Sofia och Eva. Jag har Erik. Du hade inte ens far som hjälp när vi var små. Hur skulle du känt om någon kom och tog ifrån dig ett av dina barn? Jag ber dig, snälla söta mor, tala om för mig var min dotter befinner sig."

Ulrika nickar och ser för ovanlighetens skull väldigt förstående ut men hon säger inget, utan står tyst en lång stund. Sedan går hon fram mot Sigrid och Anna.

"Du menar som när Karl tog Tor ifrån mig?"

"Det är inte samma sak. Tor valde att följa far, du tvingade honom inte, som du tvingade Raija!"

"Han visste inte vad han gav sig in på. Han var alldeles för ung för att förstå."

"Så tala då om för mig vart Raija finns!"

"Du behöver sova Sigrid. Jag tar med mig Anna ner till Erik och de andra."

Sigrid tar upp flickan och håller henne nära sin kropp, Ulrika stannar mitt i en rörelse när hon ser Sigrids blick.

"Du rör inte min dotter!"

"Men snälla Sigrid …"

"Vad är det som säger att du inte tänker ta Anna ifrån mig också? Berätta istället för mig vart Raija finns."

"Var inte löjlig Sigrid, ge mig flickan och lägg dig ner igen."

Sigrid vägrar att ge Anna till Ulrika och efter en stund av lirkande från Ulrikas sida ger hon upp.

"Jag är rädd om dig. Ni betyder allt för mig. Du och Sofia. Jag vill bara skydda er."

Sigrid skrattar.

"Det enda du någonsin brytt dig om är Gud och möjligtvis fars pengar. Du brydde dig aldrig om far eller oss, du säger att du sörjer far och Tor. Men jag tror dig inte. Jag tror att du säger det för att få min och Sofias sympati. Men du glömmer att vi också förlorade två av de viktigaste personerna i våra liv i den stormen. Du förlorade visserligen din man och din son. Men glöm inte att vi förlorade vår far och vår bror."

Sigrid tystnar men fortsätter sedan.

"Och nu vill du ta ytterligare en person ifrån mig. Min dotter."

Ulrika blir blek, hon drar efter andan och väser fram mellan spända käkar.

"Hon är inte din dotter Sigrid! Men om du verkligen vill veta så kan jag tala om för dig att flickan är kvar på ön."

Sigrid sätter sig rakare upp i sängen och väntar på den fortsättningen som inte kommer.

"Vart är hon?"

"Ibland får jag bara lust att slå till dig. Du är otacksam."

Sigrid skrattar hånfullt.

"Det har väl aldrig hindrat dig förut. Slå du bara, men berätta sedan vart Raija finns."

Ulrika tar ett halvt steg fram, höjer handen men stannar mitt i rörelsen. Hon rycker till men kan inte förmå sig att slå Sigrid. Något kommer över henne. Ulrika drar efter andan, vänder sig om och försvinner ut ur rummet utan ett ord.

"Mor? Berätta för mig vart hon är! Mor!"

Ulrika smäller igen dörren bakom sig och Anna vaknar. När Ulrika gått sätter Sigrid sig till rätta i sängen och vaggar Anna sakta fram och tillbaka i sina armar. Hon hyssjar och tröstar lika mycket sig själv som Anna.

Erik är på väg upp för trappan när Ulrika lämnar rummet med en väldig fart. Hon ropar efter Alma mellan kvävda hostningar. Det finns en panik i rösten medan hon rusar ner för trappan och fortsätter mot sitt rum. Erik hör Sigrids rop efter modern och känner hur en olustig känsla tar fart i sin kropp när Ulrika snabbt försvinner in genom dörren till sitt sovrum och stänger den efter sig. Erik hinner se att Alma kommer ut i korridoren. Deras blickar möts, lika förvirrande båda två, innan Erik öppnar dörren till Sigrids rum och går in med hjärtat i halsgropen.

När han kommer in och ser Sigrids ansiktsuttryck blir han orolig. Vad är det Ulrika har sagt? Vad har hänt?

"Varför sa du inget? Du visste om det."

Erik förstår med ens att det handlar om Raija och nickar. Han sätter sig vid sängkanten och ser på Anna som somnat om i Sigrids famn. Han öppnar munnen för att svara med hinner inte förrän Sigrid fortsätter.

"Hur kunde jag vara så dum? Jag borde ha förstått."

"Vad är det du borde ha förstått?"

Erik ser upp på Sigrid som är nära att börja gråta.

"Alltihop! Att hela vårt förhållande är uppbyggt på lögner. Och svek."

"Det är inte sant Sigrid."

Hon får något nostalgiskt i blicken och försvinner bort i tankarna.

"När du bjöd upp mig den första kvällen och la din hand runt min midja så kände jag en sådan trygghet. En nästan överjordisk ömhet. Jag såg in i dina ögon och såg mitt livs stora kärlek."

Så kommer hon tillbaka till nuet och ser trött på Erik och sedan på Anna i sin famn.

"Men när du anmälde dig frivillig och inte talade med mig om saken. Du satte ditt liv på spel, utan att fråga vad min åsikt var. Jag ser nu hur lätt det är för dig att kasta mig åt sidan. I den stunden du började ljuga för mig, kastade du bort vårt äktenskap och vet du vad det värsta är?"

"Nej, vadå?"

"Att du ljög så väl att jag inte ens var misstänksam. Hur ska jag kunna tro på dig när du säger att du håller av mig? När du i nästa sekund totalt verkar strunta i det, i mig och i mina åsikter. Du gav mig aldrig chansen att tala om för dig vad jag anser. Du ställde mig inför ett fullbordat faktum och jag skulle bara acceptera det."

Erik vet inte riktigt vad han ska svara.

"Du vet att jag håller av dig."

"Jag bad dig om en enda sak när du friade till mig. Att du alltid skulle vara sann mot mig. Men jag klarar inte av fler lögner. Jag orkar inte mer."

"Sigrid, jag lovar att alltid vara ärlig."

"Det där är lögn Erik! Jag kan inte längre lita på dina ord. Förstår inte du att du bara gör mig illa!"

Han försöker förstå. Hur hade allt blivit så fel mellan dem? Erik ser tillbaka på de lögner som han använt sig av i syfte att skydda och trösta henne. Om Sigrid ändå för en enda sekund kunde se det ur hans perspektiv så kanske hon skulle kunna förstå och förlåta.

"Jag ljög för att jag ville försvara dig. Jag ville inte att du skulle oroa dig. Jag kunde inte säga sanningen eftersom jag avskyr att se dig upprörd."

"Jag kan inte förlåta dig igen. Jag vill att du går. Och kom inte tillbaka. Jag kommer inte att överleva fler lögner."

Sigrid vänder blicken mot Anna och talar lågt när hon fortsätter.

"Hitta en ny hustru, gift om dig. Jag är hemskt ledsen Erik men jag överlever inte en barnsäng till. Så av mig kan du inte få den stora familjen som du så gärna vill ha."

Erik ser misstroende på Sigrid som halvt sitter upp i sängen med deras dotter i famnen. Han vet att Sigrid har en tendens att bli riktigt arg, men aldrig tidigare har hon talat om det på det här sättet. Han fnyser.

"Jag bryr mig väl inte om någon stor familj så länge jag får ha dig! Du är den enda jag någonsin älskat. Begriper du inte det? Du och Anna är min familj och ni är den enda familj jag vill ha."

Sigrid får något mörkt i blicken, en kort sekund är hon oigenkännlig i Eriks ögon. Hon sträcker på sig och sväljer hårt.

"Mona då?"

"Vad menar du?"

"Mona. Hon var den du valde i första hand, inte jag. Så kom inte här och säg att du bara hyst kärlek till mig. För det är lögn det också."

"Nu är du orättvis Sigrid! Jag valde inte Mona före dig. Jag gjorde henne med barn och vi blev tvungna att gifta oss. Så om du tror att jag hade valt Mona över dig så har du fel. Det skulle jag aldrig kunna göra. Jag har älskat dig sedan den gången vi krockade i dörren till Affär'n och du tappade de där förbannade äpplena."

"Tyst Erik! Svär inte sådär!"

Sigrid ser länge på Erik innan hon skakar på huvudet och säger med ökad intensitet.

"Förväntar du dig att jag ska tro på det där? Gå härifrån!"

Erik ser en stund på Sigrid där han sitter på sängkanten innan han nickar och reser sig upp.

"Du är mitt himmelrike Sigrid. Men jag har på något förvrängt vis blivit ditt helvete."

En kort stund stirrar de på varandra. Sigrid kan inte tro det hon hört. Hur kunde Erik stå där och vara så kall.

"Ut härifrån!"

Erik nickar och lämnar rummet. Han stänger dörren bakom sig och så är han borta.

När han gått lägger Sigrid ner Anna bredvid sig i sängen. Sedan sjunker hon ner och drar några djupa andetag. Länge ligger hon och tittar upp i taket ovanför sängen, flyttar långsamt blicken längs med en av de många springor som skiljer träplankorna i taket åt. Hon stryker lätt med fingret över Annas mjuka kind. Ljudet av hennes snusande andetag och doften av hennes fjuniga huvud när hon försiktigt trycker näsan mot det får Sigrid att lugna ner sig en aning. Men när Anna sträcker på sig i sömnen och tar Sigrids finger i sin lilla hand väller smärtan och sorgen fram över henne.

"Gud. Smärtan river i mig. Jag vill inte älska honom längre. Det gör så ont. Käre Gud, hjälp mig att glömma Erik. Jag ber dig. Ge mig styrkan att låta honom gå."

Tankarna snurrar i huvudet. Hade Erik haft rätt? Hade hon varit orättvis?

Efter en lång stunds tyst vånda inser Sigrid sitt misstag. Hur skulle hon någonsin kunna överleva utan Erik? Hon lägger täcket runt Anna som ett mjukt fågelbo, sätter sig upp, flyttar benen över sängkanten och lägger vikt på dem i ett försiktigt försök att resa sig. När hon till sin förvåning kan resa sig upp utan problem, tar hon några steg mot dörren. Vinglar till när hon tappar balansen men fortsätter utan att ramla. Väl framme vid dörren öppnar hon den, ser på Anna som sover i den stora sängens mitt, går så snabbt hon vågar ut i korridoren och lämnar dörren öppen bakom sig. Hon ropar efter Erik. Men när hon inte får något svar, fortsätter hon genom korridoren. Hela tiden väl medveten om att hennes styrka i benen när som helst kan svika henne. Hon kommer till trappan och stannar. Ropar igen, utan att få något svar den här gången heller. Nu brinner paniken i hennes bröst. Tänk om han faktiskt gjort som hon sagt och gått sin väg. Just som Sigrid ska ta det första steget mot nedervåningen känner hon en svag bris från den öppna balkongdörren. En ny tanke får henne att gå dit istället. Ut genom dörren där den tunna spetsgardinen långsamt fladdrar i den ljumma eftermiddagsvinden. Eriks långa gestalt går efter vägen ner mot Byviken och Affär'n. Han går bort från henne och huset. Sigrid ropar efter honom och förstår att han måste ha hört henne för han stannar vid vägskälet och vänder på huvudet.

"Erik! Förlåt mig!"

Hon står lutad mot räcket ute på balkongen i vad som känns som en evighet. Men Erik fortsätter att gå bort från henne. Magen knyter sig. Hon skriker efter Erik men han verkar inte höra, eller också ignorerar han hennes desperata försök till försoning. Så snabbt hon bara vågar går Sigrid tillbaka in i korridoren och ner för trappan. Genom hallen, ut genom ytterdörren, ner för verandan och ut på grusplanen. Att det smärtar i fötterna av gruset känner hon inte i sin våldsamma skräck över att förlora Erik som precis försvunnit runt kröken på vägen. Hon springer några steg innan tröttheten i benen gör sig påmind. Hon skriker efter Erik med den sista luften hon har kvar i lungorna och sjunker ofrivilligt ner på grusplanen då benen inte längre bär henne. Tårarna rinner, och hon försöker hämta andan men det är som om luften inte hittar ner i hennes lungor. Hon andas stötigt och kort när Sofia kommer springande från huset.

"Erik!"

Skriket är hjärtskärande och fyllt av skräck. Genom tårarna tar Sigrid sig upp på fötterna igen. Men att springa efter Erik är omöjligt.

"Sigrid!"

Det bränner till i bröstet på henne och hon blir tvungen att söka stöd hos Sofia som nu hunnit fram och kramar om henne hårt.

"Han är borta."

"Nej då, han skulle säker bara ner och hälsa på Emma i Affär'n."

"Men Sofia, du förstår inte. Han är borta. Jag bad honom gå."

"Han kommer tillbaka. Erik älskar dig."

Sigrid går, efter att ha tvekat länge, in i huset igen tillsammans med Sofia. Hon inser att hon inte kan göra något åt saken just nu. Det bästa är nog att låta saken bero och ta tag i det när hennes krafter är tillbaka. Det brukade alltid lösa sig tillslut även om det skulle ta tid att få Erik tillbaka.

När de kommer in i den mörka hallen möts de av Alma. Hon är vit i ansiktet och kallsvettig, trots sommarvärmen. Sigrid finner sig förhållandevis snabbt från sin egen smärta när hon får syn på Alma och det knyter sig i magen på både henne och Sofia.

"Alma, vad är det som har hänt?"

Sigrid går stapplande fram till Alma som står tyst, oförmögen att kunna svara. Hon öppnar munnen för att försöka finna ord men de försvinner på väg upp genom halsen och förvandlas till små gråtfyllda ljud. Sofia lägger armarna om henne, leder in henne i köket och ska precis sätta ner Alma på en stol när Johan kommer in, lika blek som Alma. Sofia och Sigrid stirrar på Johan som tar ett djupt andetag och går hela vägen fram till Sofia.

"Vad är det som pågår?"

"Er mor …"

"Vad är det Johan?"

Sofia tar Johans ena hand i sin och håller den stadigt när han efter att ha svalt tre-fyra gånger svarar henne.

"Hon är död."

Johan ser ut som att han ska svimma och Alma tar upp sin näsduk ur fickan på förklädet och håller den mot munnen. Sigrid och Sofia står ett ögonblick helt tysta och försöker ta in vad Johan precis sagt.

"Det kan väl ändå inte vara sant. Jag pratade med henne för drygt en timme sedan."

Sigrid skrattar åt det ironiska i situationen, men när Johan nickar och Alma döljer ansiktet i sin näsduk där de sitter vid det lilla bordet i köket, så tystnar hon.

"Jag tror hon fått en hjärtattack."

Alma svarar tyst.

"Frun ropade på mig och när jag kom in till henne så hade hon väldigt ont i bröstet. Hon kunde knappt stå upprätt."

Sigrid nickar stumt och går sedan tillsammans med Sofia ut ur köket, genom hallen och fram till deras mors stängda sovrumsdörr. En kort stund ser de på varandra innan Sofia tar ett stadigt tag om det guldfärgade handtaget och trycker ner det med darrande hand. När dörren sakta glider upp och skrivbordet, där deras mor alltid brukar sitta, står tomt förstår Sigrid och Sofia att det nog är sanning, det som Johan och Alma sagt. Iklädd bara nattlinnet tar Sigrid några steg in i rummet. Alla fönstren står på vid gavel men den fräna doften av död slår emot dem när de går in. Doften ligger som en dimma över det fina rummet och deras mor ligger på rygg med slutna ögon och händerna knäppta över bröstet i den stora sängen.

"Hon ser så fridfull ut."

Sofia som nu ställt sig bredvid Sigrid vid sängens fotände kan inte slita blicken från Ulrikas nu livlösa kropp och Sigrid tar sin systers hand.

"Kära mor. Du må ha varit kall, men vi vet att du älskar oss."

Sofia går runt sänggaveln och fram till Ulrika för att stryka hennes kind. Sigrid står kvar vid fotänden av sängen och ser på sin systers ömhet för modern. Själv känner hon sig smärtsamt likgiltig inför händelsen. Visst kan Sigrid känna en sorg över att ha förlorat den mor som tröstat och älskat henne så ömt i barndomen. Men hon kan inte låta bli att tänka på det sista som Ulrika sagt till Sigrid. Att hon ville slå henne. Sofia står vid moderns huvudände och ser på Sigrid med tårarna rinnande efter kinderna.

"Vad gör vi nu?"

"Jag vet inte Sofia."

KAPITEL 20

Hösten 1932, Holmön.

Jag står utanför dörren till kontoret som alltid är stängd och låst. Far hade noga berättat för oss att vi inte fick störa honom när han arbetade där inne. Det kommer du säkert ihåg.

Mörkret i den långa korridoren utanför rummet gör att en tunn strimma ljus skiner under dörrens tröskel. En avlägsen röst och en hög duns hörs när far bestämt slår näven i den bastanta skrivbordsskivan där inne. Jag står tyst och lyssnar i ena hörnet strax utanför dörren. Stormen river utanför fönstren, det smattrar mot dem och far skriker i telefonen att om inte Johansson åker över vattnet så får han väl göra det själv. En leverans är en leverans och ska levereras i tid oavsett väder.

Det knyter sig i magen på mig. Far har själv sagt att havet är en farlig plats, även när det är stilla och lärde oss att simma redan som fyraåringar. Att ge sig ut i en kuling storm känns inte som en god idé, speciellt inte ensam.

Dörren flyger upp och far kommer utstörtande, han tar den långa trappan ner i några få kliv och går rätt in i matsalens bibliotek. Han ser mig inte där jag står tryckt mot väggen, jag tar några steg fram, stannar, tvekar, innan jag följer efter honom. Mor sitter i den vanliga fåtöljen invid den öppna spisen och broderar när far berättar att han måste ut på havet. Hon ser på honom, skräcken lyser i ögonen på henne.

"Det är storm där ute Karl. Du kan inte åka över havet i styv kuling."
Mor bönar och ber om att han ska bli hemma, men förgäves. Tor, som hela tiden suttit i den andra fåtöljen, säger plötsligt att om far ska åka ut i den här stormen så tänker han minsann följa med honom.

"Ingen kan styra den stora båten själv, speciellt inte i det här vädret."

Far ger efter och låter Tor följa honom. Far går med bestämda steg ut i hallen och drar på sig regnkläder och de rejäla gummistövlarna, Tor går efter honom hack i häl och följer fars exempel. Mor och jag följer dem ut i hallen. Far ser ömt på mig och stryker min kind.

"Min flicka. Du ska inte vara orolig. Vi är tillbaka innan du vet ordet av."
Sedan vänder han sig till mor. Hon gråter tyst när hon kramar om Tor och ger honom en kyss på kinden. När far tar farväl av mor går det ilande känsla genom min kropp. Det är som att jag känner på mig att något hemskt kommer att ske.

"Kan ni inte bli hemma? Det spelar väl ingen roll om leveransen kommer en dag sent. Gustav kommer att förstå."

"Nej Ulrika. Har jag sagt att Gustav ska ha leveransen ikväll så är det så."

"Men det är storm där ute. Karl, ni kommer att gå under."

"Må så vara. Då får jag som jag vill. Jag vill dö som jag lever, på havet!"

Mor stirrar sorgset på far, men hon nickar. Han torkar försiktigt bort en tår från hennes kind. De kramar varandra länge, han lutar sig fram och viskar något i hennes öra. Med en kyss på kinden till både mig och mor lämnar han och Tor huset och försvinner efter vägen ner mot hamnen där strömmingen väntar. Tor ger mig en snabb blick innan de går. En blick till farväl. Mor stänger ytterdörren efter dem och går tillbaka in i biblioteket. Hon sätter sig för att ta vid där hon slutade sitt broderi när far kom instörtande. Men hon kan inte förmå sig att fortsätta. Hon skakar på hand och får ingen ro i kroppen.

Du sover redan i din säng i rummet bredvid mitt när mor säger att jag borde sova för länge sedan. Jag går långsamt upp till övervåningen igen. Jag kan höra mors tysta gråt från biblioteket när jag stänger dörren till mitt rum bakom mig. Det var sista gången jag såg dem i livet.

Sofia stirrar på Sigrid som under hela sin långa berättelse haft tårar i ögonen efter bråket som uppstått mellan dem. Hur Sigrid skrek att Sofia hade tur som inte varit där när de försvann och Sofia som skrek tillbaka att hon önskar att hon var där.

"Varför stoppade du dem inte?"

"Jag kunde inte Sofia! Jag var 16 år. Far lyssnade inte ens på mor den kvällen. Varför skulle han då ha lyssnat på mig? Jag önskar att jag sett dem dö framför mig. Det hade varit lättare att leva med!"

Sigrid andas tungt, bröstkorgen höjer och sänker sig som om hon sprungit ett maraton. Ögonen är blanka av tårar men hon säger inget mer utan vänder på klacken och går. Sofia blir stående i matsalen och ser efter henne när hon försvinner upp för trapporna.

KAPITEL 21

Augusti 1940, Holmön.

Sofia har skött det mesta med gårdsarbetet tillsammans med Alma och Johan.
Eva har varit på besök med jämna mellanrum för att se att allt är bra med Sigrid och Anna och varje gång har Sigrid frågat efter Erik. Men Erik har inte svarat när Eva försökt tala med honom.

En morgon bestämmer sig Sigrid för att ta sig ner till Affär'n. Hon lägger försiktigt ner Anna i barnvagnen, stoppar om henne med en flit och börjar långsamt gå. När hon passerar vägskälet vid skolan, ser hon långt där borta vid kröken hur en man med ett barn i handen kommer gående mot henne. Sigrid tänker inte så mycket på det förrän barnet plötsligt börjar springa mot henne.

"Mor!"

Sigrid stannar tvärt. En sekunds tvivel och hjärtesorg innan Sigrid äntligen förstår. Hon känner rösten så väl. Varenda ton i barnets röst påminner henne om Raija. Hon kisar mot solen, skymmer den men handen och kan knappt tro sina ögon när Raija kommer springande mot henne. Hennes blonda hår gungar i takt med fötternas snabba steg och ljudet från hennes röst ekar högt i Sigrids bröst när Raija ropar ännu en gång. Tätt bakom Raija kommer Erik gående.

Så sitter Sigrid plötsligt på knä mitt på den jordiga vägen med armarna om sin stora lilla flicka. Efter den månad som hon försökt försona sig med tanken på att aldrig mer få möta sin Raija igen känns det saligt när hon nu kan lägga händerna mot Raijas mjuka kinder och kyssa dem ömt. Länge sitter Sigrid på knä på vägen med Raija i famnen. När Erik kommer fram till dem är Sigrids egna kinder våta av tårar.

Sigrid ser honom inte utan är fullt upptagen med Raija och den överväldigande lyckan. Erik lutar sig över Sigrid och sträcker ut en hand mot henne. När Raija tillslut släpper greppet så pass att Sigrid kan resa sig upp igen tar Sigrid Eriks hand och reser sig upp för att borsta av smutsen från kjolen.

"Tack."

"Inget att tala om."

Sigrid, som precis tagit upp sin näsduk och börjat torka tårarna, stannar mitt i rörelsen och ser upp på honom. Han ler sitt sneda leende och Sigrid skakar på huvudet.

"Erik. Du är inte riktigt klok."

"Nej, jag är nog inte det. Men jag fann henne. Jag fann vår dotter."

Erik tar Sigrid i famnen och kysser henne ömt. Plötsligt blir det uppenbart att lögnerna aldrig kommer att kunna mäta sig med alla de gånger han talat sanning. Även om hon inte kunde se det då, i stundens hetta. Erik är trots allt hennes make och hon har lovat att älska honom tills döden skiljer dem åt. Något som Sigrid mer än gärna håller fast vid, även om hon får stå ut med en lögn eller två från Eriks sida.

"Förlåt mig Erik. Jag menade inte vad jag sa, jag blev bara så ..."

"Be inte om ursäkt Sigrid. Det är jag som ska säga förlåt. Jag vet ju hur mycket ärlighet betyder för dig."

Sigrid lutar huvudet mot Eriks bröstkorg, drar in den välbekanta doften i näsan och sluter ögonen. Erik håller sin hand runt Sigrids midja när de tillsammans går tillbaka mot gården med Raija. Sigrid leder barnvagnen med den sovande Anna i, samtidigt ser hon på Raija som hoppar över alla små gropar i vägen framför dem. På något konstigt sätt känns det ledsamt men samtidigt så kan Sigrid inte minnas ett tillfälle i hela livet där hon var lyckligare än hon är just nu. Den gamla grusvägen breder ut sig framför dem, solen värmer skönt i ryggen när de kommer ut ur skogspartiet som skiljer hamnen och byn åt. Där breder det stora fältet ut sig framför dem. Samma fält som funnits där genom alla år ända sedan barndomen. Långt borta på andra sidan ser de herrgården, ensam på en svagt upphöjd kulle, femtio meter från den smala vägen. Björkallén som leder in till gården lyser härligt grön i sommarljuset när Sigrid och Erik tillsammans går under det gröna lövverket och Raija skrattar när hon skuttar före dem längs vägen och springer rätt in i Sofias famn när hon möter dem på gårdsplanen utanför huset.

När kvällen kommer ligger Sigrid vaken på sidan i sängen och ser på Raijas lilla säng i ena hörnet av rummet, den som stått tom i två månader men där Sigrid nu kan skymta Raijas blonda huvud på kudden. Erik snarkar bredvid henne och hon vänder sig mot honom och puttar till Erik på armen. Han vaknar.

"Vad är det? Har det hänt något?"

"Du snarkar."

"Det gör jag väl inte."

Sigrid skrattar. Sen ligger de tätt intill varandra. Hon ligger på Eriks arm vänd från Erik som håller om henne. Hon funderar en stund innan hon tillslut släpper ut sin tanke.

"Minns du att vi älskade innan du berättade att du ljugit för mig om att du anmält dig?"

"Ja, hurså?"

"Nej förresten. Det är bara fånigt"

"Säg."

"Jag kan inte vara arg på dig för att du ljög den gången. Jag skäms över att säga det, men ..."

Sigrid tystnar och känner hur det bränner i ansiktet. Erik sätter sig halvt upp och Sigrid vänder sig mot sig.

"Berätta."

Hon tvekar.

"Jag tänker fortfarande på den morgonen ibland. Vi har aldrig haft det så bra tillsammans som då. Hur kommer det sig?"
Erik funderar en stund, ler och kysser Sigrid.

"Det har du kanske rätt i. Det vet jag inte, men jag vet att det aldrig någonsin har känns fel."
Så viskar han något i hennes öra och Sigrid fnissar generat när hon låter sig fångas av lusten som sakta smyger sig på.

"Du är inte riktigt klok."

Två veckor efter Ulrikas död sitter Sigrid och Sofia i matsalens bibliotek med Ulrikas testamente framför sig på det avlånga bordet. Det finns inte så mycket att tala om gällande Ulrika. Förutom det faktum att hennes död har lagt en orolig skugga över gården, om gårdens framtid och vad som ska ske härnäst. Johan och Alma har båda börjat söka sig nya arbeten på andra gårdar på ön.

Sigrid och Sofia har letat efter testamentet i snart två veckor och äntligen funnit det i en av de många skrivbordslådorna i det gamla skrivbordet inne på Karls kontor. I det rummet har ingen av dem varit på flera år. Sigrid minns tillbaka på den kalla oktoberkvällen då deras far och bror försvann. Hon skjuter tanken ifrån sig när Sofia öppnar testamentet som ligger i ett förseglat kuvert. Hon läser högt för Sigrid som försöker få Anna att sluta gråta.

"Kan du inte mata henne? Hon är säkert hungrig."

Sofia talar högt för att överrösta Annas höga skrik med Sigrid skakar på huvudet.

"Jag har inte tillräckligt med mat åt henne."

Sigrid ser hjälplöst på flickan som fortsätter att skrika. Alma kommer in med frukosten i matsalen och överhör deras samtal. Hon ställer ner frukostbrickan på bordet framför dem.

"Hon är ju mager som en sticka. Hon behöver välling. Jag går och kokar lite."

Alma tar Anna från Sigrid och går till köket.

"Tack Alma."

"Det var samma sak för mig när Kerstin var liten."

Sigrid ler tacksamt och så snart som Alma försvinner med Anna ut i köket kan Sofia fortsätta läsa ur det korta testamentet som deras mor skrivit.

I nådens år, 1933, skriver jag, Ulrika Margaretha Eriksson, vid mina sinnens fulla bruk,
mitt testamente, som lyder som följer;
Alla mina tillgångar överlämnar jag till mina döttrar;
Sigrid Elsy Eriksson & Sofia Kristina Eriksson
att fördela lika mellan sig.

Eftersom min salig make ansåg att gården skulle stanna inom familjen så ärvs gården,
ladugården och de djur som lever där, av min salig make,
Karl Fredrik Erikssons, bror, Frans Gustav Eriksson.

Sigrid och Sofia ser oförstående på varandra. Sofia läser igen och pekar på en av raderna.

"Vad betyder det där?"

Sigrid tar emot testamentet som Sofia räcker över. Hon läser det gång på gång.

"Det är nog bäst att vi skickar efter Frans."

Sofia nickar och när de ropat på Alma och bett henne skicka Johan att hämta Frans blir det lika tyst som förut. Morgonsolen lyser in genom de stora fönstren som står på vid gavel. En fluga surrar mot fönsterrutan, luktärtorna i rabatterna utanför i den stora trädgården för med sig en söt doft in i rummet. Fåglarna kvittrar och det verkar som om det ska bli en fin dag.

När Frans några timmar senare kommer till gården kliver han rätt in, sätter sig i en av de stora fåtöljerna vid eldstaden, tänder sin pipa och lutar sig tillbaka.

"Nå, va' jer he som brådskar så förbannat?"

Sigrid räcker över testamentet till Frans som tar det, mumlar och talar tyst för sig själv medan han läser det.

"Det var som fan. Att Ulrika var så hjärtlig, det va' mer än en kunnat tro."

Sigrid och Sofia sitter tysta bredvid varandra i soffan och ser frågande på honom. Frans förklarar att Sigrid och Sofia ärver alla pengarna men att han äger huset och gården i sig.

"Att mitt namn ens finns me'."

Sofia ser oroligt på Sigrid som i sin tur ser på Frans.

"Så, vi måste flytta härifrån?"

"Ja, egentligen är det precis det som pappret säg'. Men ..."

Frans ser ut att tveka innan han bestämmer sig. Sigrid har alltid tyckt om sin farbror men det ligger något vemodigt över honom som Sigrid inte riktigt kan sätta fingret på. Hon har länge trott att det har något att göra med fars död och att Frans på något sätt tar på sig skulden för att vägrat följa honom på havet den kvällen. Men hon har aldrig vågat fråga honom om det.

Frans lägger ifrån sig pipan och tar fram ett ihopvikt papper ur sin byxficka som han räcker över till Sigrid. Sigrid ser oförstående på honom.

"Ta pappret flicka."

Han uppmanar henne med skarp röst. Hon ser med osäker blick på honom innan hon försiktigt tar det ifrån honom, viker upp och läser det skrynkliga papperet. Hon hinner inte läsa långt innan hon tittar upp och Frans ber henne att fortsätta läsa.

"Det är för mycket. Vi kan inte …"

"Er mor kanske va' fast i det förflutna men det är int' ja. Ja ser framtid'n. Jag slår va om att vi kommer ha en kvinnlig statsminister en dag och det här kan vara det första stege' på vägen. Sigrid, Sofia, ni två tillsammans är ett skepp som inte kan sjunka oavsett hur mycket det stormar på have'. Ni har förnuftet att stanna vid kaj om det skulle blåsa kuling. Någe som er far sakna' till följd av sin plikttrogenhet. Salteriet skulle ändå bli ert en dag och ja' vill se vad ni kan göra me't innan jag trillar av pinn."

Sofia som sitter alldeles intill Sigrid bara stirrar på pappret och får inte fram ett ord.

"Angående gården och djuren, så gör vad ni vill med det. Mig rör det inte i ryggen. Jag har mitt hus o min hund. De ä allt ja behöv. Jag ä int' sentimental för fem öre. Behåll huset ni. Dela upp det i två om ni måste. Men på ett villkor."

Frans ser med allvarlig min mellan sina brorsdöttrar. Systrarna ser på varandra och sedan på Frans som tagit upp sin pipa och börjat stoppa den med ny tobak. Han ser på dem och suckar.

"För allt som är heligt. Bli kvar på ön."

Att de ska stanna på ön känns som ett litet pris att betala för ett salteri, sitt barndomshem och alla dess tillgångar. Sofia har alltid haft läshuvud och varit skolsmart, medan Sigrid använt sitt hjärta och sunda förnuft. Vilket i kombination kan bli den perfekta potential som salteriet behöver, något som Frans sett i dem och nu övergett ansvaret till. Sigrid har under tiden Frans pratat funderat på hur Erik ska reagera över nyheten att stanna på ön. Han som sa när de lämnade den för flytten till Sävar att han aldrig mer ville sätta sin fot här. För mycket minnen, hade han sagt.

Hela dagen går åt till att komma överens med Frans om hur de ska gå tillväga och när dagen sakta går mot kväll har de bestämt att Frans ska fortsätta driva salteriet tills den dag han inte längre orkar. Först då ska Sigrid och Sofia ta över med hjälp av Frans goda råd, långa erfarenhet och den förman som Frans fått i uppdrag att välja ut tillsammans med Erik.

Den kvällen sitter Sigrid och Erik länge vid matsalsbordet och pratar. De är överens om att det känns som att de inte haft tid att prata med varandra sedan Erik kom hem från Finland. Hela sommaren har de gått om varandra, levt i varandras närhet men ändå inte funnits närvarande. Sen kom den där dagen som skilde dem åt för en tid i ren ilska, en onödig sådan, kan de såhär i efterhand komma överens om.

Erik har gått omkring på ön för att skjuta kriget och alla hemskheter åt sidan och istället ersätta dem med vackra bilder av sommaren och inte minst av kärleken till dottern han fått. Men han har ständigt blivit påmind då nya flyglarm ljuder och soldater patrullerar på ön.

Sigrid har haft fullt upp med att ta hand om Anna men framför allt sig själv. En mor ska finnas där för sitt barn men hon har inte haft vare sig lusten eller kraften till att göra så. Nog för att hon älskar Anna, mer än livet självt, men hon kan ändå bli så fruktansvärt less på ungens skrik och missnöjdhet att hon ibland ångrar ungens befintlighet och Alma får ofta ta ansvaret för flickan. Varje gång Alma tar Anna i famn slutar hon att gråta. Tänk om det är Sigrids fel att Anna gråter.

Ett lågt snyftande hörs och Erik får syn på ett litet blont huvud i soffan halvt dolt under en filt. Han gestikulerar till Sigrid som också vänder på huvudet. Hon ler och reser sig upp.

Raija har under deras samtal smugit in och lagt sig tillrätta i soffan vid eldstaden under en filt. Sigrid sätter sig vid Raijas huvudände, drar försiktigt bort filten och stryker Raijas kind. Raija sätter sig upp och ser oroligt på Sigrid.

"Förlåt."

"Kära du. Du har inte gjort något fel."

Sigrid tar den ledsna Raija, som inte verkar särskilt övertygad av Sigrids försäkran, i famn och Raija borrar in ansiktet i gropen mellan axeln och halsen på Sigrid. Raija brister ut i en kvidande gråt och Sigrid lägger armarna tätare om henne i ett försök att trösta och försäkrar henne ytterligare en gång om att hon inte är arg. En svag doft slår emot Sigrid, en söt, ljummen doft av Raija som blandas med doften av björkveden vid den öppna eldstaden och luktärtorna i rabatten utanför det öppna fönstret.

Erik, som suttit kvar vid bordet, kommer och sätter sig bredvid dem på soffan. Han tar Raijas ansikte mellan sina händer.

"Raija, hör på mig. Mor och jag ska ingenstans, ingen kommer att ta dig ifrån oss." Raija nickar och kramar Erik som tar henne från Sigrid och sedan sitter de länge och ser in i den sprakande elden. Ibland viskar Erik något till Raija och Raija svarar. Han vaggar henne långsamt fram och tillbaka och tillslut somnar Raija i Eriks famn. Det växer en känsla i Sigrid, en skam och hon känner sig illa till mods när hon tillslut tar orden i viskande mun.

"Inte heller Raija kan jag få att sluta gråta. Jag känner mig helt …"

"Sluta. Det är bara tillfälligheter. Hade Raija suttit kvar i din famn hade hon säkert somnat minst lika fort."

"Jag förstår inte varför hon är ledsen. Men det tog dig en halv sekund att förstå."

"Jag har varit där och sett hemskheterna. Det är väl inte konstigt att jag förstår hur hon känner sig på ett annat sätt än vad du gör. Du får inte lägga skulden på dig själv."

Sigrid skakar på huvudet och vänder bort ansiktet. Samtalet vid eldstaden har väckt känslor i båda två och när de hör Annas skrik från övervåningen reser Sigrid sig upp med en suck av lättnad. Hon skakar på huvudet och ler förstrött. Erik reser sig upp han också, och med Raija i famnen går han tillsammans med Sigrid upp för trappan. Erik lägger ner Raija i barnsängen i sovrummets ena hörn och lämnar det med en sista kärleksfull blick på Raija. Han går tillbaka ner till matsalen och den stora soffan, sätter sig och blundar.

Nu sover Anna lugnt och Sigrid kan lämna rummet med dörren på glänt för att tyst smyga ner till Erik igen. När hon kommer tillbaka ner till matsalen efter att, i nästan en timme, försökt få Anna att somna har kvällen hunnit bli tidig natt och Erik sitter tyst och stirrar in i eldens lågor. Hans huvud vilar tungt mot den stora soffans höga ryggstöd och Sigrid ser hur det blänker i Eriks ögon i ljuset från eldstaden. Han gråter. Sigrid står en lång stund kvar och ser på Erik och när han uppmärksammar att hon står där så ler han bara. Sigrid sätter sig bredvid honom, lutar huvudet mot hans axel och tänker tyst för sig själv att det inte finns någon människa i världen som hon hellre skulle vilja dela livet med.

"Tänker du på något?"

Hon ser på honom med nedslagen blick.

"Jag tänker på föräldrarna."

"Vilka föräldrar?"

"Till barnen som tvingats fly. Hur de måste våndas över att inte veta vart deras barn befinner sig."

Det hade Sigrid inte ens tänkt på. Erik avbryter tankegångarna.

"Sigrid?"

"Ja, Erik?"

"Jag har talat med Gustav. Han vill köpa gården i Sävar. Jag talade med mor och hon skulle tala med Torkel om att hyra Västerbottensgården ute på Näs."

Sigrid suckar av lättnad, nickar och trär in sin arm under Eriks. Erik tar Sigrids ena hand i sin. En lång stund sitter de så. Erik märker hur minnen strömmar genom hans huvud och han blir tvungen att släppa Sigrids hand för att bättre kunna skingra tankarna. De ser länge på varandra innan Sigrid bryter tystnaden.

"Är du säker på det här Erik? Jag menar det var ju ändå du som ville lämna ön och aldrig mer sätta din fot här igen."

"Jo visserligen. Men min familj finns här och dit du går, dig går också jag."

Sigrid ser oroligt på Erik.

"Är det verkligen tillräckligt för att du ska vilja stanna?"

"Var inte fånig Sigrid. D du är vill även jag vara."

Hon skrattar generat.

"Du är ju inte riktigt klok."

Erik lyfter Sigrids haka med sin hand och ser på henne. Sigrid ler och ser in i de där märkligt bruna ögonen.

"Jag har min mor och mina syskon på ön. Du har din syster. Det finns många anledningar för oss att stanna kvar här Sigrid."

"Ja, du har rätt. Men jag vet att du vill ha något mer än det här."

"Jag vill inte ha något annat liv än det liv jag lever tillsammans med dig."

Ulrikas begravning blir ett fint avslut på hennes liv. Sigrid och Sofia ordnar själva med allt inför den begravningsakt som skulle äga rum. När dagen väl kom känner Sigrid det som att det var någon eller något som saknades i kyrkan, något som hon inte riktigt kunde sätta fingret på. Alla Ulrikas nära och kära finns på plats och när hon, tillsammans med Erik och Sofia, sätter sig längst fram i bänkraden till höger om altargången och de första tonerna av Blott en dag ljuder ur den gamla kyrkorgeln, förstår Sigrid att det hon ser framför sig är sin mors kista. Hon är borta. Död.

Nu när Sigrid själv blivit mor kan hon känna att Ulrika hade älskat henne och Sofia hela deras uppväxt och förstår att när hennes far och bror försvann i havet blev Ulrika rädd. Sigrid kan med ens förstå sin mors känslomässiga frånvaro efter händelsen. Den frånvaro som låg grundad i rädslan att förlora sina döttrar och gjorde henne oförmögen att våga visa sin kärlek. Även om Ulrika aldrig sa det så kunde Sigrid känna och förstå sin moders kärlek. Hon minns tillbaka på och kan se den i rädslan i hennes blickar när Sigrid kom hem sent, känna den i smekningarna av hennes kind, ja till och med i slagen kunde Sigrid nu känna kärlek. Det svider till i bröstet när hon tänker på det.

Så sitter Sigrid där i kyrkbänken bredvid sin syster som snyftar och gråter hejdlöst men själv kan hon inte röra en min.

I en ålder av 25 år har Sigrid förlorat båda sina föräldrar, och Sigrid känner sig ohjälpligt likgiltig inför moderns bortgång. Hon tvingar fram tårarna, döljer ansiktet i näsduken och lutar sig mot Erik som även han har tårar i ögonen. Hon ser sig om i kyrkan och på raden bakom dem sitter Emma och Eva. De nickar mot henne och Sigrid ler tacksamt mot dem innan hon vänder tillbaka blicken mot kistan och prästen.

Det är dags att ta ett sista avsked. Sofia och Sigrid lämnar kyrkan. Erik ger Sigrid sin arm och när de går genom den stillsamma kyrkogården fylls Sigrid av ett stilla lugn. Den vemodiga dagen hade gått sakta och när de passerar Oskar, Eriks fars gravsten, stannar han en sekund och plockar bort några bruna kvistar från de blommor som ligger där. Emma och Eva blir kvar vid Oskars gravsten medan Erik följer Sigrid och Sofia mot den gravplats de valt åt sin mor. Det går en il längs ryggen på Sigrid och hon ryser till i sommarvärmen när hon ser ner i den djupa graven.

De går långsamt fram till gravens kant och släpper ner varsin röd ros ovanpå den bruna träkistan som sänkts ner. De står där bredvid varandra, håller varandra i handen. Plötsligt tar någon Sigrids andra hand i sin och hon lyfter blicken mot den långe gestalten. Först förväntar hon sig att se Eriks ansikte men sedan drar hon efter andan. En välväxt man med skarp blick står där bredvid henne. Ett minne blixtrar till framför synen på Sigrid. Hon måste se i syne. Det kan inte vara, eller kan det?

"Tor?"

"Hej syster."

Sigrid vet inte vad hon ska ta sig till. Hur är det möjligt att hennes bror som försvann för nästan åtta år sedan står framför henne? Det kan inte vara sanning, tänker Sigrid, när hon kastar sig i sin brors famn. Nu rinner tårarna frivilligt.

För första gången sedan Ulrika dog rinner tårarna äntligen. Sofia som, först när Sigrid släppt hennes hand, lägger märke till Tor skriker högt och kastar sig även hon i Tors famn. Efter en lång stunds omfamning tar Sigrid sin brors ansikte mellan sina händer och ser på honom med flackande blick.

"Vart har du varit?"

"Jadu kära syster. Det är en helt annan historia."

TACK

Det är så många jag vill tacka som på så många olika sätt hjälpt mig skapa och ta fram den här boken.

Först och främst vill jag rikta ett stort tack till Hanna Gatestål Petersson som har spenderat så mycket tid med mig i samtal om boken. Hennes genuina kärlek för historien och karaktärerna har fått mig att tänka efter.

Någon mer har upptäckt Sigrid och Eriks kärlek. Jag kan inte överge dem nu. Det gav mig mer motivation till att slutföra boken och att göra det på ett professionellt sätt. Hanna har gett mig och boken så mycket kärlek, för det är jag oerhört tacksam.

Tack till min sambo, familj, släkt och vänner som stöttat, gett mig personlig historisk fakta, läst och kommit med tips och idéer.

Tack till Anna Stadling, som funnits vid min sida hela vägen. Alltid redo att stötta, inspirera, berätta och peppa mig till att fortsätta framåt.
Du är en stjärna!

Till Katrinebergs folkhögskola och sommarkursen "SKRIV!" (2023 & 2024), under ledning av Eva Hermansson, Isabel Kristiansson och Sara Beischer.
Tack vare er fick jag ny inspiration och utvecklade karaktärerna på ett sätt som jag inte hade räknat med. Tack för en väl utformad kurs som gav så mycket mer än jag trodde var möjligt för mitt skrivande.

Jag vill också tacka dig som läst boken. Du har tagit den till dig och läst ända hit! Jag hoppas att du vill fortsätta resan tillsammans med mig och karaktärerna på Holmön i nästkommande bok.

Med det sagt, går mitt största tack till mormor Ulla och morfar Sten som gav mig inspiration och satte grunden för bokens existens med sina kärleksbrev och fotografier. Tack för allt ni gett och ger mig. Jag saknar och älskar er varje dag.